CW01338116

Einaudi. Stile Libero Big

Dello stesso autore nel catalogo Einaudi

Serie del commissario Ricciardi
Il senso del dolore
La condanna del sangue
Il posto di ognuno
Il giorno dei morti
Per mano mia
Vipera
In fondo al tuo cuore
Anime di vetro
Serenata senza nome
Rondini d'inverno

Serie dei Bastardi di Pizzofacone
Il metodo del Coccodrillo
I Bastardi di Pizzofalcone
Buio
Gelo
Cuccioli
Pane
Souvenir

Racconti
Vita quotidiana dei Bastardi di Pizzofalcone
Giochi criminali (con G. De Cataldo, D. De Silva e C. Lucarelli)

Maurizio de Giovanni
Il purgatorio dell'angelo
Confessioni per il commissario Ricciardi

Einaudi

© 2018 Giulio Einaudi editore s.p.a., Torino
Pubblicato in accordo con The Italian Literary Agency, Milano
www.einaudi.it

ISBN 978-88-06-23136-1

Il purgatorio dell'angelo

*A Severino,
per avermi mandato Enrica.*

I.

Tommaso amava l'alba.

Non avrebbe saputo spiegarlo bene, faceva il pescatore e si limitava a esprimere concetti semplici e diretti. I pescatori, è noto, parlano poco e, a meno di essere come Carmeluzzo di San Giovanni, che tutti sfottevano chiamandolo 'o Poeta, sia perché cantava sempre sia perché si divertiva a parlare difficile, dicono solo ciò che è necessario, e solo se non possono farne a meno: se parli mentre sei in barca, i pesci non si sentono considerati e vanno via. I pesci vogliono attenzione.

Nessuno perciò sapeva quanto a Tommaso piacesse, tra tutti, quel momento. Gli piaceva piú di quando, in piena notte, si percepiva l'odore del sale e si intuiva il mare dal rumore, una distesa nera che divora e respira come un animale enorme. Piú di quando sorgeva la luna nuova, o di quando era piena e faceva male agli occhi per la luce che dava, e rubava l'anima mischiandosi alle canzoni che provenivano dalla terraferma. Piú di quando l'aria calda del giorno lasciava il posto alla brezza del Nord e la pelle si apriva per riceverne ristoro.

Piú di tutto il resto, a Tommaso piaceva l'alba, l'istante in cui la luce che non c'era all'improvviso mostrava il contorno della montagna, e ancora la notte resisteva dietro a quello schermo a due punte e la colonna di fumo lontana si distingueva a stento. Sarebbe stato spontaneo guardare da quella parte per cogliere l'attimo preciso in cui ormai era chiaro che il giorno era arrivato, onore al sole, benvenuto mio re, è finita, o quasi, la nottata di pesca. Invece, Tommaso all'alba dava le spalle e ne osservava gli effetti, le scaglie di mare luccicanti come squame di pesce, ognuna che rifletteva il proprio raggio frantumandosi in mille pezzetti. Fosse stato Carmeluzzo 'o Poeta avrebbe detto di chissà quali occhi celesti o forme morbide che venivano alla mente, ma Tommaso vedeva solo l'acqua che prendeva la luce nuova e se ne appropriava, abbracciandola tante volte nella stessa maniera, un raggio per ogni goccia.

E se avesse voluto parlarne e non fosse stato un pescatore, giacché si sa, i pescatori parlano poco, avrebbe detto che si sentiva tremare in corpo la bellezza, ricordandosi a ogni alba quant'era bello andare per mare, e quanto un momento così ti faceva dimenticare la terribile fatica e il pericolo di non tornare, se il mostro che respira decide di inghiottire barche e reti e uomini, di riprendersi in un solo colpo d'onda tutto quello che è suo.

Per questo motivo, perché era segretamente innamorato dell'alba e, anche se non avrebbe saputo spiegarlo, gli piaceva ascoltare quel tremito del cuore, Tommaso teneva gli occhi sulla terra che emergeva dalla notte, invece che sulla montagna dietro di lui, o meglio ancora sulla rete che andava stesa per un'altra immersione. Fu quindi il primo a scorgere, sulla lingua di tufo sotto la villa bianca, una macchia scura che sembrava un grosso insetto.

Tommaso aguzzò lo sguardo; la luce dell'alba, che sapeva quanto il pescatore l'amasse, gli regalò un raggio speciale perché vedesse meglio.

E Tommaso si mise a remare verso la spiaggia.

II.

I due ragazzi si incontrarono nel luogo convenuto, su via San Sebastiano, a un centinaio di metri dall'ingresso del convitto. Il posto era stato scelto con cura, perché lí nessuno li avrebbe visti e avrebbero potuto pianificare in pace una strategia.

Faceva già caldo, anche se era mattina presto e mancava quasi mezz'ora per la campanella e la preghiera.

Stava arrivando l'estate, facendosi largo con prepotenza in mezzo alla primavera, e tra poco sarebbe stato ancora piú difficile rimanere seduti con la testa nel greco antico mentre fuori i fortunati *scugnizzi* ignoranti, con la pelle come il cuoio, conciata dal sole, avrebbero preso a saltare nell'acqua dagli scogli del lungomare, sprezzanti dei fischi delle guardie, tra le risate delle ragazze a passeggio con l'ombrellino. Stava arrivando l'estate, e qualcuno si sarebbe messo a fissare il cielo e le rondini dalla finestra aperta, guadagnandosi lo scappellotto del professore di turno, giunto di soppiatto alle sue spalle nel complice, perfido silenzio dei compagni. Stava arrivando l'estate, e gli ambulanti, con incomprensibili, modulati strilli, avrebbero declamato la bontà della propria merce, mentre signore dal seno generoso si affacciavano dalle ringhiere mostrando la scollatura e agitando i sonni e le mani dei convittori nelle calde notti che precedevano gli esami.

I due ragazzi, però, non dovevano parlare di ambulanti

e scogli da cui tuffarsi. Avevano qualcosa di importante da decidere e non potevano concedersi distrazioni.

Erano coetanei, solo un paio di mesi di differenza, ma non avrebbero potuto essere piú diversi. Uno era alto, allampanato, la carnagione bianca come il latte, gli occhi azzurri e i sottili capelli biondi che uscivano a ciuffi dal cappello blu col cordone. Il secondo era piú basso, olivastro, le pupille nere che si muovevano inquiete sotto le sopracciglia aggrondate, il ventre prominente che metteva a dura prova la tenuta dei bottoni d'oro della giubba. Entrambi avevano le ginocchia sbucciate e piú volte cicatrizzate, e a ben osservare anche le divise erano tutt'altro che inappuntabili: al piú alto penzolava un bottone, mentre i pantaloni corti del piú basso erano scuciti sul davanti. Durante l'ispezione, che avrebbero subito di lí a un'ora, le imperfezioni sarebbero state di certo rimarcate, ma siccome la condizione sarebbe stata la stessa per almeno un'altra dozzina di studenti, se la sarebbero cavata con un semplice richiamo.

E infatti non era quella la principale preoccupazione dei due.

Il piú alto disse:

– È l'unica possibilità, te lo ripeto. Non posso permettermi un altro brutto voto. Sarebbe la rovina, capisci? La rovina!

Quello grassoccio sporse la testa dall'intercapedine tra i due palazzi in cui si erano nascosti, nervoso.

– Ma la vuoi abbassare, 'sta voce? Ti rendi conto che se ci scoprono qua… E poi è una pazzia, una maledetta pazzia. Hai pensato a cosa rischiamo, sí? Agli effetti che… Ci dev'essere una maniera per evitare…

Il biondo cambiò espressione, diventando beffardo.

– Ecco, lo sapevo, sei un vigliacco. Fai tanti discorsi: il coraggio del soldato, il fronte, lo sprezzo del pericolo… Tutte bugie, appena si arriva al dunque…

Il ragazzo grasso spalancò occhi e bocca in una protesta vibrata.
– Io? E allora chi ha messo il pomodoro sulla sedia del professore Criscuolo?
L'altro sbuffò.
– Metterlo era il meno. A schiacciarlo fummo io e Laurita; era quella la parte difficile. E quando punirono tutti noi, fosti tu a frignare.
– Perché per voi interni la punizione finisce lí, mentre per quelli come me, a casa ci aspetta il resto, ci aspetta! È facile fare i forti, quando non si deve rispondere a...
Il ragazzo alto impallidí, e il bruno si fermò mordendosi il labbro.
– Scusami. Scusami, non volevo intendere... Non volevo, insomma.
Il biondo annuí lentamente, aprendo e chiudendo i pugni.
– Inutile rivangare, adesso. Altrimenti non si arriva a niente. E comunque, ringrazia che ho bisogno di te, se no ti facevo ingoiare le parole insieme ai quattro denti marci che hai.
Aveva pronunciato quelle frasi calmo, sottovoce, ma il ragazzo basso fu scosso da un brivido.
Cercò di ricondurre la conversazione all'argomento.
– In ogni caso, credo sia legittimo avere paura. Non ci siamo mai spinti tanto avanti. Un conto è mettere una lucertola nel cassetto della cattedra, o far sparire un cappello dall'attaccapanni, un conto è... è questo! Qui potremmo...
Di scatto l'altro allungò una mano e gli strinse il braccio grassoccio in una morsa.
– Ma... ma che ti prende? Lasciami, mi fai male! – squittí quello basso, spaventato.
Il piú alto, gli occhi azzurri e inespressivi fissi in quelli del compagno, sibilò:

– Senti, Pallina, e ascoltami bene perché parlerò una volta sola. Ormai hai preso l'impegno e non c'è piú il tempo di organizzare un piano alternativo. Se questa versione di greco si fa, io vengo bocciato. Bocciato. E significherebbe l'espulsione, dovrei tornarmene al paese e tutta la mia famiglia avrebbe gettato al vento anni e anni di sacrifici. Per te la bocciatura sarebbe solo prendere qualche schiaffone, veder piangere un po' la tua cara mammina che si consolerebbe con una borsetta nuova, una collana o un paio di guanti. L'unico modo che abbiamo per fermare questo compito, per non farlo piú, è impedirne lo svolgimento.

– Ma... ma a che serve? Sarebbe solo rimandato e...

– No. Lo sai anche tu che non ci sarebbe piú tempo; varrebbero i voti già assegnati. Allora sia tu sia io ce la caveremo. Ci giochiamo il futuro, ti rendi conto? La licenza e il futuro. Abbiamo compiuto diciannove anni, ormai. Siamo quasi adulti, non è piú il momento di aver paura. Lo capisci?

Per tutto il tempo aveva tenuto stretto il braccio dell'amico, che si contorceva dal dolore.

– Va bene, va bene. Siamo d'accordo, ma dobbiamo farci un giuramento, qui, adesso.

Il ragazzo alto corrugò la fronte, incuriosito, e mollò la presa.

– Che giuramento?

Davanti al vicolo passò un uomo con un carretto pieno di masserizie, seguito da una donna con una bambina per mano e un neonato al collo. Maggio, il mese dei traslochi. La piccola lanciò uno sguardo incuriosito verso i due giovani; la madre la trascinò via con uno strattone.

Il ragazzo grasso si massaggiava il polso per riattivare la circolazione del sangue.

– Dobbiamo giurarci che di questa cosa sapremo sempre e solo noi due. Che nessuno, per nessuna ragione, rivelerà mai quello che stiamo per fare. Siamo intesi?

Il ragazzo alto annuí. Si sputò sul palmo e lo tese all'altro, che fece lo stesso. Si strinsero le mani fissandosi negli occhi, intensamente, e mai giuramento fu piú solenne.

Poi il biondo sussurrò:

– Ce l'hai, vero? L'hai portato?

Il ragazzo basso sospirò, guardandosi di nuovo attorno, timoroso che qualcuno li sorvegliasse dalle strette finestre affacciate sull'intercapedine.

Con un gesto rapido, tirò fuori dalla tasca un involto di carta di giornale e lo porse al compagno.

Questi lo aprí con attenzione e ne esaminò il contenuto esibendo un'aria vagamente scettica.

– Basterà? Non è un po' poco?

L'altro scattò:

– Ma che dici? Mia madre a mio fratello ne dà un cucchiaino da caffè e quello... dovresti vederlo, insomma, ed è grande e grosso quasi quanto... Poi, se ne avessi preso di piú, se ne sarebbero accorti e sarebbe successo un guaio enorme. Anzi, io credo che dovremmo usarne non piú della metà.

Il biondo scosse la testa, intascando l'involto nonostante il tentativo dell'amico di riappropriarsene.

– Lo tengo io. E ne useremo quanto è necessario. Adesso ripetimi come abbiamo deciso di fare.

Il compagno abbassò lo sguardo, sconfitto. Quindi lo rialzò e sussurrò:

– Come hai deciso *tu* di fare. Io non vorrei, io non...

Il biondo gli diede uno schiaffo a mano aperta. La guancia bruna si arrossò subito e il ragazzo si toccò la faccia spalancando gli occhi.

– Ma... maledizione, perché? Io...

– Perché abbiamo giurato. E se abbiamo giurato, qui, da ora non esiste tu e non esiste io. Siamo noi, l'abbiamo preparato insieme e insieme andremo fino in fondo. E poi non voglio piú sentire storie, dopotutto è uno scherzo come ne abbiamo fatti tanti in questi anni. Pensaci: è solo l'ultimo di una lunga serie. Ce lo ricorderemo cosí, come il piú divertente. E sarà quello che ci permetterà di guadagnare la promozione, la licenza liceale.

Il ragazzo grasso continuava a fregarsi il viso, lanciando all'altro un'occhiata piena di frustrazione e livore.

– Sí. L'ultimo scherzo.

E la campanella cominciò a suonare.

III.

Si trattava di andare a San Ferdinando, proprio di fianco all'entrata della chiesa, e prendere la linea due. Il tram si sarebbe inerpicato in salita, dopo aver attraversato piazza Vittoria e percorso la Riviera di Chiaia fino alla Torretta, lasciandosi dietro Mergellina e le case dei pescatori, fermandosi a Palazzo Donn'Anna e in via Cappella prima di scaricare in via Costa i viaggiatori eventualmente interessati.

Il tragitto era stato individuato e programmato dal brigadiere Maione non appena aveva ricevuto la chiamata e preso atto della consueta mancanza di automezzi. Certo, il tram non era il massimo per raggiungere il luogo in cui era stato rinvenuto un cadavere, ma, come aveva detto serafico al commissario Ricciardi, di turno quel sabato di maggio in cui il profumo dei fiori che arrivava dal bosco di Capodimonte sulle ali del vento si mescolava amabilmente al fetore d'immondizia dei vicoli, si trattava appunto di un cadavere che, per sua natura, non aveva fretta.

– Io poi mi domando e dico, commissa', ma queste due macchine mi spiegate che le teniamo a fare? Meglio sarebbe che ci dessero, che so, tre o quattro biciclette. O qualche carrozzella coi cavalli, sapete, come ci stavano una volta. Invece abbiamo questi due catorci, uno sempre scassato e l'altro a disposizione del signor questore e della famiglia sua. E ci chiamano pure squadra mobile, ci chiamano.

Ricciardi, accomodandosi sul sedile di legno del tram, scosse il capo e sorrise tra sé. L'aria della primavera ormai inoltrata gli rallegrava l'umore solitamente cupo e, anche se brontolava, lo stesso Maione gli sembrava euforico, contento. Con loro c'erano due guardie, come sempre, ma la composizione del duetto era diversa. Al posto del solito Cesarano, ferito alla gamba perché incautamente intervenuto per dividere due litiganti armati di coltello (lui in ospedale, gli altri in galera), con Camarda c'era un ragazzo dai capelli rossi e il viso lentigginoso, un certo Vaccaro Felice, il cui nome ispirava a Ricciardi bucolici paesaggi e che era diventato per qualche motivo il favorito del corpulento brigadiere.

Il giovane era entrato in polizia da un anno, ma si era distinto per intelligenza e spirito d'iniziativa. Era simpatico, un po' troppo intraprendente, forse, tuttavia eseguiva gli ordini con prontezza. Il commissario non ci vedeva nulla di speciale, però si fidava dell'intuito di Maione e non si opponeva se questo gli concedeva un po' di spazio in piú rispetto alle altre reclute, anche per compensare l'assenza forzata di Cesarano.

Cercando di non cadere alle brusche frenate del mezzo, il brigadiere ragguagliò Ricciardi sui termini della questione:

– Dunque, commissa', noi scendiamo a via Costa, ci sta proprio la fermata; quindi facciamo un mezzo chilometro in discesa e arriviamo a Villa Maisto, una delle costruzioni piú belle di Posillipo. Da quanto mi dice Antonelli, che ha preso la telefonata, lí dovremmo trovare un viottolo che...

Vaccaro si intromise con una smorfia:

– Uh, brigadie', scusatemi, ma voi non ci siete mai andato giú al mare con una *guagliona*, ai tempi vostri? Certo che ci sta il viottolo, non vi preoccupate, lo conosco bene, modestamente. Vi ci porto io.

Ricciardi lanciò un'occhiata a Maione, temendo che reagisse per l'intrusione del poliziotto nel discorso tra due superiori. Con sua sorpresa, invece, quello gli indirizzò un sorriso paterno.

– Ah, la conosci tu la strada... Bravo, Vaccaro, stiamo tranquilli, allora. Avete visto, commissa'? Teniamo pure la guida turistica.

Il commissario rifletté sul motivo di tanta indulgenza e si rispose che, probabilmente, a intenerire Maione era la somiglianza della guardia con Luca, il figlio perduto anni prima per una coltellata ricevuta in servizio. In effetti Vaccaro lo ricordava, in qualche modo; Ricciardi aveva incrociato il ragazzo un paio di volte prima di essere costretto ad ascoltarne l'ultimo pensiero che gli sgorgava dalla bocca insieme al sangue quando aveva ormai le sembianze di un cadavere parlante: un'immagine simile alle tante altre che, purtroppo, il commissario vedeva in continuazione. Certo, Luca era biondo e aveva gli occhi azzurri della madre, e forse era stato più alto e un po' più robusto, ma il carattere allegro, la carnagione chiara e qualcosa nel sorriso li avvicinava.

Non ne avrebbe parlato a Maione, per non risvegliare nell'amico l'antica tristezza; ma si augurò che il brigadiere non si lasciasse fuorviare nel giudizio conferendo al giovane più fiducia di quanta ne meritasse.

Intanto che i due discutevano sulla topografia della collina, Ricciardi si mise a osservare le strade che scorrevano di fianco al tram. In quella primavera del 1933, o anno XI come dicevano i fascisti, la città andava rapidamente cambiando pelle. C'erano cantieri ovunque, e anche prima dell'inizio ufficiale della bella stagione flussi imponenti di turisti scendevano dalle navi ormeggiate nel porto e si addentravano curiosi per vedere le famose bellezze del luogo. Si preparavano eventi di straordinario rilievo, come la Fiera del Libro in Galleria Umberto I, e per la Mostra Agricola in Villa Nazionale, che era in allestimento, il lungomare sarebbe stato addirittura illuminato elettricamente. Nelle adiacenze degli approdi stavano costruendo la Stazione Marittima al posto dei fatiscenti capannoni dei Magazzini Generali, e il nuovo grande bacino di carenaggio avrebbe finalmente consentito un piú comodo traffico per i transatlantici che arrivavano e ripartivano carichi di speranze o di rimpianti.

Come cambiava la città, cosí si apprestava a cambiare l'esistenza dello stesso Ricciardi. La cara, carissima Rosa, la tata che aveva perduto meno di un anno prima, sarebbe stata felice di sapere che le disperate invocazioni affinché il suo pupillo decidesse di formarsi una famiglia sembravano sul punto di essere esaudite. La dolce caparbietà di Enrica, ragazza senza imperativi e contenuta, ferma e sorridente, silenziosa ma decisa, alla fine aveva scardinato, o almeno pareva, la determinazione di Ricciardi a vivere in solitudine.

I due avevano cominciato a frequentarsi di nascosto, poi anche alla luce del sole, dopo che il commissario aveva chiesto il permesso al cavalier Giulio Colombo, padre di Enrica; l'uomo, del resto, aveva acconsentito senza esitazioni, consapevole che era il solo e unico desiderio della figlia. Cosí da qualche settimana Ricciardi, nel tempo libero, passeggiava al braccio di quella ragazza alta e con gli occhiali: un po' impacciato lui, radiosa lei. Ecco la ragione dell'insolita allegria che il commissario sentiva addosso in quella bellissima mattina di primavera, nonostante la chiamata per un incidente mortale o peggio.

Tuttavia entrambi i giovani, sebbene non se lo confessassero, avevano un peso sul cuore, un macigno che allungava sul loro futuro un'ombra sinistra.

Per Enrica era la madre, Maria: la donna cercava in ogni modo di spingerla fra le braccia di Manfred, un ufficiale tedesco che la figlia aveva allontanato preferendogli l'enigmatico, strano poliziotto, il quale, peraltro, non si decideva a presentarsi a casa.

Quanto a Ricciardi, il problema era ben piú grave: non smetteva di sentirsi colpevole per le illusioni che lasciava coltivare a Enrica sull'avvenire che non avrebbe potuto darle.

Non perché non l'amasse teneramente anzi, era proprio a causa di quel sentimento dolcissimo, della sempre piú forte necessità di stare con lei, ormai simile a una infezione strisciante e incurabile, che non era riuscito a essere chiaro e sincero.

Come a ricordargli la sua condizione, a pochi metri dal finestrino, in mezzo alla piccola folla che si assiepava alla fermata in attesa del passaggio della carrozza, vide l'immagine traslucida di un'anziana vestita di nero, con pesanti abiti invernali inadatti alla calda giornata di maggio. La donna gettava fiotti di sangue scuro dalla carotide recisa per una caduta su qualche spuntone di metallo che fiancheggiava il marciapiede. Con gli occhi bianchi rivolti verso l'alto, biascicava: *madonnina, madonni', mi sento morire*.

Sentendo l'allegria dissolversi dall'anima come la nebbia del mattino nella sua campagna cilentana, per l'ennesima volta Ricciardi si chiese come avrebbe fatto a rivelare alla sua amata che non era giusto sposarsi, e ancor meno avere dei figli.

Perché il commissario Luigi Alfredo Ricciardi era certo di essere pazzo, e di aver ereditato la sua follia dalla madre, la defunta baronessa Marta di Malomonte.

Poi il tram si fermò sferragliando e Maione disse:
– Commissa', prego, dobbiamo scendere.

IV.

Quando il tram fu ripartito Maione si guardò attorno, allargò le braccia, e disse:
– Respirate profondamente, commissa': questa è aria buona. Ci sta la campagna e ci sta il mare. Posillipo, il posto degli innamorati e della verdura, di contadini e pescatori!
Vaccaro si tolse il cappello e se lo sventolò davanti al naso.
– Non per contraddirvi, brigadie', ma io sento solo la puzza dei maiali e delle galline. È inutile, sono proprio un cittadino: non sono fatto per la campagna.
Maione gli allungò uno scapaccione scherzoso, che l'altro scansò con agilità.
– Non fare lo spiritoso, Vacca'. Piuttosto, vediamo dove dobbiamo andare per arrivare sulla spiaggia di Villa Maisto.
Prima che il giovane potesse orientarsi, un gruppo di ragazzini si radunò attorno a loro come uno stormo di passeri. Erano una mezza dozzina, seminudi, la pelle scura e i capelli rasati quasi a zero per evitare i pidocchi. Il piú grande si rivolse a Maione:
– Brigadie', siete venuti per il prete morto? Vi portiamo noi, vi stavamo aspettando!
I poliziotti si avviarono quindi per una ripida sterrata che partiva dal piccolo nucleo di case affacciate sulla strada e si inoltrava nella fitta vegetazione in direzione del mare. Camarda, asciugandosi il sudore con un enorme fazzoletto bianco, mormorò:

– Eccoci qua, per le vie dei *ciucci*.

Si riferiva al modo in cui venivano chiamate dal popolo le carrarecce e i sentieri percorsi, appunto, dagli asini con il loro carico. Felice Vaccaro non perse l'occasione per replicare:

– Cama', e tu d'altra parte per che vie vuoi andare? I ciucci vanno per le vie loro, no?

Il collega lo guardò storto, lanciò un'occhiata a Maione, che li precedeva di qualche metro, e disse a bassa voce:

– Mica ci starà sempre il brigadiere a proteggerti, Vacca'. Ci troveremo da soli, prima o poi, e...

– ... E ti piglierò a calci, proprio come si fa coi ciucci! – esclamò il giovane ridendo; ma prudentemente si allontanò dalla portata delle braccia di Camarda, piú lento e anziano, ma anche piú robusto.

Il cammino, seppur agevolato dalla discesa, non fu breve. Ci vollero piú di venti minuti per arrivare a destinazione, e a tratti si doveva attraversare una sterpaglia pungente in cui si impigliavano i vestiti. Lanciando un'imprecazione, Maione si lamentò:

– Ecco qua, mo' chi la convince a Lucia che mi sono strappato i pantaloni per lavoro?

Alla fine della stradina i ragazzi che li precedevano lungo il tragitto, e che non avevano smesso di cantare e prendersi in giro tra loro, si fermarono di botto come di fronte a uno spettacolo improvviso. I poliziotti si fecero largo e videro una stretta rampa di gradini scavati nel tufo, e una lingua della stessa roccia che si protendeva nel mare color azzurro profondo, fermo come un lago.

Il sole era ormai alto, e l'aria era calda. Il ragazzo piú grande, portavoce del gruppo, si avvicinò a Maione e disse, solenne:

– Brigadie', noi qua facciamo i *ranci* e le cozze. Ma mo' che ci è morto *'o prevete* non ci possiamo scendere piú?

Maione guardò in fondo alla scala, scorgendo una piccola folla di adulti disposti a cerchio attorno a qualcosa che giaceva per terra. Allungò la mano per una ruvida carezza sulla testa del bambino e lo rassicurò:

– Non ti preoccupare. Tornerà tutto a posto e potrete pescare di nuovo i granchi.

Poi si avviò, seguendo Ricciardi e precedendo Camarda e Vaccaro.

C'erano quattro donne e due uomini. Appena si accorsero dell'arrivo dei poliziotti si aprirono come una tenda, rivelando un corpo riverso sul tufo in prossimità del punto in cui il piccolo promontorio terminava nell'acqua. Ricciardi notò una costruzione bassa e tozza, con un'unica finestra senza imposte. Una delle donne, dall'età indefinibile e dalla carnagione scurissima, se ne accorse e mormorò:

– Quella è la sorgente dell'acqua minerale.

Maione si asciugò il sudore che gli scendeva copioso dalla fronte.

– Ah, è qua. Ne ho sentito parlare. È buona, ci vengono apposta a prenderla. Certo, con 'sto caldo…

Come obbedendo a un comando, un'altra donna, piú giovane, si diresse all'interno della costruzione e, dopo qualche minuto, tornò con una brocca e un paio di bicchieri sbeccati. Ricciardi, l'unico che non sudava, rifiutò con un gesto, mentre Maione e le due guardie bevvero avidamente.

Il commissario teneva gli occhi fissi sul corpo. Il viso del morto era rivolto al suolo e non si vedeva, i radi capelli bianchissimi e sottili si muovevano appena per la brezza che saliva dal mare.

Sul cranio era evidente una larga depressione insanguinata, e sulla pietra si distingueva una macchia scura, ormai secca. Il vestito era la tunica nera, inconfondibile, di un prete.

Maione chiese:
– Chi è che l'ha trovato?

Uno dei due uomini si fece avanti. Era giovane, bruno, la pelle cotta dal sole e gli occhi circondati da un reticolo di rughe. Indicò con un secco gesto della testa una barca da pesca ormeggiata nei pressi della spiaggia, a una ventina di metri.
– Io, brigadie'. Renzullo Tommaso. Pescatore.

Ricciardi sospirò piano. Era arrivato il momento. Maione comprese la volontà del superiore e si rivolse agli altri:
– Va bene, venite tutti con me, Vaccaro e Camarda prenderanno le vostre generalità: i nomi e i cognomi, il mestiere che fate e come mai vi trovate qua. Non avete toccato niente, spero?

I presenti scossero il capo o mormorarono un diniego. Per qualche arcano motivo nessuno parlava a voce alta; la morte e quell'abito incutevano rispetto. Il gruppo guidato da Maione si allontanò di qualche metro, abbandonando la lingua di tufo. Una consolidata procedura, di cui il brigadiere non aveva mai chiesto la ragione, voleva che nel primo sopralluogo Ricciardi rimanesse qualche istante da solo accanto alla vittima.

Il commissario era sicuro che Maione non si fosse mai interrogato sul perché di questa sua esigenza. Era tipico dell'uomo, prima ancora che del poliziotto, accettare la cosa come naturale. Ci metteva tempo, Raffaele, a decidere se fidarsi o no di qualcuno, ma nel caso di Ricciardi erano bastati i pochi attimi in cui questi lo aveva fissato in viso con i suoi occhi verdi e, sussurrando, gli aveva riferito le parole del figlio morto.

Ora il commissario se ne stava in piedi, le mani nelle tasche, le spalle esili un po' curve, lo sguardo che vagava sul mare e sulla città distante che preludeva alla montagna. Un paio di gabbiani stridettero compiendo un breve giro di perlustrazione. Chissà perché gli spazi aperti, gli orizzonti vasti, limitavano le sue visioni. Come se la mente difettasse di concentrazione quando poteva allontanarsi dal fuoco dei pensieri, quando poteva librarsi e volare radente all'acqua, lasciandosi distrarre dal beccheggio della barca ancorata a pochi metri, dalla brezza leggera, dal pennacchio di fumo che saliva dal vulcano verso il cielo, dagli uccelli, dal...

Io confesso, ti confesso, lascialo stare, lascia che viva, io ti confesso.

Si voltò di scatto. Stagliato contro il mare, appena piú lontano del corpo inerte, il prete lo fissava. Era in ginocchio, le braccia lungo i fianchi, il volto inespressivo, come rassegnato. Il vento agitava alcune sterpaglie secche che crescevano lí vicino, accentuando l'impressione di irrealtà trasmessa dall'immagine del morto, in cui nulla si muoveva, né la tonaca né i capelli.

Sulla testa l'orribile ferita; sul collo un liquido nero e denso.

Io confesso, ti confesso, lascialo stare, lascia che viva, io ti confesso.

La frase ripetuta dalle labbra ferme, gli occhi velati, il brivido della sofferenza estrema. E il contrasto col mare cosí azzurro, con la serenità sospesa nell'aria resa dolce dal profumo di salsedine, col suono della risacca lenta e dei gabbiani. Senza quasi accorgersene, Ricciardi pensò a Enrica, al suo sorriso, al calore della sua mano.

Come farei, si chiese, a camminare con te qui, sulla spiaggia? Mentre tu vedresti tutta questa meraviglia e faresti progetti per chissà quale avvenire, appoggiando il capo sulla mia spalla, convinta di poter contare sul mio equilibrio e sulla mia forza, io sentirei la voce di un cadavere che mi sussurra all'orecchio: tu da un lato e lui dall'altro; tu che mi parli di felicità, lui di dolore.

Io confesso, ti confesso, lascialo stare, lascia che viva, io ti confesso.

E io?, pensò. Io confesserò mai a chi vuol vivere accanto a me, inconsapevole di amare un pazzo, un miserabile pazzo che dovrebbe essere rinchiuso con una camicia di forza in chissà quale manicomio, che vedo i morti e che i morti mi parlano?

D'un tratto incrociò gli occhi di Maione, che aspettava a rispettosa distanza. Il brigadiere avanzò verso di lui:

– Niente, commissa', i due uomini sono pescatori, zio e nipote; il piú giovane ha visto il cadavere all'alba e ha dato l'allarme. Le donne appartengono a due famiglie di contadini, stanno qua sopra. Scendono alla sorgente per prendere l'acqua, che rivendono pure.

Ricciardi chiese:

– Qualcuno di loro ha idea di chi sia il prete?

– Signorsí. Una delle donne l'ha incontrato diverse volte. Dice che nelle belle giornate si metteva seduto su quel masso laggiú a leggere. Si chiamava padre Angelo, sembra. Ogni tanto chiedeva un po' d'acqua e loro gliela davano. Una persona gentile, dice.

Ricciardi era pensoso.

– Quindi veniva qui. Conosceva il posto. Non ce l'hanno portato.

Si rivolse di nuovo a Maione:

– Hai avvertito il dottore e il fotografo?

Il brigadiere confermò:

– E certo, commissa', prima di uscire dalla questura. A momenti dovrebbero arrivare, anzi... a giudicare dalle bestemmie credo che siano proprio nell'ultima parte del sentiero.

Ricciardi prestò attenzione, e non riuscí a trattenere un mezzo sorriso sentendo la bella voce tenorile che conosceva tanto bene sacramentare contro i rovi che impedivano il passaggio.

– Ciao, Bruno, – disse quando vide spuntare la sagoma scarmigliata del dottor Modo, il medico legale, che sopraggiungeva seguito dal fotografo, impegnato a mantenersi in equilibrio per non far cadere macchina e treppiede.

Alle spalle di Ricciardi, il cadavere inginocchiato continuava a parlargli senza sosta.

Io confesso, ti confesso, lascialo stare, lascia che viva, io ti confesso.

v.

Enrica si era seduta spalle alla porta. Doveva preparare la lezione che avrebbe dato nel pomeriggio. Essendo miope, non era la posizione migliore, perché la luce di maggio che proveniva dalla finestra di fronte rendeva faticosa la lettura. Tuttavia la strategia del sorriso e del silenzio, alla quale si stava attenendo con rigore, le faceva sopportare questo piccolo disagio in cambio della conquista di una relativa tranquillità.

Già due volte aveva sentito entrare qualcuno nella stanza, col pretesto di prendere qualcosa dalla credenza o di spolverare o di riporre un libro: dando le spalle alla porta aveva evitato di incontrare sguardi e di essere costretta a rispondere a eventuali domande che avrebbero finito per innescare un dialogo. Non sia mai, pensò. Ancora.

I mesi seguiti al suo definitivo, plateale rifiuto della corte esplicita di Manfred erano stati tutt'altro che semplici. I partiti in casa si erano andati delineando e la configurazione delle forze in campo le era sfavorevole. Attorno alla madre, capo riconosciuto degli oltranzisti, si erano aggregati tutti i fratelli: un po' perché alla volontà di Maria Colombo era assai complicato contrapporsi, un po' perché risultava davvero poco comprensibile il motivo per cui una ragazza ormai venticinquenne, e non proprio dotata di un'avvenenza mozzafiato, si permettesse di respingere un uomo bellissimo, affascinante e ricco, un ufficiale, un nobile, e per di più tedesco.

La tattica della madre era stata di rigido stampo militare. L'aveva isolata, costringendola a non iniziare piú alcun discorso, che altrimenti sarebbe certo sfociato in quello principale. Le sorelle, la cameriera, la moglie del portiere continuavano, nella migliore delle ipotesi, a commiserarla, paventando per lei un futuro di solitudine e zitellaggio nell'indigenza e nelle ristrettezze. I fratellini non si spiegavano la tensione che c'era in casa, ma la percepivano, e accusavano Enrica del perenne malumore della madre che si ripercuoteva su di loro.

C'era poi l'altro partito, quello che la confortava e l'appoggiava difendendola a spada tratta. Era costituito da un solo membro, ma molto importante (il piú importante, per Enrica): il padre, Giulio. In sua presenza nessuno, nemmeno Maria, poteva azzardarsi a lanciare frecciatine o a nominare Manfred, ad accennare all'età di Enrica o al suo avvenire. Con calma e fermezza il cavaliere interveniva riducendo al silenzio l'interlocutore e pretendendo che la primogenita venisse lasciata in pace.

Giulio ed Enrica si somigliavano nel fisico e nel carattere. Alti, miopi e gentili, non recedevano di un millimetro dalle posizioni che ritenevano giuste, pur senza mai alzare la voce. In politica, per esempio, il vecchio liberale intratteneva lunghe discussioni serali col genero Marco, iscritto con convinzione al partito fascista, del quale confutava ogni idea o certezza; e cosí era sul lavoro, quando riceveva i clienti nel suo negozio di cappelli e guanti. Tutti avevano maturato negli anni un'assoluta fiducia in lui e nei suoi consigli, tanto che nessuno ricordava una sola rimostranza o un'insoddisfazione per un acquisto, né la restituzione di un articolo.

Il cavaliere faceva scudo a Enrica consapevole dell'amore che la figlia provava per l'enigmatico commissario

Ricciardi. Quando si era reso conto che la ragazza stava scegliendo la strada del silenzio del cuore, era perfino andato a parlargli, e in seguito gli aveva di buon grado accordato il permesso di frequentarla, anche se la richiesta era giunta in una circostanza insolita, in ospedale, dove il poliziotto era ricoverato a causa di una ferita d'arma da fuoco. Per qualche oscura ragione l'uomo gli piaceva, anche se c'era in lui un che di strano, di contorto. Se quella era la volontà di Enrica, per lui andava bene.

Durante il giorno, però, Giulio non c'era, e il partito di Maria aveva campo libero. La donna aveva saputo di Ricciardi e, nascosta dalle tende, lo aveva anche intravisto dalla finestra, ma nutriva grosse perplessità che non mancava di esprimere in molteplici forme. Come mai era ancora scapolo alla sua età? Manfred era vedovo, c'era una giustificazione, ma lui? Perché viveva da solo in un appartamento, con una governante di rara bruttezza? Dov'era la sua famiglia? Quali erano le sue sostanze, se vestiva sempre nello stesso modo, non possedeva un'automobile e non dava mai un ricevimento? Perché non aveva amici, giacché a quanto appreso dalla rete di informatrici del quartiere non lo si vedeva mai in un ristorante, a ballare o al cinematografo?

Enrica, a quel punto, si rifugiava nel suo ostinato silenzio, finché poteva. Eppure c'erano giorni in cui non bastava nemmeno sedersi dando le spalle alla porta. Maria entrò (la ragazza ne riconobbe il passo, senza possibilità di errore) e tossí facendola sobbalzare.

– Scusami, non voglio disturbarti. Possiamo parlare un attimo?

Il tono dolce e remissivo, cosí lontano dalle modalità con cui si era rivolta a lei nell'ultimo periodo, fece agitare la ragazza. Conosceva la determinazione di sua madre, ma anche la sua astuzia e la sua capacità di decifrare i pensieri dei figli.

Sospirò, chiuse con calma il libro che aveva davanti curando di mantenere il segno con il lapis, si voltò e rispose:

– Certo, mamma. Ditemi pure.

Maria la fissò a lungo, in silenzio. Enrica non poté fare a meno di notare che aveva gli occhi arrossati e le labbra strette, inoltre teneva le mani l'una nell'altra, come per darsi forza, cosa che aumentò ancor piú la sua preoccupazione.

Alla fine la donna esordí:

– Ascoltami, Enrica. Io sono tua madre. Spero sia chiaro. Sembra un'ovvietà, ma è una premessa fondamentale. Siamo d'accordo, su questo?

A Enrica scappò un sorriso; la situazione era surreale.

– Sí, siete mia madre. Perché, qualcuno lo ha messo in dubbio?

Maria fece il giro del tavolo e si sedette di fronte a lei.

– A me qualche volta sembra di sí, sai. Mi sembra proprio che ci stiamo allontanando, come due estranee. Eppure sei la mia bambina, la mia prima figlia, quella che mi ha regalato la gioia di diventare mamma. Lo capisci?

Suo malgrado, e consapevole di star cadendo in una rete, Enrica sentí montare in petto un'ondata di tenerezza.

– Mamma, ma che dite? Noi ci vogliamo bene, io sono sempre Enrica, mi riconoscete?

A Maria spuntarono due grosse lacrime. Tirò fuori un fazzoletto che teneva nella manica e si asciugò gli occhi.

– Lo so, sono noiosa. Continuo a parlarti sempre dello stesso argomento, a volte alzo anche la voce, perché i tuoi silenzi mi esasperano e io mi innervosisco. Ma ho un motivo, e questo motivo è il tuo futuro. Il tuo benessere.

Enrica tornò di colpo sulla terra e si pose sulla difensiva:

– Mamma, per favore, ne abbiamo discusso tante volte…

- Ti sei innamorata di quell'uomo. Lo capisco, e tu sei grande ormai, sei in grado di distinguere i tuoi sentimenti. Io alla tua età...
- ... avevate già tre figli, lo sappiamo bene, mamma. E avevate messo su la casa, esattamente com'è adesso.

Una nuvola di rabbia per lo scimmiottamento attraversò il viso di Maria, che però riuscí a scacciarla tornando serena.

- Sí. Proprio cosí. Quando avrai figli anche tu, Enrica, capirai i sogni di una madre. Non è solo una questione di ricchezza, di soldi... Certo, quelli dànno serenità, ma non sono fondamentali. Ciò che davvero conta è l'amore.

Enrica annuí, decisa.

- Sí, mamma. Lo so bene. È proprio quello...
- ... che cerchi di farmi capire. Me ne rendo conto. E tuttavia sappi che alla lunga l'amore può essere minato da tante piccole cose. Un marito poco accorto, preso dai suoi pensieri e dal suo lavoro, che trascura la famiglia, può essere fonte di infelicità per una donna. Per questo è giusto che una madre, con la sua esperienza, giudichi...

La ragazza scosse il capo, malinconica.

- Mamma, di che stiamo parlando, me lo volete dire? Perché se continuiamo a lasciare sottintesi, non riusciremo mai a essere chiare fra noi.

Maria prese un respiro.

- Giusto. E allora dimmi del maggiore Von Brauchitsch, che...

Enrica scattò:

- Mamma, basta! Io non lo amavo, Manfred! Non c'entra Lu... non c'entra nessun altro, io non lo amavo e basta. Non è immaginabile trascorrere tutta la vita...
- Tesoro mio, guarda che l'amore può anche presentarsi dopo, quando ci sono i figli e...

– E voi credete davvero che io potrei desiderare un figlio da qualcuno che non amo? Che una come me abbia aspettato tanto tempo per poi rassegnarsi a sposare un uomo che non rappresenta nulla per lei?

Maria aprí la bocca, ed Enrica si convinse che fossero arrivate al solito punto in cui la conversazione finiva male, lasciando entrambe sulle posizioni di partenza, ma con la sofferta consapevolezza di aver scavato ulteriormente un fossato che prima o poi sarebbe divenuto incolmabile.

Invece Maria la sorprese.

– Se hai deciso cosí, io ti aiuterò. Perché sono tua madre, e volere bene a qualcuno significa desiderarne la felicità.

Enrica sbatté le palpebre sotto gli occhiali.

– Davvero? Ma... Grazie, mamma, io non vi so dire quanto...

Maria sorrise.

– Però vorrei conoscere quest'uomo. Ha parlato con tuo padre, e la cosa è apprezzabile, indice di buone serie intenzioni, ma credo di avere il diritto di conoscerlo anch'io. Non sei d'accordo?

Enrica era con le spalle al muro. Tacque un secondo, poi rispose, calma:

– Sí, mamma. Avete ragione.

La donna riprese:

– E quindi, come è successo con il maggiore, lo inviteremo a casa per un caffè. Non avrà nulla in contrario, spero.

La ragazza si sentiva morire.

– No, immagino di no. Anzi, sono sicura che verrà con piacere.

– Perché se cosí non fosse, – continuò Maria, con l'aria di chi riflette tra sé, – vorrebbe dire che non ci tiene poi così tanto a te, ti pare? E in questo caso converresti con me che le premesse non sono positive. Enrica accennò di sí col capo, non avendo argomenti.

– Perciò fagli sapere che lo aspettiamo domani pomeriggio, diciamo alle sei. Ci sarà anche tuo padre, tanto è domenica.

La donna si alzò, senza smettere di sorridere. Prima di uscire dalla stanza, concluse:

– Vedi? A volte basta parlare. Solo parlare.

VI.

– Ciao un corno, – imprecò il dottor Modo. Era stravolto, aveva il viso rosso e la cravatta allentata; la camicia, con il colletto sbottonato, fuoriusciva dai pantaloni madida di sudore.
Si indicò la gamba destra con gli occhi spalancati, come se mostrasse un vero scandalo.
– Ma ti rendi conto? Mi sono rotto i calzoni! Erano nuovi, dannazione!
Maione si toccò la visiera del cappello in segno di saluto.
– Buongiorno, dotto'. Non me ne parlate, guardate qua, pure io ci ho uno strappo: quelle spine so' terribili.
Modo non era disponibile al mal comune, e tantomeno al mezzo gaudio.
– Per favore, brigadie', non spariamo fesserie! A voi i pantaloni ve li procura il fascio o chi per lui, io me li devo comprare, e il mio sarto, non per vantarmi, è uno dei piú bravi della città. Mo' questo danno a me chi me lo paga, me lo volete dire?
Ricciardi intervenne:
– E va bene, Bruno, che vuoi che sia, è un paio di pantaloni. Qui mi pare che ci sia qualcuno che sta peggio, stamattina.
Il dottore seguí il gesto del commissario e vide il cadavere.
– Sí, certo, ti appelli vigliaccamente al mio senso di compassione, che è una specie di malattia professionale,

ma sia chiaro che ti ritengo responsabile del danno che ho subito. E poi, ti sembra un posto dove morire, questo? Percorri tutta quella strada, attraversi la giungla con un caldo simile e infine ti butti sul tufo? E allora ditelo, che mi volete rovinare la settimana, proprio di sabato, quando uno avrebbe pure il diritto di riposarsi e...

Il fotografo, nel frattempo, aveva svolto a fatica il proprio lavoro e, sforzandosi di non cadere sulla superficie irregolare del piccolo promontorio, aveva scattato le immagini del cadavere. Si rivolse al medico legale:

– Dotto', io ho finito, se vi volete accomodare...

Modo lo guardò storto, ancora intento a valutare l'entità dello strappo nella stoffa.

– Accomodarmi, sí, proprio. Perché io devo essere sempre grato a voi, eh, brigadie', che quando si tratta di cose scomode chiedete di me. Vorrei capire quando finiranno queste richieste nominative.

Maione sorrise, beato.

– Ma come, dotto', il commissario e io vi concediamo di venire a prendere un poco di aria di mare quando comincia a fare caldo e voi, invece di ringraziarci, vi lamentate? È inutile, la vecchiaia è una brutta bestia. Il carattere peggiora assai.

Vaccaro ridacchiò e il dottore lo fulminò con lo sguardo. Poi si chinò sulla vittima, con sollecitudine e rispetto. Ricciardi, come al solito, apprezzò l'atteggiamento dell'amico, e attese che terminasse.

Dopo essersi rialzato, Modo comunicò la sua prima impressione:

– Una settantina d'anni, mi pare, abbastanza ben portati. C'è parecchia differenza di temperatura tra la notte e il giorno, perciò non riesco a fornirvi un dato preciso, ma la morte potrebbe risalire a dieci, forse dodici ore fa.

A un primo esame non ci sono altre lesioni oltre a quella sulla testa.

Maione chiese:

– Può essere caduto, dotto'?

Modo si guardò attorno, quindi si avvicinò a un grosso sasso e lo spostò col piede.

– A meno che non si sia buttato dal cielo no, brigadie'. Troppo forte la botta perché la causa sia una caduta. E poi, non per fare il mestiere vostro, per carità, ma se uno inciampa e picchia la testa in quel modo morendo all'istante, non rimane con la faccia rivolta al suolo. La pietra che l'ha colpito è questa, vedete, sotto è sporca di sangue. È stata gettata via, è rotolata. E vi dico di piú: quando lo hanno colpito...

Con gli occhi fissi verso quello che per gli altri era il vuoto, ma che per lui non lo era affatto, Ricciardi mormorò:

– Quando lo hanno colpito stava in ginocchio.

Il dottore lo fissò, sorpreso.

– E tu come lo sai?

Il cadavere inginocchiato, a pochi metri di distanza, ripeté:

Io confesso, ti confesso, lascialo stare, lascia che viva, io ti confesso.

Ricciardi rispose:

– Le macchie sulla tonaca. Tonde, umide, all'altezza della metà delle gambe, piú o meno. Era in ginocchio.

Il medico sorrise, compiaciuto:

– Bravo. Bravo, Ricciardi. Dietro quell'apparenza di ragazzo di campagna un po' ottuso c'è un talento deduttivo. Io me ne sono accorto da recenti escoriazioni sulle ginocchia. Il terreno, qui, non è esattamente un cuscino imbottito.

Maione fissava i capelli bianchi, scuotendo il capo.

– Ma è un vecchio, un prete. Poveretto! Chi può avergli fatto una cosa del genere? Mentre stava in ginocchio, magari pregava... Uno arriva e gli spacca la testa con una pietra. Assurdo.

Modo si sventolava col fazzoletto, scrutando di tanto in tanto lo strappo sui calzoni.

– L'assassino deve essergli arrivato alle spalle; il colpo è sulla sommità del cranio. Certo, sarò piú preciso dopo l'esame necroscopico, ma penso proprio che sia andata cosí, perché se no si sarebbe accorto dell'aggressione.

Il brigadiere diede un'occhiata attorno.

– Non mi pare ci siano segni di lotta. Guardate quest'erba, e il pietrisco: se ci fosse stata una colluttazione si vedrebbe. E poi...

Allungò le mani nelle tasche dell'abito del morto e ne estrasse un logoro portafoglio in pelle nera.

– Ecco, nemmeno lo hanno derubato.

Lo aprí e lesse ad alta voce.

– De Lillo Angelo. S.J. Che significa?

Ricciardi spiegò:

– *Societatis Jesu*. Della Compagnia di Gesú. Era un gesuita.

Vaccaro si inserí:

– Scusate, commissa', ma non sono i gesuiti quelli che stanno a Villa San Luigi, qua sopra a Posillipo?

– Sí, penso proprio di sí. Forse abbiamo scoperto la residenza del prete. Mi raccomando, Bruno, sbrigati con l'esame. Magari in serata passo da te e mi dici.

Modo agitò il pugno verso di lui.

– Non solo ci rimetto un pantalone nuovo, ma vorresti anche privarmi del sabato sera? Io non sono di turno, sai? E no, mio caro, se avrai bisogno di me, mi troverai nel miglior bordello della città, dove farò cose che tu non...

Ricciardi si era già avviato per le scale seguito da Maione, che aveva ordinato a Vaccaro e Camarda di attendere i necrofori.

Modo gli urlò dietro:

– Non prima delle nove, hai capito, maledetto? Non prima delle nove, accidenti a te!

VII.

Le notizie corrono piú veloce di chi le porta. Questo è vero ovunque, ma in quella città la velocità raddoppiava. Pertanto, quando Ricciardi e Maione arrivarono allo scolasticato dei gesuiti, trovarono ad attenderli un folto gruppo di sacerdoti e seminaristi in lacrime.

Si fece avanti un prete anziano, col naso adunco e il volto affilato.

– Sono padre Vittorio Cozzi, il superiore della comunità. Voi siete della polizia, suppongo. Possiamo sapere cos'è accaduto? Padre Angelo... Non può essere, non può essere! Lui era... non padre Angelo! Stamattina aveva lezione e... e adesso? Io non credo di poter... Com'è successo? È caduto, dicono. Io non capisco, che ci faceva là? Avrebbe dovuto essere nella sua stanza...

Maione, vedendosi circondato da tutte quelle tonache, alzò un braccio.

– Un momento, un momento, per carità. Per ora non sappiamo molto, dobbiamo aspettare le risultanze degli esami. Nel frattempo, però, abbiamo bisogno di informazioni. Io sono il brigadiere Maione, della questura, e questo è il commissario Ricciardi. Per piacere, padre, possiamo andare in un luogo un po' piú riservato?

Il prete si guardò attorno, quasi si rendesse conto solo allora della presenza di tante persone, e si avviò verso un portone in cima a una breve rampa di scale. I due poliziotti lo seguirono lungo un corridoio, raccogliendo gli sguardi curiosi e addolorati di inservienti e addetti alle pulizie, oltre che degli studenti che avevano già preso posto nelle aule. Quel giorno, cosa comprensibile, le attività dell'istituto avevano subito dei rallentamenti.

Padre Vittorio fece accomodare i poliziotti nel suo ufficio, una stanza ampia con una grande scrivania intarsiata e una libreria stipata di volumi, invitandoli a prendere posto su due poltroncine. Lui si sedette dietro il tavolo.

Ricciardi ne studiò l'espressione. Sembrava sconvolto e sinceramente sconfortato; al di là di un autentico dolore personale, tradiva una forte ansia.

Il commissario esordí:

– Vi dico subito che sappiamo pochissimo, padre. Il vostro confratello è stato ritrovato da un pescatore nelle prime ore del mattino; è morto a seguito di un colpo alla testa. Era vicino alla spiaggetta dell'acqua minerale, in fondo a via Costa, non molto lontano da qui. Potrebbe essere caduto, e allora si tratterebbe di un incidente. Ma potrebbe pure essere successo per mano di qualcuno. Questo è il motivo per cui abbiamo bisogno della vostra collaborazione e vi chiediamo di rispondere alle nostre domande.

Il prete strabuzzò gli occhi, drizzandosi sulla sedia.

– Ma... come sarebbe, scusate, per mano di qualcuno? Padre Angelo? Non può essere, vi sbagliate. Non perdete tempo con ipotesi assurde. Padre Angelo, lui... Ma che dite? Siete impazzito?

Ricciardi e Maione si scambiarono un rapido sguardo. Quando si comunicava una notizia come quella le reazioni rivelavano molto. Per esempio si capiva subito se la persona che la riceveva era al corrente di qualcosa, nella vita recente della vittima, che potesse destare timori o preoccupazioni. Una minaccia, un comportamento pericoloso avvenuti da poco avrebbero suscitato un dubbio, un pensiero al limite della coscienza capace di avallare in qualche modo l'ipotesi dell'omicidio.

In questo caso, padre Vittorio Cozzi, superiore della comunità dei gesuiti di San Luigi, mostrava con chiarezza assoluta di non aver mai nemmeno immaginato che padre Angelo De Lillo potesse morire per volontà di qualcuno che non fosse il Padreterno.

Ricciardi si spiegò:

– È soltanto una possibilità, padre. Non ho affermato che sia andata effettivamente cosí. Ma, come immaginerete, non dobbiamo tralasciare alcuna pista; nel vostro stesso interesse, se il vostro interesse è conoscere la verità.

L'allusione fece sbattere le palpebre al religioso.

– Certo, commissario, che vogliamo conoscere la verità, e con totale chiarezza. È che... padre Angelo è... era tra i confratelli piú amati, un uomo straordinario. Se non temessi di usare questo termine, se non insegnassi io stesso agli studenti quanto sia raro ricevere una simile benedizione, direi senz'altro che era un santo. È stato docente di generazioni di sacerdoti, era colto, e studiava ancora sebbene fosse in là con gli anni. Pensare che qualcuno abbia potuto non dico... fare questa cosa, ma anche solo alzare la voce con lui è davvero difficile.

Ricciardi insistette in tono cortese:

– Immagino quindi sia inutile chiedervi se vi risulta che, negli ultimi tempi, padre Angelo avesse avuto una lite, una discussione, magari per futili motivi. Un alterco, una disputa per ragioni di lavoro...

Padre Vittorio sorrise, scuotendo il capo.

– No, no. Figurarsi, una disputa: padre Angelo era molto autorevole, nessuno si sarebbe permesso di entrare in polemica con lui, e d'altra parte era cosí dolce, cosí sereno che rendeva impossibile un semplice battibecco. Non che non succeda, tra noi, la teologia è materia molto piú conflittuale di quanto si immagini, però non con Angelo. È da escludere. E del resto non ho memoria che sia stato coinvolto in nulla del genere. Al massimo può essere stato chiamato a dirimere qualche questione, ma senza essere parte in causa. Angelo era una figura di riferimento per l'intera nostra comunità, e anche per i seminaristi.

Maione si inserí:

– Padre, ci sono per caso dei parenti da avvertire? Perché, eventualmente, sarebbe utile sentire anche loro.

Ricciardi apprezzò la domanda del brigadiere, tesa ad aprire un altro fronte di indagine. Sapeva bene quanto fossero frequenti le motivazioni familiari nei delitti efferati.

Padre Vittorio negò con decisione:

– No, brigadiere. Quando uno compie la scelta di padre Angelo, la stessa che abbiamo compiuto io e gli altri confratelli, la famiglia di origine cessa di esistere: esiste solo la Compagnia. Pensate che qualche mese fa è mancata la madre di uno di noi, e proprio padre Angelo ha dovuto negargli il permesso di andare a salutarla perché questo avrebbe sottratto giorni all'insegnamento.

Ricciardi, incuriosito, domandò:

– Mi chiedo come abbia reagito, costui. E come mai ha dovuto occuparsene padre Angelo? Non siete voi il superiore?

Cozzi inclinò la testa.

– Qui siamo consapevoli che una volta entrati in Compagnia il passato, anche affettivo, non esiste piú. La missione alla quale siamo chiamati è primaria, importantissima. Il confratello ha ringraziato padre Angelo per averglielo ricordato con dolcezza, tutto qui. Ed è toccato a lui farlo perché era il suo padre spirituale. Noi non siamo un'azienda, non ci sono capi e direttori. Ognuno ha le sue competenze, i suoi doveri, e in certi casi la competenza è appunto del padre spirituale, che si sceglie e non si lascia piú. Padre Angelo era la guida di molti di noi, io stesso mi facevo confessare da lui.

Ricciardi rifletté:

– Perciò, com'è naturale, ci sono membri della comunità che erano in rapporti piú stretti con padre Angelo, giusto? Ce li indichereste?

Padre Vittorio corrugò la fronte.

– Commissario, ve lo ripeto, stiamo parlando di una persona speciale. Padre Angelo era tra i piú anziani, ed era sempre disponibile, pronto al conforto. Lo cercavamo in tanti, e non so proprio come faremo senza di lui che...

Maione lo interruppe:

– Sí, ma siete esseri umani anche voi, no, padre? Ci sarà stato uno un poco piú amico, piú unito. Io per esempio tengo sei figli, e voglio bene a tutti e sei allo stesso modo, Dio m'è testimone, ma ci sta quello che senti piú vicino perché è piú debole o perché è piú delinquente. Padre Angelo avrà avuto qualcuno con cui era in particolare confidenza. E poi pure lui avrà avuto il padre spirituale.

Il sacerdote sorrise di nuovo.

– Qua delinquenti non ce ne stanno, brigadiere. Almeno, non che io sappia. E a confessare padre Angelo ero io. Per questo, pur non entrando nei particolari, che comunque non mi sarebbe permesso, posso garantirvi che non aveva angosce o inimicizie.

Nell'ultima parte del discorso si era commosso, e dovette soffiarsi il naso per mascherare le lacrime che gli erano spuntate dagli occhi. Ricciardi si convinse che l'uomo doveva essere realmente affezionato al defunto.

Quando si riprese, padre Vittorio continuò:

– Però quello che mi avete detto sui figli mi ha fatto pensare che sí, forse dovremmo ribaltare la prospettiva. Mi avete chiesto dei sentimenti che nutrivamo tutti per Angelo e io vi ho risposto, e lo confermo, che si trattava di un sincero, enorme affetto, al limite della devozione. Ma, mi pare di aver capito, adesso volete sapere se, da parte sua, padre Angelo era legato a qualcuno in modo speciale.

Maione e Ricciardi si fissarono. Il commissario annuí e Cozzi riprese:

– Credo di poter affermare che, tra i suoi figli spirituali, Angelo provasse un particolare senso di responsabilità verso padre Michele Police, il sacerdote che ha perso la madre, come lui originario della Lucania, e verso padre Costantino Fasano, di cui aveva ricevuto la vocazione quasi trent'anni fa.

Ricciardi si soffermò a riflettere, poi disse:

– Magari parleremo anche con loro, una volta avuti i risultati dell'esame dal dottore. A questo proposito, vi devo chiedere di avallare la necroscopia sul corpo di padre Angelo; mi rendo conto che si tratta di una deroga ai vostri principî, ma sarebbe davvero importante per arrivare alla verità.

Padre Vittorio chiuse gli occhi e le sue labbra mormorarono qualcosa di inintelligibile; i due poliziotti compresero che stava pregando. Quando il prete tornò tra loro aveva il viso rigato dal pianto e la voce rotta, ma l'espressione serena.

– Noi dobbiamo scoprire che cosa è accaduto a padre Angelo, commissario. Lui diceva sempre che lo spirito non ha necessità del corpo, come i sentimenti. Fate tutto ciò che è necessario, vi prego.

Ricciardi si alzò dalla poltroncina. Prima di uscire, però, si fermò e chiese al prete:

- Un'ultima domanda: di che cosa si occupava padre Angelo?

L'uomo lo fissò, interrogativo.

- In che senso, commissario? Ve l'ho detto, era il padre spirituale di molti di noi e insegnava ancora: illustrava l'Antico Testamento agli studenti che...

- Scusate, intendevo se svolgeva una qualche opera anche all'esterno della vostra casa.

L'altro ci pensò su, poi spiegò:

- Padre Angelo era una figura illustre, molto apprezzata non solo qui dentro. Era amico di moltissime famiglie influenti, che frequentava stabilmente offrendo la propria cultura e il sostegno religioso, soprattutto nelle malattie. Questo sia quando lo chiamavano, il che accadeva spesso, sia di sua iniziativa, per coltivare antichi rapporti.

- E che faceva di preciso?

Il prete scosse il capo.

- Credetemi, mi risulta difficile parlarne al passato. Solo ieri sera ci siamo salutati con il consueto affetto; ero convinto si fosse ritirato in camera sua e invece... L'avranno cercato per una cosa urgente e sarà dovuto uscire all'improvviso.

Maione era perplesso.

- Perché mai un prete anziano dovrebbe essere chiamato di sera tardi, o addirittura di notte, per una cosa urgente?

Padre Vittorio assunse un'espressione sorpresa.

- Ma è semplice, brigadiere. Padre Angelo era un confessore. Come tutti noi, certo, ma nel suo caso, con i rapporti di amicizia che intratteneva, era diventata la sua attività principale. Padre Angelo riceveva le confessioni della piú alta società cittadina.

VIII.

Seduta sul sedile posteriore della grande berlina nera guidata dal taciturno autista del duca Marangolo, Bianca Borgati osservava attraverso il finestrino la città immersa nella primavera.
E pensava che di lí a poco avrebbe assistito a un triste, doloroso contrasto tra quell'esplosione della vita, le promesse di fioritura e d'amore, e l'incombenza della morte. Ogni ragazzino aggrappato ai sostegni dei tram, ogni ciclista che pericolosamente attraversava la via distraendosi per guardare qualche bella ragazza che ancheggiava sul marciapiedi, ogni vecchio che sospirava di fronte a scale che non riusciva piú a salire esprimevano la forza e il desiderio vitale che Bianca non avrebbe trovato nel luogo in cui si stava recando.
Non pochi erano quelli che si voltavano con curiosità e meraviglia vedendo passare la vettura, un ultimo modello di Isotta Fraschini dalle lucidissime cromature; il rumore che proveniva dal lungo muso ricordava il sordo ruggito di dieci leoni. E tuttavia gli occhi dei passanti, attirati dall'automobile, si soffermavano soprattutto sul profilo di raffinata bellezza della passeggera che si reggeva alla maniglia con la mano guantata.
La contessa di Roccaspina era tra le donne piú avvenenti della città. Lo era stata anche quando le intemperanze del marito Romualdo, ora in prigione per aver confessato

un omicidio che in realtà non aveva commesso, dedito a ogni tipo di gioco d'azzardo, l'avevano ridotta in miseria e per la vergogna aveva cessato di frequentare la società nella quale era nata e cresciuta. Lo era stata anche quando aveva dovuto nascondere i propri abiti lisi e consunti, quando il tempo dei belletti e dei cappellini alla moda era diventato un ricordo. Lo era stata anche quando, per sopravvivere e per fronteggiare i debiti, era stata costretta a vendere gli argenti e le porcellane che aveva ricevuto da parenti e amici come dono di nozze.

Eppure, proprio dopo che era rimasta sola e aveva raggiunto il punto piú basso del disonore in seguito all'arresto del conte, grazie al sostegno dell'amico Carlo, il duca Marangolo, scapolo ricchissimo che l'aveva sempre amata con discrezione e in silenzio, era risorta e rifiorita come la primavera che ora trionfava per le strade.

I capelli ramati avevano recuperato l'antico splendore, presi in cura dalle mani della parrucchiera piú abile e costosa della città; lo sguardo dei suoi occhi, di un incredibile colore viola, si era risollevato, ritrovando il perduto orgoglio; il corpo flessuoso, il collo lungo e la carnagione bianca, il naso piccolo e il broncio naturale delle belle labbra erano tornati ad attirare gli sguardi ammirati degli uomini che frequentavano i salotti migliori e ad alimentare le chiacchiere delle donne. Tutta la buona società era convinta che Bianca fosse l'amante del duca e ne sfruttasse sordidamente le immense sostanze.

Non era vero. Carlo l'adorava, non gliel'aveva mai nascosto, ma sapeva che da lei non poteva ottenere in cambio piú di una tenera amicizia, un'amicizia resa dolorosa dalla malattia che lo stava portando alla morte.

L'Isotta Fraschini varcò il portone del palazzo sul lungomare dove risiedeva il duca come una belva rientra nella tana. L'autista scese rapido e aprí lo sportello della contessa, inchinandosi appena. Lei gli sorrise e si avviò verso la rampa di scale che portava al piano nobile, accolta da Achille, il maggiordomo, che si era affrettato a riceverla. Bianca gli rivolse uno sguardo interrogativo, e quello chinò il capo scuotendolo piano. La donna provò un improvviso vuoto allo stomaco e una leggera vertigine; non si sentiva pronta a perdere il suo amico.

Come sempre, per prima cosa si soffermò davanti alla grande specchiera dell'ingresso. Non lo faceva per compiacersi del proprio aspetto, ma perché sapeva che Carlo l'avrebbe esaminata da capo a piedi, rilevando la minima imperfezione o sciatteria negli abiti, nelle scarpe, nei guanti o nel cappello: pretendeva che ogni particolare fosse all'altezza, e lei stessa ci teneva ad apparirgli perfetta, per rivedere nei suoi occhi ingialliti dall'ittero almeno un barlume dell'antica allegria.

Si sistemò l'abito leggero di Kasha, legato in vita da una fusciacca stretta, il cui colore ricordava quello dei suoi occhi senza raggiungerne la sfumatura; infine provò il sorriso, consapevole che fosse l'indumento piú difficile da indossare. Poi il domestico le fece strada, bussando con garbo alla porta della camera di Carlo.

Era oltre un mese che il duca non riusciva a riceverla in uno dei salotti, nelle visite quotidiane che avvenivano un'ora prima del tramonto e che erano la loro dolce, triste abitudine. Faceva preparare la camera, arieggiandola per quanto possibile e illuminandola discretamente con abat-jour; le tende rimanevano aperte per lasciar entrare il mare e il suo incanto, e permettere al profilo lontano dell'isola di stagliarsi nell'ultima luce del giorno. Sceglieva con cura anche i dischi che la mano discreta di Achille avrebbe alternato sul piatto del grammofono; musica giunta apposta dall'America. E infatti Bianca fu accolta dalla splendida voce di una giovanissima cantante nera, una certa Billie Holiday, che sussurrava *But Not for Me* dei fratelli Gershwin.

Il nobiluomo era adagiato su tre cuscini, con indosso una veste da camera. Le luci erano disposte in modo che il viso rimanesse in penombra. Non era vanità, ma pudore: la malattia del fegato che lo stava uccidendo aveva effetti terribili anche sul colorito, che peggiorava ogni giorno di piú. Un paio di settimane prima aveva detto a Bianca che in lui combattevano con fierezza il desiderio di essere ricordato da lei in una forma appena decente e la necessità di vederla, ma che vinceva sempre quest'ultima.

Percepí l'arrivo dell'amica senza aprire gli occhi, continuando a seguire la canzone.

– La senti, Bianca? La senti? È come una risata trattenuta, ma anche come un lamento. Ha nella voce tutta la vecchiaia del mondo, e ha appena diciott'anni. Mi hanno scritto dalla sua terra che l'hanno stuprata quando ne aveva dieci, e che per sopravvivere ha dovuto fare la prostituta. Le ho mandato dei soldi, sai? Un vaglia internazionale, anonimo. Volevo ricompensarla per avermi regalato, con il suo talento, una delle due ultime gioie della vita. L'altra sei tu.

Un accesso di tosse lo costrinse a interrompersi; sul fazzoletto rimasero alcune tracce di sangue. Bianca trattenne il fiato, e le lacrime. Non riusciva ad abituarsi a vederlo cosí. Non era mai stato avvenente, ma fra tutti gli amici del fratello maggiore si era sempre distinto per forza e coraggio: ora sembrava attaccato alla vita con un filo, che si assottigliava istante dopo istante.

– È davvero bravissima, e hai fatto bene a sostenerla, – replicò Bianca. – Quando starai meglio ti accompagnerò in America e andremo ad ascoltarla dal vivo, invece che attraverso i dischi.

Quella proposta impossibile suonò stonata perfino a lei. Il mare imbruniva, mormorando.

– Bianca, Bianca. Non fingere che esista un futuro. Io lo so che non ce l'ho, e non mentirò dicendoti che non me ne importa. Me ne importa eccome. Avrei voluto andare per mare, volare in aeroplano, e piú di ogni cosa avrei voluto vederti ancora ridere alla luce del sole.

– Ma mi vedrai, Carlo! Mi farai ridere tu, con una delle tue brutte barzellette incomprensibili; mi farai ridere coi tuoi ricordi, con le tue taglienti considerazioni su questa o quella gran dama, mi farai ridere…

Il duca scosse la testa.

– No, Bianca. Purtroppo io ti farò piangere, invece. Di qui a qualche giorno, a qualche ora forse, ti farò piangere quando mi vedrai infine dormire sereno e…

La contessa protestò con forza, la voce incrinata:

– Non voglio sentirle queste cose, Carlo! Smetti subito! Io non posso… non posso sopportare che…

Marangolo fece un cenno ad Achille perché non sostituisse il disco appena finito. Prese fiato e disse:

– Ascoltami bene, Bianca. E ti prego, non interrompermi. Ho impiegato tanto tempo a preparare questo discorso, e non so nemmeno se avrò la forza di terminarlo; perdo vigore di minuto in minuto.

Il cuore in gola, la donna annuí. Il maggiordomo si ritirò nell'ombra. Il mare sussurrò le parole della sua misteriosa canzone. Carlo riprese:

– Tu sei l'amore della mia vita, Bianca. In ogni donna che ho avuto ho cercato un pezzo di te senza mai trovarlo, senza mai potermi fermare. Tu, solo tu sei il motivo per il quale non ho avuto moglie né figli. Sarebbe stato assurdo essere cosí bugiardo da sorridere a un'altra quando tu mi riempivi il cuore e l'anima.

– Carlo, per favore...
– No, ti ho chiesto di non interrompermi. Sono quindici anni che voglio dirti questo; mi sono figurato la scena non so quante volte. E ora lo faccio, in punto di morte. Ti amo, Bianca. Ti ho amata sempre, e l'ultimo pensiero che avrò chiudendo gli occhi sarà per te. Il mio amore, lo vedi, ha superato la carne ed è diventato un fantasma che infesterà queste stanze. È un amore che non prevede la tua infelicità, quindi io non voglio che tu soffra quando non ci sarò piú.

Bianca si alzò di scatto.

– Come puoi pensare di impormi i sentimenti che dovrò provare o non provare? Come credi che possa essere felice senza di te, senza le tue parole e il tuo sostegno? Io soffro già adesso, come potrei non soffrire dopo?

Il poveretto ansimava.

– Questa, amore mio, è una confessione. Solo una confessione. Puoi riceverla, ma non contestarla.

Tossí ancora, stavolta in modo cosí feroce che Bianca avanzò di un passo verso il letto. Lui la bloccò.

– Non arriverò a domani. L'ho capito stamattina, quando mi sono svegliato e ho visto il mare, quel mare pieno di primavera. In fondo è bello morire in primavera, mentre ogni cosa rinasce; lo sai, a me piace fare tutto al contrario. Ho chiamato il notaio e gli ho dettato le mie volontà. Achille ha fatto da testimone. È un uomo nobile, il cuore vale piú del sangue. Ho disposto affinché non abbia piú bisogno di lavorare, come Gustavo, fedele custode di molte notti divertenti del passato.

Bianca si rese conto che, nell'anfratto in cui si era ritirato, il maggiordomo stava piangendo in silenzio, asciugandosi le lacrime con la mano guantata.
Il duca continuò, quasi in un sussurro:
– Il resto, tutto il resto, l'ho lasciato a te.
A Bianca si fermò il respiro.
– No, Carlo, no... Ma perché? La tua famiglia...
– Quale famiglia? Un paio di cugini che a stento riconoscerei se li incontrassi e che hanno cominciato a mandare lettere solo dopo aver saputo che ero malato? No. La famiglia è fondata sull'amore, e il mio amore sei tu. Quindi sei tu la mia famiglia. Solo tu.
Bianca non sapeva che dire.
– Scoprirai che si tratta di molto, molto piú di quanto già sospettino le malelingue. Grazie ad alcuni fortunati investimenti, il mio patrimonio è molto cresciuto. Sarai la donna piú ricca della città, e tra le piú ricche del Paese. Ti prego, stai attenta che la notizia non trapeli mai: avresti attorno tante di quelle cavallette che non sapresti piú come liberartene.
Bianca piangeva ormai senza ritegno.
– Ma a cosa mi servirà tutto questo senza di te? Senza che tu mi dica ciò che devo o non devo fare? Io non sono capace di...
– Imparerai. Io voglio solo che tu non soffra. Voglio che tu viva e sorrida, perché il tuo sorriso scioglie il ghiaccio, riscalda l'anima. Sorridi, amore. Sorridi per me.
Bianca fece un passo verso di lui, si chinò e lo baciò con dolcezza sulle labbra. Il duca bruciava di febbre.
– Adesso ti prego, lasciami. Devo sognarti. Ho deciso di andarmene con l'immagine di te sull'altalena a quattordici anni, bella come mai piú niente ho visto in vita mia. Devo sognarti. Perché nel sogno posso averti.

Alzò a fatica una mano e Achille avviò di nuovo il grammofono. Billie Holiday, con la sua voce giovane e vecchia, cantava: *They're writing songs of love, but not for me. A lucky star's above, but not for me...*

Bianca uscí dalla stanza trattenendo i singhiozzi, e sulla soglia si voltò a guardare il vecchio amico.

Per l'ultima volta.

IX.

Era ormai pomeriggio inoltrato, ma d'altronde un omicidio è una faccenda lunga da sbrigare.
Generalità da raccogliere, fotografo e medico legale, verbalizzazione delle prime testimonianze: tutta roba che richiede tempo. Se poi si consideravano gli spostamenti per raggiungere il luogo del delitto, non proprio vicino alla questura, e il doversi muovere coi mezzi pubblici perché le automobili a disposizione eccetera eccetera, allora diventava comprensibile che Ricciardi, Maione e le due guardie, ricongiuntesi con i superiori dopo l'arrivo dei necrofori, fossero rientrati in ufficio in ora tarda.
Quello che c'era da dire se l'erano detto traballando sul tram che scendeva da Posillipo a Mergellina per poi ripercorrere il lungomare verso il centro, con la piccola folla di donne e uomini che ritornavano dai terreni collinari carichi di frutta, verdura e uova.
La sequenza degli eventi era piuttosto semplice, in effetti. Il prete, questo padre Angelo, universalmente noto come una specie di santo (alcuni gesuiti, o aspiranti tali, assiepati all'esterno dell'ufficio di padre Vittorio avevano confermato le parole di quest'ultimo), per qualche ragione si era ritrovato in piena notte, in ginocchio, sulla sottile lingua di tufo vicino alla spiaggia dell'acqua minerale. Non era stato agevole, per i poliziotti, raggiungerla di giorno, aveva considerato Maione controllando lo strappo

sui calzoni, figurarsi col buio: bisognava conoscere il tragitto a menadito.

Mentre era in quella scomoda posizione, il religioso era stato colpito alla testa. All'improvviso, aveva ipotizzato il dottor Modo in seguito a una prima analisi; per una conferma, tuttavia, bisognava attendere il riscontro dell'esame necroscopico. Era quindi lecito immaginare che anche l'assassino avesse percorso la stessa strada impervia, a meno che non si fosse servito di una barca, come il pescatore che all'alba aveva rinvenuto il cadavere.

Tra i preti presenti nello scolasticato non c'erano i due piú vicini alla vittima, che forse avrebbero potuto fornire elementi importanti. E Ricciardi aveva valutato opportuno informarsi su quali fossero i nobili e i ricchi che si confessavano con padre Angelo: sapeva per esperienza che ci si può pentire eccome di essersi aperti a un estraneo, di averlo messo a parte di un segreto.

Insomma, era ancora tutto da capire. Quello che pareva certo era che l'uomo non aveva fatto nulla per difendersi dal suo assassino. Maione, quasi parlando tra sé, aveva commentato che la cosa gli sembrava strana, perché spesso gli anziani dimostravano un attaccamento alla vita maggiore di gente ben piú giovane; nella sua carriera era stato testimone di lotte feroci per non soccombere intraprese da persone a cui non rimaneva comunque molto tempo. Ricciardi, senza rispondere, aveva dovuto ammettere tra sé di essere d'accordo. I mille fantasmi che aveva incontrato gli avevano raccontato la stessa cosa, piú volte.

Arrivati in caserma, il commissario si era ritirato a scrivere i verbali. Da un paio di mesi Maione aveva notato che usciva dalla questura prima del solito. Per carità, fra i suoi parigrado era sempre quello che si tratteneva piú a lungo, continuando cosí ad attirarsi la malevolenza dei colleghi, convinti che il suo fare schivo e la sua eccessiva serietà e dedizione al lavoro portassero male, eppure in certi giorni della settimana capitava di vederlo andar via almeno un'ora in anticipo rispetto all'orario abituale. Il brigadiere ne era felice, perché era persuaso che un giovane dovesse trovare un equilibrio tra la vita fuori e quella dentro l'ufficio, e a Ricciardi era sinceramente affezionato. Sperava che in questo piccolo cambiamento c'entrasse la signorina Colombo, quella maestrina che, ne era sicuro, alla fine aveva fatto breccia nel cuore del commissario. Lui, a essere sinceri, avrebbe optato senza dubbi per la vedova Vezzi, la signora Livia, una tra le donne piú belle che avesse mai visto, pure lei molto, molto attratta da Ricciardi; ma, come si dice, al cuor non si comanda.

Da parte sua, Maione stava vivendo un periodo strano. Non che si fosse invaghito di qualcuna: l'amore della sua vita era e restava Lucia, nessuna poteva competere con lei. Per di piú, una volta compreso che la morte di Luca non poteva costituire una ragione per distruggere la famiglia, in casa era tornata l'allegria. Bisognava guardare avanti conservando vivo il ricordo, ma tenendo conto del bene dei figli che rimanevano, a cui si era aggiunta la piccola Benedetta, da poco adottata e diventata in tutto e per tutto uguale agli altri.

Proprio Luca, però, era l'origine di un nuovo sentimento nel grande cuore del brigadiere.

La cosa era iniziata tre settimane prima, quando, in una zona circoscritta del quartiere Chiaia, erano state commesse quattro rapine secondo le medesime modalità: in prossimità dell'orario di chiusura alcuni giovani facevano il loro ingresso in negozi a grande affluenza e in meno di un minuto, armati di coltelli, prelevavano l'intero incasso e derubavano di tutto il contante gli eventuali clienti. Due complici rimanevano invece davanti alla porta dell'esercizio per impedire ulteriori accessi e avvertire quelli all'interno nel caso fosse comparsa una delle frequenti ronde delle guardie.

Proprio questo risultava inquietante. Era quasi impossibile che la polizia non si trovasse mai a passare in zona al momento giusto. Gli intervalli dei transiti erano di pochi minuti. Solo un'immensa fortuna poteva consentire a quei delinquenti di farla sempre franca: giungere sul posto, compiere il furto e dileguarsi.

Maione si era applicato a questa sequenza di reati con un'attenzione estrema. Amava la sua città e non era disposto a permettere che, sotto la sua giurisdizione, la sicurezza fosse irrisa. Aveva perciò deciso di incrementare le forze di sorveglianza. Era stato allora che aveva cominciato ad apprezzare Felice Vaccaro, uno degli ultimi arrivati, un tipo pieno di iniziativa disposto a collaborare anche oltre l'orario.

Per Raffaele, che quando il ragazzo era entrato in ufficio stava compilando un verbale, le mani sporche d'inchiostro, la punta della lingua fuori dalle labbra e gli occhiali da presbite sul naso, trovarselo davanti era stato una specie di trauma. Mentre lo guardava di sottecchi, al limite esterno del campo visivo, per un attimo gli era parso che fosse tornato suo figlio. Quell'impressione fugace, rafforzata dal timbro della voce pressoché identico a quello di Luca, aveva provocato nel brigadiere un'emozione fortissima. Ci volle quasi un minuto perché il corpo si rendesse conto, dopo il cervello, che non poteva essere vero, che quel ragazzo era purtroppo un'altra persona, non chi, per un attimo, aveva follemente immaginato.

Maione aveva sempre pensato che ognuno, nella famiglia, percepisse l'assenza di Luca in modo diverso. Lucia, com'era naturale, la sentiva nella carne e nel sangue, giacché lo aveva partorito; i fratelli nei giochi e nelle risate, essendo stato il primogenito un punto di riferimento costante della loro infanzia. Lui perché aveva ricevuto i suoi sguardi e ascoltato prima i suoi vagiti, poi le sue parole dalla nascita all'età adulta, e soprattutto per il brivido di gratificazione che aveva avvertito quando il ragazzo aveva scelto di fare il poliziotto, proprio come il papà.

Un orgoglio che si sarebbe trasformato nel peggior fardello della sua esistenza.

A Raffaele non era mai capitato di avere la sensazione di vedere Luca, dopo la sua morte. Mai gli era parso di udirlo parlare o di riconoscere il suo modo ribaldo e irresistibile di scrutarti con gli occhi ridenti, di minimizzare le cose brutte ed esaltare quelle belle, di canticchiare pur essendo concentrato su qualcos'altro. Eppure quella giovane guardia dai capelli rossi e il viso pieno di lentiggini era letteralmente Luca redivivo.

Lo aveva confidato anche a Lucia, una notte che se ne stavano abbracciati nel letto al buio e faceva già abbastanza caldo da lasciare la finestra socchiusa e godersi le note malinconiche di un pianoforte che arrivavano da qualche parte. Le aveva detto di quella risata, di quella voce e di quelle spalle dritte, e della felice emozione provata imbattendosi in un ragazzo franco e aperto, onesto e sincero proprio com'era stato Luca.

L'aveva sentita irrigidirsi, cosa naturale; poi, però, la moglie gli aveva detto con dolcezza che poteva succedere, che le somiglianze esistono, e lui si era sentito confortato. Subito dopo il discorso aveva preso un'altra direzione, ma la premessa era stata posta.

Felice entrò nell'ufficio con la solita irruenza, senza bussare. Maione glielo perdonava perché sapeva che le questioni lavorative lo assorbivano cosí a fondo da fargli dimenticare la buona educazione.

– Brigadie', ecco qua il foglio di servizio. Con il vostro permesso, avrei cambiato di nuovo l'orario dei passaggi: vediamo se ci fregano un'altra volta, i bastardi.

Raffaele sorrise: catturare quei rapinatori stava a cuore al giovane ancor piú che a lui.

– Va bene, Vacca', metti là sopra che te lo firmo e lo appendi nella stanza delle guardie. Senti un po', ma tu domani che è domenica a pranzo tieni che fare?

L'altro lo guardò perplesso.

– No, brigadie', figuratevi. Io qua sto. Perché, avete in mente qualche appostamento, qualche irruzione? Vi siete fatto un'idea o...

Maione scosse il capo.

– No, no, non si tratta di lavoro. Pensavo che siccome mia moglie fa il ragú, e credimi è speciale, magari potevi pranzare con noi. Sempre se non hai altri impegni, beninteso.

Il giovane parve disorientato; poi il suo volto si dischiuse in quel sorriso che faceva tremare il cuore di Maione, e disse:

– È un grande onore, brigadie'. Sarà un piacere, per me.

– Benissimo. Allora ti aspetto, alla mezza. Lucia esagera con le porzioni, quindi ti avverto: vieni molto affamato.

Felice scoppiò a ridere.

– Per quello state senza pensiero, brigadie'. Io, modestamente, la fame me la porto appresso sempre.

X.

Il poliziotto di guardia rimase stupito vedendo Ricciardi uscire dal portone della questura; ma andare via prima del solito non significava per forza smettere di lavorare.

Il commissario, infatti, si stava recando a ritirare di persona gli esiti dell'esame sul cadavere, per capire fin dall'inizio in quale direzione orientare l'indagine. Al di là delle perizie, e consapevole che la sorpresa era sempre dietro l'angolo, gli pareva evidente che il prete fosse stato ucciso da qualcuno che lo conosceva. Il fatto che si trovasse in ginocchio, che non ci fossero segni di colluttazione, che non avesse tentato di scappare, che non fosse stato derubato del portafoglio parlava chiaro alla sua esperienza. Peraltro il luogo del delitto era un posto isolato, silenzioso anche in pieno giorno, e questo escludeva che padre Angelo non avesse sentito sopraggiungere il proprio assassino. Poteva essere persino che lo stesse attendendo.

Io confesso, ti confesso, lascialo stare, lascia che viva, io ti confesso.

La voce muta del morto gli risuonava in testa, mentre percorreva il tragitto breve che separava la questura dall'ospedale dei Pellegrini. Una confessione. A Dio, probabilmente. L'ammissione di chissà quale peccato, il bisogno di raccomandarsi alla protezione di qualcuno. Non gli veniva mai alcun aiuto dalla sua percezione, lo sapeva. Era solo puro dolore, quello di chi sentiva lo spirito separarsi dalla carne.

Io ti confesso, aveva detto l'immagine. Quello della confessione era un concetto che riempiva d'inquietudine il cuore di Ricciardi da quando l'ultima barriera con Enrica era caduta, da quando aveva compreso che soltanto con un formidabile atto di volontà e sincerità avrebbe potuto risparmiare alla donna di cui era innamorato una scelta che, con ogni probabilità, si sarebbe rivelata la peggiore della sua vita.

Ne era cosciente, ma non aveva trovato la forza di parlarle, almeno fino ad allora. Troppe notti a coltivare un'assurda speranza, troppi sogni solitari alimentati in silenzio dalla sua immaginazione, come un morbo del cuore. Di Enrica si era innamorato osservandone sera dopo sera la dolce normalità, la serenità femminile e l'equilibrio: l'idea di entrare a far parte di quel mondo esercitava su di lui un fascino irresistibile. In fondo, dietro la sua follia c'era pur sempre un uomo di trentatre anni. Era comprensibile che sognasse di essere felice.

Cercò di riportare la mente al lavoro.

Nell'attesa di essere ragguagliato da Modo sulle modalità tecniche dell'omicidio, si perse in alcune considerazioni generali. In passato aveva saputo di malati terminali che avevano abbandonato la vita nelle maniere più strane; alcuni, non avendo la forza di affrontare la sofferenza, e nemmeno il coraggio di farla finita, avevano assoldato per poche lire un balordo da cui farsi ammazzare. Inoltre aveva conosciuto persone che non sopportavano di essere giudicate; e chi più di un confessore poteva giudicare? In fondo *Io confesso, ti confesso* poteva anche essere un riferimento all'attività principale di padre Angelo, e in tal caso sarebbe stato opportuno condurre la ricerca tra coloro che avevano l'abitudine di svelare le proprie anime nere al gesuita.

Non era certo l'unico a essere perseguitato dai fantasmi; ognuno aveva i suoi, di ciò era consapevole. Ma se gli altri cercavano di liberarsene condividendone il peso con un confessore, lui se li portava tutti sulle spalle.

L'infermiera lo accolse con un sorriso. Era una suora bassa e forte, poco incline alla comunicazione, eppure Bruno la riteneva insostituibile per dedizione e capacità. Senza che Ricciardi dovesse dire nulla si allontanò per andare a chiamare il medico, che, al solito, si presentò asciugandosi le mani nel camice sporco.

– Oh, Ricciardi. Puntuale come una sentenza! Anzi, in anticipo. Ti avevo detto alle nove.

– Ma io lo so che esageri sempre.

Il dottore lo guardò storto.

– Vieni, va, accompagnami fuori, cosí respiro un po'. Questo posto mi sta uccidendo.

Il commissario, seguendolo in cortile, fece una smorfia.

– Mai quanto tu uccidi questo posto, almeno in termini di pazienti; che per inciso si chiamano cosí perché ti sopportano, e non so proprio come.

Modo lo squadrò attraverso il fumo della sigaretta.

– Sai che quasi ti preferivo quando eri cosí privo di senso dell'umorismo da non ridere nemmeno se ti si faceva il solletico? Ora che frequenti le donne sei diventato intollerabile.

Il riferimento a Enrica derivava da un incontro casuale avvenuto un giorno nei pressi della casa del dottore. Ricciardi era con la ragazza e Bruno, che si trovava sull'altro lato della strada, aveva tirato come se non lo avesse visto, per riservatezza; ma sarebbe stato meglio se si fossero fermati a chiacchierare, giacché da allora era stato tutto un gioco di allusioni.

Il commissario replicò:
– Va bene, vuol dire che frenerò il mio istinto di attore da avanspettacolo. Vuoi dirmi qualcosa del prete?

Per tutta risposta, Modo emise un basso fischio modulato. Dal buio emerse il cane bianco e marrone che da oltre un anno gli faceva compagnia. L'animale si avvicinò con il consueto unico orecchio alzato, scodinzolò a Ricciardi e si accucciò vicino al dottore, che cominciò pigramente ad accarezzargli la testa.

– Ormai siete inseparabili, vero? – commentò il poliziotto. – Sarei curioso di capire chi dei due è il padrone.

Modo era sbalordito.

– Di nuovo! Sei diventato un raffinato umorista! Mettiamola cosí: siamo una coppia felice, perché ognuno ha la propria libertà. Ora veniamo al dunque. A proposito del nostro defunto amico, la mia prima impressione è confermata: a parte le lievi abrasioni sulle ginocchia, come se si fosse lasciato cadere sul terreno irregolare e duro, c'è solo la botta alla testa.

– Parlamene.

Modo aspirò una boccata di fumo.

– Troverai tutto scritto nel referto che domani, anzi lunedí a questo punto, ti arriverà in ufficio. Comunque la regione coinvolta è ampia. Si tratta di una ferita lacero-contusa a forma stellata con margini irregolari e vasta infiltrazione emorragica sottoperiostea. Raccolta emorragica extra e sottodurale, ampio focolaio lacero-contusivo parenchimale... Continuo con i paroloni o vuoi la sintesi?

Ricciardi sospirò.

– La sintesi, ti prego. Altrimenti ti scateno il cane contro.

Modo considerò l'animale, che gli esplorava con la lingua la porzione di gamba che faceva capolino dallo strappo nei calzoni.

– In effetti la cosa mi terrorizza, potrebbe leccarmi a morte... Il colpo è stato uno solo, verosimilmente con la pietra che spero abbiate prelevato. Uno ma terribile: chi l'ha sferrato doveva essere forte e molto, molto deciso. La vittima non se l'aspettava, forse era di spalle, forse era concentrata su altro. Sta di fatto che chi lo ha inferto intendeva uccidere; non si scampa a una roba del genere. Hai già un'idea su chi possa essere stato?

Ricciardi scosse il capo.

– No, non ancora. Pare che quel prete fosse una specie di santo; un professore di teologia, e ancor piú un confessore, amato da tutti.

– Be', proprio da tutti sembrerebbe di no. A meno che non lo abbiano scambiato per un altro; chi lo ha aggredito voleva cancellarlo dalla faccia della terra, questo è certo. Però non ha infierito, né prima né dopo. Nessun'altra ferita, te lo ripeto. E il cadavere non è stato spostato.

Il commissario rifletteva in silenzio. Il cane guardò i due uomini e si accucciò in terra.

Modo riprese:

– Immagino dovrai fare qualche domanda in giro. Uno che per mestiere raccoglie i peccati del prossimo alla fine potrebbe pagarne le conseguenze, no?

Ricciardi domandò, a bassa voce:

– Ma tu, Bruno, ci credi al potere della confessione? Pensi che, confidandoli a qualcuno, i peccati pesino di meno?

Il dottore schiacciò il mozzicone sotto la suola, espirò il fumo e rispose:

– Io credo che, anche se li confessi, i peccati se ne rimangono buoni buoni in mezzo alla coscienza. Magari bastasse recitarli in una litania: un segno di croce all'inizio e uno alla fine, una dozzina di Pater, Ave, Gloria e via felici, lindi e puliti come bambini. Non penso sia cosí facile.

Ricciardi sospirò.
- Sono d'accordo. Non è facile.
Modo, a sorpresa, cambiò discorso.
- Ma fai sul serio con la signorina, Ricciardi? Intendi porre fine alla tua solitudine?
Per un attimo, nel cortile dell'ospedale, sotto il cielo ormai spento di quella sera di maggio, Ricciardi ebbe la forte tentazione di confessare tutto, senza alcuna omissione, all'unico amico che aveva. Fu sul punto di dirgli dei morti, del dolore, della sofferenza. Della follia, della madre che lo fissava dal letto di una clinica per pazzi, sgranando gli occhi verdi come i suoi, con le mani bloccate da nodi strettissimi perché non si ammazzasse strappandosi le carni. Della sua condanna a camminare in mezzo a spettri di cadaveri che, a ogni angolo di strada, gli raccontavano l'ultimo momento della loro esistenza terminata nel sangue.
Ma l'attimo passò.
- Non lo so, Bruno. È una persona perbene, e temo che avere accanto uno come me non sia il migliore dei destini.
Modo alzò le mani, mostrando i palmi.
- Ah, su questo ti do ragione. Come dicono i tuoi colleghi, solo uno con la mente criminale può sviluppare un'abilità pari alla tua nello scoprire i colpevoli. E poi parliamoci chiaro: sei davvero brutto, e lei invece è così carina. Glielo sconsiglierei di certo.
Ricciardi sorrise.
- È che tu ti credi bello, perciò vedi me brutto. È una questione di parametri distorti. In ogni caso, a te converrebbe se mi accasassi. Avresti un posto dove andare a scroccare una cena; con me, che sono un vagabondo, non ci riesci mai.
Il dottore diede uno scappellotto al cane, che si sollevò sulle zampe e si allontanò nell'ombra.

– Invece sarebbe un bel problema. Sarei costretto a procurarmi un'accompagnatrice per venire al matrimonio, e come sai le signore che amo frequentare sono poco presentabili in società. Va bene, torno dentro. Vediamo se suor Luisa, oltre alle ferite, sa cucire anche i pantaloni, e se può sopportare la vista di un medico bellissimo in giarrettiere e mutande senza gettare l'abito alle ortiche, ottenebrata dai sensi. Buona serata, Ricciardi. E grazie per il pessimo sabato che mi hai regalato.

XI.

Come accadeva ogni sera da una decina di giorni, prima di tornarsene a casa Maione si occupò personalmente delle ronde nel quartiere Chiaia.

Questo avrebbe provocato qualche mugugno da parte di Lucia, soprattutto perché era sabato. Gli pareva di sentirla:

«Ma dico io, mi spieghi a che serve la promozione a brigadiere, che sono già dieci anni oramai, se nemmeno ti puoi liberare un poco per portare i tuoi figli a fare una passeggiata il fine settimana? Io me lo ricordo, sai, quello che dicevi quando eri ancora guardia o guardia scelta: non ti preoccupare, Luci', amore mio, solo qualche sacrificio, poi vedrai, ti faccio consumare le scarpe a forza di passeggiare per via Toledo. E invece tengo le scarpe ancora nuove nuove!»

Non poteva capire, Lucia, che ogni rapina di quel gruppo di ragazzini era un'umiliazione per lui. Uno schiaffo in faccia per uno come Maione, che credeva di avere sotto controllo i delinquenti, almeno nel ristretto ambito del grumo di vie dove abitava. Pensava: ma se non riesco neanche a rendere sicuro il posto dove vive la mia famiglia, i negozi dove vanno a spendere mia moglie e i figli miei, che poliziotto sono? Come posso sperare di dire che l'intera città è sicura, come sostengono i fascisti camminando avanti e indietro con quei ridicoli cappellini e con la camicia nera?

Doveva essere gente di fuori, poiché nessuno aveva riconosciuto nemmeno una delle facce. Quattro ragazzi, giovani. Pare che uno di loro fosse biondo, un bel viso, e un altro un po' grosso, bruno, un velo di barba. Erano le sole informazioni che era riuscito a ottenere dalle vittime terrorizzate; una di queste era stata presa a schiaffi e aveva avuto le lenti degli occhiali rotte. Intanto gli esercenti, che ormai si aspettavano l'irruzione, preparavano le contromisure. Qualcuno, a quanto aveva saputo Maione, si era procurato delle armi. Prima o poi ci sarebbe scappato il morto, e questo era il vero timore del brigadiere. Non contava chi sarebbe rimasto a terra, se uno dei delinquenti o uno dei cassieri. Un morto, come diceva Ricciardi, è sempre un morto.

Per questo, col prezioso aiuto di Felice Vaccaro, il piú promettente poliziotto che gli fosse mai capitato di gestire, continuava a cambiare i turni delle ronde aumentandone la frequenza. Nessun negozio, tra quelli che incassavano di piú, doveva rimanere senza sorveglianza per piú di un quarto d'ora. Scendere al di sotto dei quindici minuti era però impossibile, sarebbe servito il doppio degli uomini a disposizione. Ma già un quarto d'ora implicava una fortuna sfacciata per i rapinatori: era giusto il tempo necessario ad arraffare i soldi e a scappare.

S'incamminò lungo la via principale del quartiere. Il primo fresco della sera, insieme all'aria dolcissima e profumata e alla leggera brezza che saliva dal mare, invitavano a uscire, e la strada era affollata. Belle signore con cappellini nuovi si appoggiavano felici al braccio dei mariti, osservando le vetrine multicolori che raccontavano dei vestiti che sarebbero stati di moda quell'estate. I bambini tiravano le mamme per le gonne quando passavano davanti alle pasticcerie. Gli uomini lanciavano occhiate furtive ai fianchi delle signorine che passeggiavano a due a due, sorridendo alla primavera.

Maione controllò il foglio di servizio che aveva concordato con Felice, il quale aveva intelligentemente proposto di disancorare le ronde da una prevedibile ripetitività. Si avvicinava l'orario di chiusura, quello preferito dai rapinatori, giacché a fine giornata c'erano piú soldi in cassa: l'attenzione era altissima.

Incrociò Camarda e Ferrari, che erano dove dovevano essere e nel momento in cui dovevano esserci, e scambiò con loro un cenno d'intesa. Bene. Adesso entrava nella terra di nessuno. Aveva stabilito con Vaccaro che avrebbe percorso la strada in quel senso, mentre il ragazzo sarebbe arrivato dalla direzione opposta; questo avrebbe ridotto il tempo in cui mancava la sorveglianza, pressoché dimezzandolo.

Tutto pareva tranquillo, ma all'improvviso, mentre si trovava piú o meno a metà del tragitto, scorse del trambusto in lontananza. Tirò fuori l'orologio dal panciotto e rilevò che mancava ancora mezz'ora alla chiusura. Era presto rispetto alle abitudini dei rapinatori, ma sapeva bene che le regole sono fatte per essere infrante. Si diresse rapido verso il capannello di gente, immaginando si trattasse di altro, di una lite o di una semplice discussione.

A mano a mano che si avvicinava si rese conto che invece quella confusione riguardava un negozio di abbigliamento femminile tra i piú cari e accorsati dell'intera città. Doveva essere capitato qualcosa di grave, e da poco, perché il brigadiere si trovò in mezzo a una corrente di persone che si affrettava verso il posto chiedendosi cosa fosse successo. Maione, a voce alta, cominciò a intimare ai presenti di scansarsi, e tutti si scostarono per lasciarlo passare, sia per l'autorità che gli conferiva la divisa, sia per la sua considerevole mole, alla quale era assai meglio non risultare di ostacolo.

Arrivato nei pressi della boutique, per prima cosa notò il proprietario. Era pallidissimo, appoggiato allo stipite dell'ingresso, la camicia strappata all'altezza del collo, su cui spiccavano due segni rossi che sanguinavano appena. All'interno una commessa era svenuta, e un'altra cercava di rianimarla facendole bere dell'acqua. C'era disordine, un po' di vestiti in terra, e la grande cassa era rovesciata su un lato, come se avessero tentato di gettarla per aria.

Tuttavia l'assembramento piú fitto non era davanti alle vetrine, ma un paio di metri piú in là. Quando comprese il motivo per cui la gente era accalcata in quel punto, Maione avvertí una stretta al cuore che gli fece temere per un attimo di svenire.

Circondato da una piccola folla muta, sdraiato sulla schiena e con gli occhi chiusi, c'era la guardia Felice Vaccaro.

L'impressione di un'immagine già vista sommerse il poliziotto. Ricordò il gruppo di colleghi che cercava di impedirgli di scendere una stretta rampa di scale che conduceva a una cantina. Ricordò il volto sbiancato di un uomo mentre lo portavano via. Ricordò la voce di Ricciardi che, come un'eco, gli ripeteva parole che solo lui e Luca potevano conoscere: il dolente, malinconico, terribile addio che gli risuonava dentro ogni minuto, notte e giorno, giorno e notte.

Tutto questo attraversò la mente di Raffaele Maione, brigadiere di pubblica sicurezza e padre a cui avevano ucciso un figlio meraviglioso, biondo e allegro, che era stato un bambino con la faccia sporca e una palla di stracci sotto il braccio. Tutto questo attraversò il suo cuore mentre si chinava su un'uniforme insanguinata, su una testa insanguinata. Non un'altra volta, Signore, disse fra sé. Non un'altra volta.

Un uomo anziano con la cravatta a farfalla e i baffi spioventi tamponava la fronte di Felice con un grande fazzoletto. Alzò lo sguardo su Maione e cercò di rasserenarlo:

– State tranquillo, brigadie'. Sono un medico del policlinico, il ragazzo sta bene. Ha solo un sopracciglio rotto. Servirà una ricucitura, ma è roba da niente. Sta bene.

L'occhio lasciato libero dal fazzoletto si aprí e si fissò sul volto di Maione, che si era accovacciato.

– Mi ha colpito di sorpresa, brigadie'! Si era messo laggiú, maledizione.

Maione, la voce rotta dall'emozione, provò a calmarlo.

– Non ci pensare piú, Feli'. Come ti senti?

– Niente, è una fesseria, brigadie', mi ha colpito di sorpresa, vigliacco maledetto, se no li avrei presi, li avrei presi. Me n'ero accorto da lontano che...

Maione gli accarezzava la testa, schiacciato dall'angoscia.

– Basta, ti ho detto che non ti devi preoccupare, lo sai che prima o poi li prendiamo.

L'occhio aperto di Vaccaro si riempí di lacrime.

– Ma io, io li avevo presi, brigadie'! Li avevo presi, capite? Li avevamo fregati con questa passeggiata dai due sensi della strada! Perché io l'avevo pensato che facendo cosí non tenevano il tempo di...

Il proprietario del negozio, il quale non si era mosso dalla sua posizione, intervenne stridulo:

– E potevate arrivare un minuto prima, abbiate pazienza! L'intero incasso, vi rendete conto? Un sacco di soldi, tutto il lavoro che...

Maione si rivolse all'uomo con uno sguardo per il quale ci sarebbe voluto il porto d'armi.

- Statevi zitto, maledetto idiota! Questo ragazzo ha rischiato la pelle per il vostro denaro, vi rendete conto? Nemmeno la dignità di tacere, tenete? Meritereste di trovarvi voi qua a terra! Questo è un eroe, imbecille!

Dalla folla si levò un mormorio di assenso, e decine di occhiate di rimprovero raggiunsero il malcapitato commerciante che, percependo l'atmosfera ostile, si lamentò:

- Ma pure io sono stato ferito, vedete? Mi hanno preso per il collo, e...

Maione non si degnò di rispondergli. Felice, a fatica, si era messo a sedere. Il brigadiere gli disse, con dolcezza:

- Mo' andiamo a farci ricucire, e domani vieni a pranzo a casa da me. Stai tranquillo.

Poi aggiunse, quasi tra sé:

- Figlio mio.

XII.

Non si erano parlati per l'intera mattinata, e d'altra parte sarebbe stato impossibile per via del susseguirsi delle lezioni. Il ragazzo alto, però, aveva avuto modo di fissare con molta intensità la nuca paffuta del bruno; ne aveva potuto contare i brufoli tra i capelli a spazzola e le goccioline di sudore provocate dal caldo che entrava dalla finestra aperta.

Dipendeva tutto dall'amico, che era seduto vicino alla cattedra, e questo gli trasmetteva un senso di profonda inquietudine; lui, per via della sua maledetta altezza, era relegato nell'ultimo banco. Il compagno era anche l'unico tra i semiconvittori con cui si potesse stabilire un minimo di dialogo, essendo gli altri dei viziatissimi, stupidi figli di papà terrorizzati dalla propria stessa ombra.

Il ragazzo grasso, invece, era di una risma diversa. La sua famiglia non era antica, costruita su matrimoni d'interesse, con un palazzo padronale e piú servi di quanti se ne potesse imparare il nome. Suo padre era uno che aveva trovato un lucroso filone commerciale con l'estero e aveva fatto un sacco di soldi in pochissimo tempo, diventando cosí ricco da poter coltivare il sogno di un figlio inserito nella migliore società, che avesse accesso ai salotti buoni e conoscesse alla perfezione le buone manicre.

Il ragazzo alto, nonostante la giovane età, sapeva che il progetto di quell'uomo sarebbe miseramente fallito: bastava passare qualche giorno là, in collegio, per rendersi conto che tra una classe sociale e l'altra c'erano robusti portelli a tenuta stagna, che si aprivano solo per scendere, mai per salire.

Il sole illuminava l'aula mostrando in controluce gli innumerevoli granelli di polvere che si muovevano pigri nell'aria. Il professore declamava Orazio in metrica, agitando la mano secca come se dirigesse un'orchestra: era convinto di regalare piacere puro alle orecchie degli studenti, mentre non suscitava in loro alcuna partecipazione.

Il ragazzo biondo rifletteva sul futuro mentre giocherellava con una crosticina sul ginocchio. La sua situazione era diversa da quella dell'amico. Era il rampollo di una famiglia decaduta che viveva in una cittadina a due giorni di carrozza da lí e che in qualsiasi modo doveva far credere alla gente che quella decadenza non esisteva, o se esisteva era provvisoria: il futuro sarebbe dipeso dall'attitudine del giovane a occupare il ruolo che competeva al suo rango.

Non aveva fratelli o sorelle, i genitori erano anziani. Al paese il palazzo era in rovina e non ci sarebbero mai stati i soldi per rimetterlo in sesto. Pertanto, attingendo alle ultime risorse e utilizzando qualche vecchia conoscenza, il padre aveva ottenuto di far accogliere il suo unico erede in quello che era stato il collegio piú importante del regno, e che ancora godeva di ottima fama anche adesso che tutto era cambiato.

Era per questo, pensò il ragazzo biondo, seguendo le evoluzioni del pulviscolo nell'aria, che non poteva permettersi di essere bocciato. Avrebbe significato fallire nell'unico compito che toccava a lui, e che era quello fondamentale. Avrebbe significato un altro anno di collegio, che la sua famiglia non avrebbe potuto sostenere. Avrebbe significato rinunciare ad accedere all'università. Sarebbe stato un disastro.

Non era negato per lo studio. Non aveva difficoltà in nessuna materia. Il suo limite era l'applicazione. Si distraeva, non riusciva a concentrarsi a lungo. Finché quello che studiava si prestava alla logica e all'intuizione non c'era alcun problema; desumeva quello che non ricordava con l'aiuto di una mente acuta e se la cavava grazie al suo personale, notevole fascino che lo agevolava nelle interrogazioni e agli esami. Ma di fronte all'astrusità della lingua greca antica, non c'erano logica o intuizione che tenessero. Quello che si sapeva si sapeva, le divagazioni non servivano a nulla.

La sequenza di voti negativi era stata progressiva, come la crescente malevolenza del professore, che lo fissava con i suoi occhi piccoli e diffidenti, dietro le lenti spesse che invece li rendevano enormi. Gli diceva: tu non mi freghi. Io so chi sei, so che il tuo fascino, la tua capacità di dominio sugli altri è solo paglia, come quella che si usa per imbottire i materassi, materia vile che non conta niente, che quando è vecchia e sudicia si getta via senza rimorso perché ce n'è tanta a disposizione. Gli diceva: va bene, in questa interrogazione hai parato ancora una volta i colpi, come nelle lezioni di scherma, in cui vinci con facilità grazie alla coordinazione e alle braccia lunghe; ma allo scritto i nodi verranno al pettine. E quando leggerai quelle righe infinite di caratteri estranei alla tua mente ristretta, con spiriti e accenti e tempi e modi verbali inesistenti altrove, con quelle centinaia e migliaia di forme irregolari incomprensibili, sarai solo con te stesso e con i tuoi enormi limiti, che io conosco perché tu non mi inganni.

Era stato cosí fin dall'inizio, quell'ometto sospettoso, come se il ragazzo alto avesse cercato di vendergli qualcosa che lui non era disposto a comprare. Lo aveva sempre considerato una nullità, e da ultimo aveva deciso di impedirgli ogni aiuto esterno. Lo sorvegliava per tutto il tempo della versione, fermo come un enorme batrace, il capo incassato nelle spalle e lo sguardo vacuo. Il giovane non poteva sollevare la testa dal foglio che subito lui tossicchiava, come a dire: sono qui e ti controllo. Prova a copiare, dài, provaci, e io ti caccio a calci dal collegio e dal futuro che vorresti, ti rimando al paese a guardare cadere le foglie e a imparare un lavoro da manovale. Al diavolo te e la tua famiglia.

Per questi motivi, una lista di ottimi motivi, il ragazzo biondo non poteva permettersi un'ultima disastrosa versione di greco. La media attuale gli garantiva l'ammissione agli esami, e lí se la sarebbe cavata come sempre. Avrebbe usato il sorriso, la voce, gli occhi azzurri e il dominio freddo e assoluto sui compagni piú abili, accanto ai quali si sarebbe accomodato e che lo avrebbero aiutato a colmare le sue lacune passandogli i compiti. Sarebbe riuscito a mettere insieme un signor voto, e allora nulla gli sarebbe piú stato precluso.

Doveva solo superare quest'ultimo scoglio, eppure era impossibile pensare di farcela affrontando la prova scritta di greco. L'unico modo era quello che avevano escogitato: la lezione sarebbe stata interrotta, gli studenti sarebbero stati indirizzati altrove e sarebbe intervenuto il prefetto d'ordine. La versione sarebbe stata annullata, e tanto era del tutto superflua: i voti per le opportune valutazioni erano già disponibili e lui lo sapeva bene. L'enorme rospo, che aveva voluto quel compito in classe solo per fregarlo, sarebbe rimasto deluso e tutto sarebbe tornato a posto, nell'ordine precedente.

Ma perché questa rosea prospettiva diventasse reale, era necessario che il piano andasse a buon fine.

Aveva studiato tutto con cura, ogni piccolo particolare. Il successo, però, dipendeva dalla sua capacità di costringere il ragazzo grasso a fare quello che era necessario. Per questo gli aveva preso l'involto che conteneva il tartaro, anche se a usarlo doveva comunque essere il compagno, data la sua vicinanza alla cattedra. Non poteva correre il rischio di un suo ripensamento, di una sua diserzione. Non poteva correre il rischio di vederlo alzare all'improvviso la mano grassoccia per richiamare l'attenzione dell'insegnante, e poi assistere impotente alla sua uscita dall'aula, immaginarlo mentre percorreva il corridoio fino alla latrina e versava nel buco il contenuto del foglio di giornale ripiegato. Se fosse accaduto, avrebbe trascorso il resto della giornata cosí come stabilito dal fato nemico, minuto dopo minuto fino alla resa dei conti, che avrebbe avuto le sembianze di un brano di Tucidide da tradurre.

Ma adesso il cartoccio era al sicuro nella sua tasca. Metà del problema era risolto: nessuno lo avrebbe privato della materia prima necessaria a realizzare il suo piano.

Restava però la metà piú complicata. Si giocava tutto sul filo di pochi secondi, forse un minuto. Lui avrebbe avuto il ruolo di distrarre il docente, parlandogli e ponendogli qualche domanda, attirando anche l'attenzione degli altri, magari facendoli ridere. Il ragazzo bruno avrebbe dovuto approfittarne per eseguire ciò che avevano convenuto.

Doveva assicurarsi che l'avrebbe fatto, e che l'avrebbe fatto bene.

Suonò la campanella della ricreazione; erano le undici. Il ragazzo avrebbe utilizzato quel tempo per mettere il compagno con le spalle al muro e inchiodarlo alle sue responsabilità. E per restituirgli l'involto di carta di giornale, che era la cosa piú pericolosa.

Si alzò e si diresse verso il ragazzo grasso.

XIII.

Ricciardi aveva un altro impegno da assolvere dopo essere passato da Modo, in ospedale, e prima di tornarsene a casa. Anzi, per essere precisi, voleva unire l'utilità di assumere informazioni di lavoro con il piacere di far visita a un'amica.

A proposito di confessioni, il commissario doveva ammettere che erano davvero poche le persone con cui si sentiva libero di parlare, con cui avvertiva un'affinità di spirito e una confidenza che andava al di là della forma.

Mentre percorreva le strade che pigramente si svuotavano per l'avanzare della sera, e che di lí a poco si sarebbero riempite di nuovo ospitando il popolo del sabato notte, quello che avrebbe affollato teatri e sale cinematografiche e ristoranti e caffè danzanti, il commissario pensava ai suoi affetti.

Maione, devoto e affidabile, non gli era affine né per cultura né per sensibilità. Lo adorava, ma non gli avrebbe confessato i pensieri piú intimi. Nelide vegliava su ogni suo bisogno e aveva sostituito in tutto e per tutto la sua tata, ma non avrebbe saputo interpretare quello che lui sentiva nell'anima. Livia aveva avuto una passione sfrenata per lui, e il commissario doveva riconoscere di essere stato piú di una volta travolto dalla sua bellezza esotica e conturbante; ma in quella relazione c'era qualcosa di animale, di incontenibile, che gli faceva quasi paura. Enrica non rientrava nel campo delle amicizie: l'amore è un sentimento complesso, che allontana dalla franchezza.

L'ironia di Bruno, la sua esperienza del mondo, la semplicità con cui affrontava la parte bella e la parte brutta della vita rappresentavano invece un grosso incentivo ad aprirgli il cuore. Inoltre era un medico, pragmatico e concreto. E come tale avrebbe accolto ciò che Ricciardi aveva in corpo attribuendo il nome giusto a quella sindrome folle della quale soffriva.

A parte loro, le conoscenze di Ricciardi includevano solo altre due persone. E, per un curioso gioco della sorte, entrambe potevano sia rivelargli importanti informazioni sul cadavere rinvenuto la mattina vicino al mare, fornendogli dettagli utili per la sua indagine, sia raccogliere pezzi della sua anima. La prima sarebbe andato a trovarla l'indomani nel luogo dove prestava il proprio servizio, giacché, considerò con una smorfia, non per tutti la domenica era giorno di riposo. La seconda, l'avrebbe incontrata di lí a poco, come peraltro era accaduto spesso negli ultimi giorni, ma non era nella condizione giusta per dare conforto: era invece in quella di riceverne, poiché attraversava un momento molto triste. Ricciardi sapeva bene che nell'amicizia bisogna riconoscere quando l'altro è piú in difficoltà di te e anteporre i suoi bisogni ai tuoi.

Arrivato davanti al portone della casa, si chiese se non fosse troppo tardi per una visita. Esitò. Poi pensò che, se non fosse stato il momento adatto, Bianca avrebbe potuto scegliere di non riceverlo, facendogli dire di passare un'altra volta. Cosí si decise a girare l'interruttore del campanello.

Il palazzo del conte di Roccaspina era parecchio cambiato da quando il commissario c'era entrato per l'indagine sull'omicidio di un veggente del gioco del lotto. Rammentò la fatiscenza e il degrado di allora, la miseria che trasudava da ogni angolo, da ogni suppellettile. L'intonaco cadente, l'umidità che macchiava di muffa le pareti, gli scalini di granito rotti e irregolari. Adesso l'edificio aveva ritrovato l'antico splendore grazie a un restauro attento e preciso.

Lo accolse un domestico che non aveva mai visto. Conosceva Assunta, la vecchia governante di Bianca che non l'aveva abbandonata nemmeno nel momento di massima disgrazia, quando Romualdo era stato arrestato e la donna era rimasta senza famiglia e senza amici. Sapeva inoltre che, anche quando Carlo Marangolo aveva iniziato ad aiutarla in modo evidente, senza curarsi delle maldicenze, la contessa di Roccaspina non aveva voluto altra servitú in casa. Invece ad aprirgli la porta si era presentato un tipo dal viso impenetrabile, con la marsina e i guanti bianchi, grandi occhi azzurri e una corona di capelli grigi attorno alla calvizie.

– Buonasera, – gli disse. – Prego, accomodatevi. La contessa vi attende.

– Buonasera a voi. Non credo che la contessa possa attendermi, non ho un appuntamento e...

L'uomo si inchinò appena.

– Il commissario Ricciardi di Malomonte, no? Io sono Achille, il maggiordomo, per servirvi. La contessa mi ha avvertito che potevate passare.

Ricciardi cercò di cogliere dell'ironia nel tono inespressivo del bizzarro personaggio, ma non la trovò. Aspettò in salotto finché Bianca non comparve.

Il viso della donna era segnato dal dolore. Ricciardi aveva saputo della morte di Marangolo, avvenuta dieci giorni prima. Anche alle sue orecchie sorde ai pettegolezzi era arrivata notizia del sobrio funerale, riservato a pochi intimi secondo le ultime volontà di Carlo. Da Garzo, poi, il mondano vicequestore assai piú interessato a ciò che avveniva in società che al crimine nelle strade, aveva appreso che il nobiluomo aveva lasciato tutte le sue sostanze, nessuno sapeva quanto ingenti, proprio alla contessa di Roccaspina, la sua giovane bellissima «amante». Ricciardi aveva dovuto appellarsi al suo proverbiale autocontrollo per non schiaffeggiarlo, e in cuor suo si era ripetuto dieci volte che il superiore era un imbecille, solo un inutile imbecille, come Maione non mancava di definirlo.

Dal giorno in cui il duca era spirato, aveva fatto visita all'amica abbastanza spesso. Era consapevole di quanto Bianca soffrisse per la perdita di un uomo che per lei era stato importantissimo, ma non immaginava che una fine annunciata da una malattia incurabile e prolungata potesse colpirla a tal punto. Era letteralmente inconsolabile: la dolcezza e il sostegno casto e discreto di Marangolo le avevano permesso di non impazzire e di affrontare a testa alta la grettezza di un ambiente sociale ottuso e arretrato. Bianca non era piú uscita di casa, e Ricciardi era molto angosciato dal suo persistente silenzio, dai suoi occhi arrossati e dalla sua carnagione sempre piú pallida.

Quella sera, però, intravide dei segni di risveglio, e non era solo grazie all'aria della primavera. Da qualche parte, da una stanza interna, giungevano le note di una canzone americana, e Bianca, sebbene ancora vestita di nero, si era almeno sistemata i capelli e aveva messo un po' di belletto sul viso.

La donna gli sorrise.

– Ciao, Luigi Alfredo, buonasera. Hai conosciuto Achille, vedo. L'ho assunto insieme a Gustavo, l'autista di Carlo. Gli sono stati vicini fino all'ultimo.

Ricciardi le prese la mano.

– Ciao, Bianca. Che bello vederti di nuovo sorridere. Mi stavo preoccupando. Temevo che la tristezza non ti avrebbe abbandonata mai piú. Come ti senti?

La contessa si sedette e lo invitò a prendere posto accanto a lei.

– Mi sembra tutto cosí strano. Carlo... insomma, io ovviamente sapevo che era malato. E sapevo che da un paio di mesi anche l'ultimo medico aveva alzato bandiera bianca. Ma in qualche modo, non so spiegarti perché, in cuor mio, ero convinta che fosse eterno. Invalido, costretto a letto, ma eterno. Invece... invece lo abbiamo perso. E io non mi rassegno a non godere piú della sua ironia appuntita, delle sue battute sui nobili della città.

Ricciardi annuí.

– Era un uomo notevole. L'ho incontrato solo un paio di volte, come ricorderai, ma ho potuto apprezzarne l'enorme intelligenza. E la bontà.

Bianca sospirò.

– Sí, era buono. Lo è stato fino alla fine. Io avevo bisogno, ero rovinata... avrebbe potuto... Certo, avrei rifiutato, ma lui aveva parecchio da mettere sull'altro piatto della bilancia per tentarmi. Invece non l'ha mai fatto. E adesso...

Indicò attorno con la mano, vagamente.

– ... adesso tutto questo. Dovrò abituarmi, immagino. Ti dirò, sul momento ho pensato di devolvere in beneficenza l'intera eredità, trattenendo solo lo stretto necessario per sopravvivere. Ma lui se l'aspettava, e ha inserito una serie di vincoli nel testamento in modo da costringermi a non alienare niente. Mi conosceva bene.

Ricciardi era intenerito.

– Sí, ti conosceva bene. E nutriva un sentimento fortissimo per te.

Bianca lo fissò. Gli occhi, cosí speciali, si aprirono una strada diretta nell'anima di Ricciardi, che si sentí messo a nudo. Era una sensazione che il commissario non aveva mai provato e che lo colse alla sprovvista.

Tossí imbarazzato.
– Bianca, io non volevo... Se ti ho offesa in qualche maniera, ti prego di perdonarmi. Sono poco abituato a... a questo genere di conversazioni.
La contessa taceva, continuando a scrutare Ricciardi. Poi disse:
– Sai, Luigi Alfredo, qualche volta con Carlo parlavamo di te. Ti considerava un uomo ammirevole sotto numerosi aspetti. Apprezzava la tua coerenza, che aveva sperimentato quando... quando sai tu. Ma pensava fossi vittima di te stesso, che avessi qualcosa dentro che... che in qualche modo odiavi. In pratica supponeva che tu odiassi te stesso. Strano, vero?
Ricciardi si sentí schiaffeggiato. Distolse lo sguardo dal viso di Bianca e tentò di divagare.
– Che bella musica. Una tromba, vero? Chi è che sta suonando?
La contessa sorrise.
– Si chiama Louis Armstrong, e il pezzo è *West End Blues*. Achille ha portato con sé, come un reliquiario, il grammofono di Carlo e tutti i suoi dischi. Li faceva arrivare ogni mese col transatlantico; mi hanno riempito una stanza. Ha fatto in tempo a insegnarmi tanto di musica, nei pomeriggi in cui andavo a trovarlo. Secondo lui erano queste le cose che contano davvero.
Ricciardi allargò leggermente le braccia.
– Be', forse aveva ragione. Senti, Bianca, stasera sono passato come sempre per vedere come stavi e sono molto felice di trovarti meglio, assai meglio degli ultimi giorni. Però volevo anche chiederti... Ma se sono importuno non esitare a dirmelo e...
La contessa rise.
– È proprio da te lasciarmi la responsabilità di acco-

gliere o respingere una richiesta che temi sia fuori luogo. Stabiliamo che non lo è.

Ricciardi descrisse a Bianca, omettendo i particolari piú crudi, il ritrovamento del cadavere del prete quella mattina a Posillipo. Le riferí di essere stato alla casa dei gesuiti e le riportò le informazioni che aveva raccolto sulla vittima. Appena pronunciò il nome del religioso, la donna sobbalzò.

– Padre Angelo De Lillo? E lo hanno ucciso? Ma certo che so chi è, l'ho anche incontrato un paio di volte! Era un assiduo frequentatore dei salotti piú esclusivi della città. Un uomo anziano, colto e gentile, sempre discreto, molto amato. Dio, quanto mi dispiace! E chi può essere stato?

Ricciardi le rispose:

– Ancora lo ignoriamo, Bianca, e anzi ti prego di mantenere riservato questo colloquio. Mi domandavo se per caso ti fosse giunta voce di qualcosa che lo aveva coinvolto: una maldicenza, una lite...

Bianca corrugò la fronte. Fra gli aspetti di lei che Ricciardi apprezzava di piú c'erano l'estrema serietà con cui ascoltava e l'assenza di quei pregiudizi, positivi o negativi, che di solito erano la palla al piede della sua classe sociale.

– Vedi, lui era il prete dell'alta società. Lo chiamavano a celebrare la messa nelle cappelle private degli anziani che non potevano andare in chiesa o delle famiglie che volevano darsi lustro con cerimonie per pochi. Di conseguenza era anche il confessore di alcuni aristocratici. Ricordo una storia... Ma forse non è importante.

Ricciardi si sporse in avanti.

– Ti prego. Ogni particolare è importante in un'indagine per omicidio.

La contessa annuí, pensierosa.

– Circa tre mesi fa è venuto a mancare il vecchio marchese Berardelli. Era molto, molto anziano. Il figlio era morto anni prima di lui, e il nipote, Tullio, che ha piú o meno la mia età, sperava di ereditare tutto, anche se la nonna, Maria Civita, non lo ha mai amato. Poi è emerso che il marchese, nei suoi ultimi giorni, aveva affidato a padre Angelo, che era il suo confessore, un testamento redatto di proprio pugno col quale donava un immobile di grandissimo valore, un castello in costiera sorrentina, alla Compagnia di Gesú perché lo trasformasse in un collegio per i figli della gente del posto. La cosa ha fatto scalpore, perché Tullio ha cominciato a insinuare che il prete aveva plagiato suo nonno, approfittando della sua malattia, per derubarlo del castello.

Ricciardi era assorto.

– E che è successo, dopo?

Bianca si strinse nelle spalle.

– Non è che me ne sia interessata molto, ma Carlo, che sapeva tutto di tutti e non mancava occasione per deridere quella gente, mi spiegò che il testamento era risultato assolutamente autentico, e che quindi Tullio non poteva farci nulla. Carlo si divertiva a immaginare la sua faccia e quella della moglie, Alba, un'arrivista molto avida. Non mi viene in mente nient'altro di simile sul povero padre Angelo.

Ricciardi ringraziò Bianca e si alzò per salutarla, ma lei lo trattenne:

– Verrai sempre a trovarmi, vero? Ho perso l'amico piú caro che avevo, e a parte te non mi resta nessuno.

Il commissario prese tra le sue mani quella dell'amica.

– Non temere, Bianca. Per te ci sarò sempre.

Prima di uscire si bloccò, come attraversato da un pensiero improvviso, e disse:

– Tu credi che sia concepibile confessarsi sul serio? Non intendo in senso religioso, ma in senso... umano. O pensi che ci siano cose che non si possono confessare?

La contessa era rimasta seduta, e sembrava inseguire chissà quale segreto ragionamento. Le note della tromba si spensero lentamente, lasciando un doloroso silenzio nell'aria.

– No, non c'è niente che non si possa confessare. Serve solo tanta fiducia. E molto, molto coraggio.

XIV.

Certe domeniche sembrano perfette, ci avete fatto caso?
Arrivano in una stagione né fredda né calda, e si rivelano dalle prime ore del mattino semplicemente giuste: il cielo stellato si illumina un po' alla volta, ma senza movimenti bruschi, lasciando avanzare la luce nella notte dolce e gentile, animata dalla brezza del mare e da quella del bosco. Erba e sale insieme nell'aria.
Il profumo è un ingrediente necessario, per una domenica perfetta. Per esempio quello dei fiori. Il profumo dei fiori.
Perché una domenica perfetta di maggio si può riconoscere anche dal viaggio di un singolo fiore.

Carmela si sveglia alle quattro.
Esce dalla stanza in cui vive con il padre, la madre e i sei fratellini e va nel bosco a raccogliere i fiori. Presto, altrimenti le guardie la vedono, se c'è luce.
Ha tredici anni, Carmela, ma sono già cinque che ci pensa lei ai soldi. Il padre è malato di polmoni, tossisce sangue e non si alza piú. La madre va a servizio, lavora dodici ore al giorno e a stento guadagna quello che serve per sfamare i piú piccoli. Nei bordelli non la prendono, perché è troppo giovane, ma il padre le ha detto guagliunce', vedi che devi fare, perché qua bisogna che mangiamo.
Carmela fa tante cose, ma la piú redditizia sono i fiori del bosco la domenica, che non le costano niente se non la paura

delle guardie quando viene tardi e il sole rischia di tradirla. Dopo basta che arrivi a Santa Maria del Pianto in anticipo sulle altre per mettersi davanti al cancello del cimitero, proprio vicino all'ingresso. Il punto migliore, Carmela l'ha imparato in fretta, è davanti al pilastro, perché la gente che va a salutare i morti suoi scende dal tram alla fermata venti metri sotto e poi risale, passando prima da lei.

Carmela sa che le altre non riescono ad arrivare cosí all'alba, e lei è forte e determinata, e se una piú anziana prova a farla sloggiare, reagisce a graffi e a capelli tirati, e quella impara che non deve disturbarla, perché Carmela ha da pensare a sé stessa e ai genitori.

Nel bosco ha trovato un po' di margherite, delle fresie e perfino una rosa. È consapevole che prendere le rose è pericoloso, sono i fiori ai quali i giardinieri e le guardie stanno piú attenti, ma questa è cresciuta un poco fuori zona, non insieme alle altre, che sono protette e ci stanno i cani, ed è meglio non andarci proprio a cercarle. Questa è cresciuta da sola, in mezzo alle margherite. Chi lo sa? Forse un seme portato dal vento, forse un regalo dell'anima della nonna che le voleva tanto bene.

L'ha tagliata col coltello arrugginito che porta sempre con sé, rubato dalla madre nella casa dove fa la sguattera, come tutto ciò che hanno. È stata attenta a lasciare il gambo lungo, perché vale di piú: al cimitero, quella rosa, la vende pure a mezza lira, quanto un intero mazzo di fresie e primule.

Si incammina in fretta, per occupare la solita posizione. Il tempo è bellissimo, l'aria si riscalda in fretta e le dita intorpidite riacquistano la vita. Carmela ha mani con la pelle dura come il cuoio, non sente le spine della rosa che impugna da sola, mentre gli altri fiori sono nella veste lurida.

Arriva al cimitero che i fiorai sono ancora pochi: quelli che hanno il chiosco fanno piú tardi, sono sicuri del loro posto. *Si piazza vicino alla colonna, proprio dove voleva. È una domenica perfetta, pensa. La primavera è la stagione dei fiori, e lei ne approfitta.*

Compare un ragazzo bruno, bello. Carmela è lacera e sporca, ma è giovane e piena di salute, e ha occhi neri e denti forti: non è strano che quello si fermi a parlare con lei. Non si accorge però, Carmela, che alle sue spalle si avvicina Maria, la piú feroce delle concorrenti, una donna di cinquant'anni che non ha piú figli perché le sono morti tutti; le è rimasto solo un nipote, proprio il ragazzo bruno che sta sorridendo a Carmela e le sta chiedendo dove abita con tono allusivo, e dove ha preso quella bella rosa a gambo lungo, che ora tiene in mano e annusa, continuando a fissarla con insistenza.

Maria è convinta che, se si toglie dai piedi quella cafona di Miano e ci si mette lei vicino alla colonna del cancello, venderà in fretta tutti i fiori che ruba dalle tombe visitate il giorno precedente e potrà tornarsene a casa, alla Sanità, con qualcosa in tasca per tirare avanti. Perciò, mentre Carmela si aggiusta i capelli dietro la cassetta di frutta che le fa da banchetto, le affonda le forbici nella schiena. Vuole solo ferirle il culo, almeno capisce che deve sloggiare da lí e se lo ricorda per la volta dopo. Però Maria non ci vede tanto bene, e non ha la mano ferma, cosí le buca l'arteria femorale.

Carmela cade urlando alle cinque di mattina fuori del cimitero; non dovrà fare piú tutta quella strada, perché impiega pochi istanti a morire. Il ragazzo se ne accorge subito e se la dà a gambe, con la nonna che rimane ferma come una statua di cera con le forbici in mano; non erano questi i patti, e poi trenta centesimi per essere complice di un omicidio gli pare un po' poco. Scappa, e non fa caso alla rosa che tiene ancora in mano.

Una domenica perfetta, con quest'aria deliziosa, può essere seguita attraverso un fiore, in fondo.

È un criterio come un altro. Si potrebbe anche cavalcare un alito di vento, e osservare quello che succede nei piani alti, dove gli spifferi si infilano attraverso finestre che chiudono male, e godersi le piume delle galline, tenute nelle soffitte per dare le uova alle famiglie che abitano sotto. Sarebbe interessante, forse, guardare l'aria fresca che intirizzisce la schiena degli amanti, costretti a sbrigarsi prima che i mariti ritornino dal lavoro notturno, o scostare le tende che riparano le miserie dalla vista dei pettegoli, sempre pronti a riconoscere i segni della sopravvenuta povertà di vecchie famiglie che erano ricche e ora non lo sono piú.

O magari seguire un uccello, un piccione alla ricerca di cibo sui davanzali, pronto ad alzarsi in volo al suono di una lite tra un padre e un figlio che si concluderà con un umido colpo di mazza in testa.

Invece seguiamo la rosa, alla quale ci siamo affezionati. E la vediamo passare di mano dal giovane che sorrideva a Carmela a un vecchio, all'incrocio di Santa Teresa con via Toledo, qualche minuto dopo il transito di un pensoso Ricciardi diretto a prendere il tram per tornare dai gesuiti. Ma questa è un'altra storia, no?

Un'altra storia.

Il vecchio con la rosa in mano si affretta verso casa. Non ci aveva pensato a comprare un fiore, ma quando lo ha visto in mano al ragazzo si è detto che sí, è proprio quello che ci vuole per Ada.

Il vecchio è preoccupato per lei. Non la vede mai sorridere, e teme che finisca come sua madre, che era triste, sempre triste, e alla fine per la tristezza è morta, e allora è diventato triste il papà, e dopo qualche anno è morto pure lui. Certo, il vecchio è appunto vecchio, e i ricordi risalgono a molto tempo prima; ma lo sapete com'è la vecchiaia, le cose passate sembrano nuove, e quanto è successo solo ieri si perde nella nebbia di una memoria che ha piú celle di un carcere. Il vecchio adesso ha Ada, e deve pensarci lui. Non è facile, perché la pensione di maestro di musica è proprio misera, basta a stento per pagare l'affitto e procurarsi qualcosa da mangiare, ma l'amore è l'amore, e di quello il vecchio ha interi vagoni a disposizione.

Mentre sgambetta in strada, la logora giacca piú volte rivoltata e dal colore indefinibile, le piante dei piedi che sentono ogni singola pietra del selciato dai due buchi enormi che hanno al centro della suola, la cravatta cosí consumata che nemmeno rifà piú il nodo e se la sfila dalla testa alla sera, il vecchio pensa che usare i soldi per regalare un sorriso alla persona amata non è mai sbagliato. Quindi la mezza lira che ha dato al ragazzo in cambio della rosa (mezza lira, sí, la povera Carmela aveva ben giudicato il ricavo che si poteva ottenere tagliandola col gambo lungo) è la spesa migliore che potesse fare.

Il vecchio ricorda la prima volta che ha visto Ada; sono passati oltre sessant'anni. La piú bella ragazza della sua scuola, un vero incanto, da far tremare il cuore in petto. Era caduto subito, senza nemmeno aver bisogno di sentire quella voce che pareva un meraviglioso pianoforte, anzi un pianoforte e una viola, anzi un'orchestra intera. E Ada, anni dopo, gli aveva confidato che per lei era stata la stessa cosa, che le era bastato un solo sguardo.

Adesso, pensa il vecchio giungendo in prossimità del portone, Ada vedrà la rosa e gli sorriderà, perché la rosa è bella e Ada è bella e la bellezza riconosce la bellezza, e oggi è domenica, è una bellissima giornata e col sorriso di Ada la giornata sarà bella pure per lui.

Gli viene incontro la portinaia, Elena, che è sempre tanto premurosa. Ogni anno, a Pasqua e Natale, lui cerca di regalarle un po' di monete; non è mai molto, ma basta il pensiero. Elena lo prende sottobraccio e gli dice venite, professo', vi accompagno io. E lo aiuta a salire le scale fino al pianerottolo; quant'è gentile Elena, glielo vuole proprio raccontare a Ada quant'è gentile. Date a me, professo', ma che bella rosa, dove l'avete presa? Mo' la mettiamo in un vaso, cosí la signora Ada è contenta.

Gli prende le chiavi, apre la porta e lo aiuta a sedersi in cucina, davanti all'altra sedia, quella dove, adagiato sulla spalliera, c'è un abito da donna a fiori.

Quanto sei bella stamattina, Ada, sussurra il vecchio. Vuoi che ti suoni qualcosa? E comincia a modulare con la bocca, simulando un violino. «Cchiú luntano me staje, cchiú vicina te sento...»

Elena esce piano dall'appartamento, chiudendosi la porta alle spalle. E una volta ancora si chiede quando il padreterno avrà pietà del vecchio, e si porterà via la sua anima vent'anni dopo quella della moglie, cosí come lei sta portando via quella splendida rosa a gambo lungo che chissà da dove viene.

Avremmo potuto trovare la domenica nelle onde del mare, che a qualsiasi ora del giorno e della notte baciano dolci, in tutta la sua lunghezza, la città frenetica o addormentata.

Avremmo potuto guardare, insieme con l'acqua, la vita infame dei pescatori, costretti a gettare reti, pregando per un po' di fortuna, fino a spezzarsi le reni, o ascoltare i racconti delle mogli che quelle reti annodano e riannodano, tremando al pensiero che i loro uomini potrebbero non tornare.

Ma maggio è il mese dei fiori, no? Anzi, è il mese delle rose. Allora la nostra rosa è il messaggio piú forte e chiaro che abbiamo per capire la domenica. Ci conviene seguirla, la nostra rosa.

Nel suo ultimo viaggio.

Elena ha chiuso la portineria, perché la domenica può lasciare il palazzo senza custode per mezza giornata.
Non sempre lo fa. Il piú delle volte se ne resta al suo posto, almeno è al riparo, e se uno degli inquilini ha una necessità magari guadagna qualcosa. Oggi però ha un impegno.
Oggi deve andare a un matrimonio.
A vederla non si direbbe, perché è vestita in modo assai dimesso, come al solito. E nemmeno dalla faccia traspare quella felicità, quella gioia che dovrebbe fare da contorno a una cerimonia del genere.
Anche l'orario è strano, per un matrimonio. Di solito capita di mattina: una bella cerimonia piena di invitati e un pranzo vicino al mare, con gli uomini che si sbottonano la camicia e si tolgono la giacca, e le donne che ballano la tarantella battendo le mani.
Questo matrimonio, però, verrà celebrato in silenzio, e nessuno si metterà a danzare. Ci saranno lacrime, invece. Ma Elena porta lo stesso la rosa a gambo lungo, cosí che almeno ci sia un fiore al posto delle risate e dell'allegria, delle grida dei bambini e della musica.
Si sposa Serafina, la serva dei Macrí, la famiglia che sta all'ultimo piano. Serafina, una bella ragazza, forse con la faccia un po' equina, ma forte e sincera, con la quale ha fatto amicizia tre anni fa, quando è arrivata dal paese a sedici anni e non sapeva nemmeno come si parlava se non nello stretto dialetto della zona sua, incomprensibile a tutti. Serafina, che quando ride tira una specie di lungo fiato e fa ridere pure gli altri attorno, e i negozianti della via tendono l'orecchio e dicono chissà perché ride, Serafina.
Adesso sono dieci giorni che quella risata non la sente piú nessuno.
Un anno prima Serafina ha conosciuto un muratore dell'im-

presa che restaurava il palazzo di fronte. Un giovane grande e forte, dalle mani enormi, aperto e allegro, che guarda caso ride sempre proprio come lei, producendo un verso che sembra il raglio di un asino, e perciò bonariamente tutti lo chiamano 'o Ciuccio e dicono che sono fatti l'uno per l'altra, Serafina e 'o Ciuccio.

I due si vogliono bene, si vogliono bene assai. Lavorano come pazzi perché vogliono risparmiare i soldi e comprare il biglietto per l'America, cosí raggiungono certi parenti di lui che gli dànno una casa per loro e possono far nascere tanti ciucciarielli, grandi, grossi e allegri come la mamma e il papà.

Prima si devono sposare, però; Serafina non si imbarca certo sulla nave con uno che non è il marito, in mezzo a sconosciuti che pensano che lei è una poco di buono perché non porta la fede.

Elena arriva all'ingresso dell'ospedale della Pace e chiede dove sta la camerata della chirurgia. È là che si tiene il matrimonio.

'O Ciuccio, siccome per sposarsi ci vogliono i soldi e con le ore normali di lavoro i soldi non si fanno, si è messo a faticare pure di notte. Ma di notte non ci si vede bene, e il grosso piede del Ciuccio è scivolato dall'impalcatura e lui si è spezzato la schiena in due parti. Il dottore ha spiegato a Serafina, tre volte, perché le prime due la ragazza non ha capito e la terza l'ha accompagnata Elena, che conosce il medico e l'italiano, che 'o Ciuccio non arriverà a domani, perciò se Serafina lo vuole sposare, deve farlo adesso. O mai piú.

Serafina indossa il vestito che ha cucito con le mani sue, comprando la stoffa con le economie di mesi e mesi, ed è andata vicino al letto dove 'o Ciuccio passa le ultime ore della vita sua con gli occhi spalancati per il terrore. Elena fa da testimone, sorridendo mentre due piccoli fiumi di lacrime le scorrono sulla faccia, mentre Serafina è bellissima e felice perché sta sposando l'amore suo, l'unico amore che avrà per tutta la vita. Il prete è il cappellano dell'ospedale, e a Elena pare che stia per piangere pure lui.

Quando 'o Ciuccio allunga le grandi dita tremanti sul lenzuolo, Elena si ricorda della rosa a gambo lungo e l'appoggia sul letto, vicino alle mani degli sposi, che si intrecciano per la prima, per l'ultima volta.

Perché se volete capire bene, davvero bene una domenica di maggio, non dovete seguire le onde del mare ancora freddo, né l'alito del vento dolce che sa di sale e d'erba nuova, né le ali di un piccione o le grida di un gabbiano.

Non cercate le note di un pianoforte o le parole di una canzone, o il suono di mille campane.

Se volete capire una perfetta domenica di maggio, seguite il profumo di una bella rosa.

XV.

Ricciardi decise di scendere dal tram una fermata dopo quella piú vicina alla sua destinazione; voleva fare due passi. Cosí guardò sfilare dietro i grandi finestrini della carrozza l'imponente edificio bianco che ospitava il seminario e l'università dei gesuiti, conosciuto come Villa San Luigi.

Il cortile, immerso nel sole della bellissima domenica di maggio, era affollato di sacerdoti e studenti che approfittavano del clima per leggere o studiare all'aperto. Osservati da lontano parevano grossi insetti neri, tutti uguali.

Il commissario si incamminò lungo la strada in discesa. Alla sua destra il mare si scorgeva fra le cime degli alberi. Il silenzio era rotto dai versi degli uccelli e delle galline; qua e là un abbaiare di cani e un belare di capre. Per un curioso e immediato collegamento operato dalla memoria, Ricciardi si rivide ragazzino, quando usciva dal palazzo avito e camminava attraverso la campagna cilentana per andare in paese. Percepiva lo stesso trasporto, la stessa perfetta unione col mondo. Il profumo dell'erba e dei fiori, l'aria leggera che portava il mare in collina gli permettevano di dimenticare il peso dei dubbi che lo gravavano in quei giorni.

Non aveva avvertito Maione della sua iniziativa di tornare allo scolasticato dei gesuiti quella mattina, per ricostruire meglio la personalità della vittima e le eventuali situazioni private che potevano aver condotto all'omicidio. Sapeva che il brigadiere lo avrebbe accompagnato, se avesse saputo delle sue intenzioni, e non voleva rovinargli la domenica in famiglia per una volta che non era di turno. Inoltre era stato informato dell'ennesima rapina a un negozio di Chiaia, la sera precedente, nel corso della quale Felice Vaccaro era rimasto ferito, seppur in modo lieve. Tali reati, ne era cosciente, erano vissuti da Raffaele come uno schiaffo personale, e perdipiú il brigadiere si era molto legato alla giovane guardia. Se c'era uno che aveva bisogno di una giornata di assoluta serenità e riposo, era proprio Maione.

Cosí aveva preferito svolgere quella parte di indagine per conto suo. Avrebbe avuto tempo e occasione di mettere a parte il collaboratore di quanto avrebbe scoperto.

Entrò nel fresco dell'androne della villa e si fece annunciare dal portinaio. In pochi minuti fu raggiunto da padre Vittorio Cozzi, il superiore.

L'uomo portava in volto i segni di una notte tormentata dagli incubi.

– Non riesco a rassegnarmi, commissario. Padre Angelo, capite? Padre Angelo! L'uomo migliore che abbia mai conosciuto, uno spirito altissimo, un dono del Signore, subire questa fine terribile. Avrebbe meritato di chiudere gli occhi in santità, nel proprio letto, con tutti i sacramenti, avendo attorno noi, la sua famiglia amatissima. Ancora non ci credo.

Ricciardi avvertiva il sincero, enorme dolore di padre Vittorio.

– Vi capisco. Ma proprio per questo, come ci siamo detti ieri, dobbiamo chiarire le circostanze della sua morte. Siamo nella condizione di escludere l'incidente. L'esame del dottore ha fornito risultati piuttosto precisi. Si è trattato di omicidio volontario. Certo potrebbe essere stato qualcuno che voleva rapinarlo e poi si è spaventato o è stato disturbato, oppure uno squilibrato: ce ne sono, purtroppo. Ma resta la domanda: che ci faceva là, il vostro confratello, in un'ora cosí avanzata? Quello non è un luogo dove si passa per caso.

Cozzi sospirò, scuotendo il capo.

– Certo, certo. Ho presente il posto, Angelo lo amava moltissimo. Diceva che un uomo di fede si sente sempre vicino a Dio, ma di rado immerso nel bello. Quindi è un'umana debolezza andarselo a cercare. Era una specie di piccolo ritiro personale. Avrà sentito la necessità di dare qualche risposta a sé stesso, e sarà incappato, appunto, in un rapinatore, uno squilibrato... un malvivente in fuga che si sarà sentito scoperto. Chi può saperlo?

Ricciardi rispose:

– Nessuno, forse. Magari, però, qualcuno ha ascoltato da padre Angelo una parola, una breve riflessione che sembra ininfluente e che invece può spiegarci qualcosa. Ieri avete accennato a due sacerdoti che avevano un legame speciale con la vittima. Erano assenti e non abbiamo avuto modo di sentirli. Potrei incontrarli, adesso?

Il gesuita guardò l'orologio sul muro e rifletté.

– Sí, direi senz'altro di sí. Sono entrambi insegnanti dell'università e oggi, essendo domenica, non c'è lezione. La nostra seconda messa è tra un'ora, al momento dovrebbero essere liberi da impegni.

Si rivolse al portinaio:

– Gaetano, per cortesia, vai a chiamare padre Costantino e padre Michele. Chiedi loro di raggiungermi nel salottino.

Dopodiché precedette Ricciardi in una stanza occupata da un tavolo rettangolare con otto sedie. L'aria sapeva di chiuso, e padre Vittorio aprí la finestra che dava su un meraviglioso panorama. Il mare era tutt'uno col cielo, e la vegetazione che accompagnava lo sguardo fino alla distesa azzurra esibiva tutte le sfumature del verde.

– Posillipo. Sapete che significa, commissario? Pausa dal dolore. In greco antico. E ammirando tanta bellezza pare davvero possibile evitare il male, la sofferenza, le brutture. Ma solo per un attimo, appunto. Una pausa. E probabilmente è già molto.

Ricciardi tacque. Senza nessun avviso la sua mente andò a Enrica e ai fantasmi dei morti: l'una di fronte agli altri, come due avversari in un tribunale senza giudice.

A interrompere quei pensieri fu un bussare discreto alla porta.

Cozzi introdusse due uomini in tonaca nera, molto diversi tra loro. Uno era magro, di media statura, gli occhiali cerchiati d'oro e i radi capelli chiari: doveva essere sulla cinquantina. L'altro, piú giovane di una decina d'anni, era grande e grosso, bruno e irsuto, un velo scuro sulle guance e sul mento nonostante fosse rasato da poco, la mascella quadrata.

Entrambi mostravano in volto la stessa straziata espressione del superiore.

Cozzi indicò il piú alto.

– Padre Michele Police, insegnante di Metafisica e Teologia. E padre Costantino Fasano, – spostò il dito sul piú vecchio, – professore di Morale. Entrambi erano figli spirituali di padre Angelo. Fratelli, vi presento il commissario Ricciardi della questura. Vorrebbe... ha qualche domanda da farvi sulla disgrazia che ci è successa.

I due erano perplessi. Fasano, il piú anziano, disse:

– Un commissario? Ma allora...

Ricciardi confermò:

– Sí, padre Angelo potrebbe essere stato ucciso in modo volontario. Forse un pazzo, o un criminale impegnato nei suoi traffici che si è sentito scoperto. Ma non è da escludere che semplicemente lo volessero morto.

Padre Michele intervenne, stringendo i pugni, quasi fosse allenato a tenere a bada la propria forza. La voce era sorda, un ruggito trattenuto.

– Quindi il mio padre Angelo sarebbe stato assassinato? Ci sarebbe in giro qualcuno che... No, dite cosí perché non lo conoscevate, commissario. Lui è... lui era un santo.

Aveva uno strano accento, quasi pugliese, ma con un'inflessione diversa. Ricciardi ne dedusse che fosse quello che veniva dalle stesse zone della vittima.

– Non lo metto in dubbio. Ma, ne converrete, è abbastanza singolare che si trovasse là, vicino al mare, dopo una camminata non facile di almeno venti minuti, alla sua età e a quell'ora della notte. Come ve lo spiegate?

Police sbatté le palpebre e si voltò verso il confratello che, senza modificare l'espressione addolorata dietro gli occhiali, rispose:

– In quel luogo padre Angelo andava a pregare. Era il suo posto preferito, sosteneva che...

Ricciardi lo interruppe.

– Sí, padre Vittorio me l'ha detto. Però mi ha anche detto che a quell'ora avrebbe dovuto essere nella sua camera. Era pur sempre un uomo di una certa età. A voi non meraviglia?

Nella stanza c'era un'atmosfera strana. Padre Michele si mordeva il labbro inferiore, quasi fosse sul punto di piangere. Padre Costantino scuoteva il capo, silenzioso, come per rifiutare un concetto astruso.

Alla fine parlò il piú giovane, con la voce tremante:

– Ecco... padre Angelo era... piuttosto metodico. Faceva sempre le stesse cose, aveva i suoi tempi e li rispettava. Avete ragione, non sarebbe andato sulla spiaggia di notte.

L'altro aggiunse, sommesso:
– A meno che non lo avessero chiamato. Se gli avessero chiesto di andare, lui...
Gli sguardi dei due preti si incrociarono. Ricciardi ebbe la netta sensazione che stessero riflettendo se rivelargli o no qualcosa.
Decise di dare una piccola spinta perché superassero l'indecisione.
– Mi pareva di aver capito che la vittima fosse il vostro padre spirituale, e che la paternità spirituale abbia un significato molto profondo per voi.
Fasano si aggiustò gli occhiali sul naso con un gesto deciso.
– Piú di una paternità naturale, commissario. Molto di piú. Il legame che intercorre tra un padre spirituale e chi lo sceglie è una volontaria imitazione di quello tra Dio e gli uomini.
Ricciardi disse:
– Be', credo che un figlio, naturale o spirituale, non desideri che chi ha assassinato barbaramente il padre continui a vivere in libertà, senza scontare la pena. O mi sbaglio?
Padre Michele indurí la mascella e ringhiò:
– Certo che no. La punizione divina non mancherà di...
– Sí. La punizione divina. Ma nel frattempo? E se questo omicida, per motivi che ignoriamo, dovesse ripetersi? Se stesse seguendo una via che lo porterà a uccidere ancora?
I due tacquero, colpiti dall'argomentazione. Si fissarono di nuovo, poi Police disse, con il suo pesante accento:
– Padre Angelo... voi sapete che andava a celebrare in alcune case che... Gli capitava di confessare persone in là con gli anni, era facile fidarsi di lui e...
Nonostante lo sforzo non era in grado di proseguire. Fasano fu costretto a venirgli in soccorso.

- È successo qualche mese fa... Padre Angelo era confessore di un uomo molto anziano, che poi è morto e...
Ricciardi si inserí, neutro:
- Vi riferite al marchese Berardelli?
Tutti e tre i religiosi radunati nel salottino assunsero un'espressione sorpresa.
Padre Michele proruppe:
- Quell'uomo, il nipote... è stato qui, si è messo a urlare proprio vicino all'entrata della cappella... inveiva contro padre Angelo. Io sono intervenuto per calmarlo, ma non ci sono riuscito.
Padre Cozzi si rivolse a Ricciardi:
- È vero, commissario. Non ve ne avevo parlato perché credevo fosse finita lí. C'è stato un giudizio e il testamento è stato riconosciuto olografo, vergato di proprio pugno dal marchese, e il nipote non è piú tornato a...
Fasano concluse per lui:
- A minacciare di morte padre Angelo.
Ricciardi lo fissò.
- Minacciarlo di morte? Siate piú preciso.
I tre erano imbarazzati. Padre Costantino replicò:
- Michele, c'eri tu. Ripeti quello che hai sentito.
Il gesuita bruno era in preda a una fortissima agitazione.
- Gridò che gli avrebbe spaccato la testa. Era fuori di sé.
Seguí un silenzio lugubre. Lo infranse il superiore, come parlando a sé stesso:
- Il castello di Vietri è una proprietà molto importante, commissario. Ha un enorme valore. Il dono che il marchese ha voluto fare alla nostra Compagnia è stato di certo dovuto al rapporto di grande affetto che aveva con padre Angelo, ma escludo in modo categorico che il nostro fratello abbia plagiato quell'uomo. Bisognava conoscerlo, Angelo. Non ha mai avuto interesse per i beni del mondo.

Ricciardi annuí piú volte. Poi disse:
– Per il momento è tutto. Qualora avessi bisogno di altre informazioni, verrò a disturbarvi di nuovo. Da parte vostra, se vi tornasse in mente qualcosa, qualsiasi cosa, anche all'apparenza insignificante, per favore mandatemi a chiamare e io arriverò subito.

Padre Vittorio si avviò per accompagnarlo alla porta. Uscendo, il commissario notò che Police aveva gli occhi pieni di lacrime e non smetteva di torcersi le mani: quell'uomo aveva in corpo una marea di rabbia che montava.

La voce bassa e dolente di padre Costantino mormorò:
– Il salmo trentasei. Ecco, sono caduti i malfattori. Abbattuti, non possono rialzarsi.

Ricciardi fu contento di ritrovarsi all'aria aperta.

XVI.

Tornato in città, Ricciardi ebbe percezione della domenica.

Le strade si godevano la meraviglia dell'esplosione della primavera. La chiusura dei negozi per la festa favoriva e incoraggiava l'invasione degli ambulanti, che riempivano l'aria di richiami, fischi e urla. Le guardie cercavano stancamente di liberare la via da quell'ingombro, ma dopo due minuti si ricreava la stessa situazione, che peraltro non sembrava disturbare il passeggio. Era come se la luce provenisse da ogni parte, tanto faceva risaltare i colori degli abiti delle signore e le merci sui carretti; la città gareggiava in allegria con la Villa Nazionale, piena di sorrisi e di saluti.

Ricciardi, al solito, attraversava due folle, quella dei vivi, multicolore e rumorosa, e quella dei defunti, sussurrante e opaca: bambini investiti da automobili e carrozze, giovani accoltellati, anziani picchiati a morte; un campionario ben distribuito lungo il cammino, forse nella proporzione di uno a cento rispetto ai passanti, ma a lui perfettamente visibile come le pietre miliari di un pellegrinaggio. Per reggere l'urto di tanta sofferenza il commissario cercava di concentrarsi sull'indagine.

L'omicidio del prete sollevava due quesiti. In primo luogo: che cosa ci faceva padre Angelo in quel posto isolato e in piena notte? Inoltre perché non si era difeso?

Ricciardi riteneva che l'intera faccenda si sarebbe risolta rispondendo a quegli interrogativi. L'assenza di una colluttazione, di una reazione, si collegava, dal suo punto di vista, al fatto che l'uomo si trovasse in un posto particolare a un'ora particolare. Un appuntamento con la morte, come ce l'hanno tutti, pensò: ma era come se, per padre Angelo De Lillo, quell'appuntamento fosse stato una scelta consapevole.

Il tram si fermò a San Ferdinando. Il commissario sarebbe potuto rimanere a bordo, scendendo in piazza Dante, non distante dal proprio indirizzo, invece saltò giú mentre il mezzo ripartiva.

A fare da sfondo all'assassinio del gesuita c'era anche un'altra domanda che infastidiva Ricciardi come una sottile emicrania. La sera prima Enrica non si era mostrata alla finestra per quella che era diventata una specie di tenera liturgia: un saluto e un cenno con la mano prima di andare a dormire. Da quando si parlavano e si incontravano, in quella strana situazione che si collocava tra un'amicizia e qualcosa di piú, era capitato assai di rado che la ragazza non si affacciasse a salutarlo. Cos'era successo?

Scrutando l'interno di casa Colombo non aveva notato nulla di strano. I movimenti erano normali, e gli era anche parso di vedere la stessa Enrica uscire dalla cucina mentre sua madre entrava.

Sapeva delle pressioni che la donna esercitava sulla ragazza. Lei non gliene aveva parlato in modo esplicito, ma aveva occhi cosí espressivi da far trasparire qualsiasi inquietudine turbasse la sua serenità. Gli aveva raccontato del tedesco, e di come il problema principale era che piacesse tanto alla madre. E lui, invece? Che ruolo aveva? Certo, aveva chiesto al padre il permesso di frequentarla e lui gliel'aveva accordato: ma per quanto tempo sarebbe stato sufficiente mantenere quello status quo?

D'altra parte doveva chiarire a sé stesso che sviluppo voleva dare a quella relazione. L'ostacolo della sua follia era insormontabile? Se non lo era, poteva tenerla nascosta alla donna con cui voleva condividere l'esistenza? E se invece avesse deciso di confessarle la sua terribile natura, con quali parole e in quali circostanze avrebbe potuto farlo? E come avrebbe reagito, Enrica? Lo avrebbe lasciato inorridita e lui sarebbe rimasto di nuovo solo, con l'ulteriore peso di sapere che qualcuno era al corrente del suo atroce segreto? O pur di non perderlo si sarebbe sobbarcata l'onere della sua pazzia, salvo magari cedere, prima o poi, spezzandogli il cuore?

Da qualunque punto di vista osservasse la situazione, Ricciardi non scorgeva elementi per essere ottimista. E ora si aggiungeva anche la mancanza del saluto serale dalla finestra, l'unico momento dolce della sua giornata.

Per la milionesima volta si ripeté che forse era meglio cosí, che in qualche modo avrebbe dovuto trovare la forza di rinunciare a lei per il suo bene, come per quasi un anno, da quando se n'era reso conto, era riuscito a fingere di ignorare che anche Enrica lo guardava. Ora questa forza si era dissolta come neve al sole.

Il negozio di cappelli e guanti del cavalier Colombo era chiuso, essendo domenica. Ricciardi lanciò uno sguardo in tralice alle porte di legno scuro sbarrate. La confessione, pensava nel frattempo. La confessione che padre Angelo aveva offerto per anni al marchese Berardelli, la donazione del castello di Vietri e la morte del sacerdote. I tre eventi erano in relazione, come sembravano ritenere i figli spirituali della vittima, pur non avendo il coraggio di affermarlo con sicurezza?

Nella mente del commissario balenò l'immagine delle mani di padre Michele Police, che si torcevano instancabilmente: quanta rabbia, quanta sofferenza tradivano, quelle mani.

Entrò nel portone della chiesa di San Ferdinando. La navata era affollatissima, giacché era in corso la messa di mezzogiorno, di sicuro la piú frequentata.

L'uomo lasciò che gli occhi si abituassero alla penombra, dopo la luce forte dell'esterno, e si godette il fresco pervaso dal pungente odore d'incenso. A celebrare la funzione era l'anziano parroco, don Tommaso. Ricciardi spostò lo sguardo sul confessionale, di legno con una pesante tenda rossa, dal quale proprio in quell'istante usciva don Pierino.

Il viceparroco di San Ferdinando era una sua vecchia conoscenza. Avevano stretto un rapporto cordiale nel corso dell'indagine sulla morte del tenore Arnaldo Vezzi, il marito di Livia, ormai piú di due anni prima. Non avrebbero potuto essere piú diversi: di indole solare e saldo nella sua fede il prete, scuro e ateo il commissario; appassionato di musica e di carattere aperto don Pierino, negativo nei confronti della finzione dell'arte e introverso Ricciardi. Eppure qualcosa li aveva portati a instaurare, se non proprio un'amicizia, almeno una buona confidenza.

Avevano piacere di incontrarsi, insomma. Per il viceparroco quell'uomo dagli occhi verdi, profondi ma inquieti, era un enigma. Standogli accanto aveva come l'impressione di sentire un grido d'aiuto che proveniva da dietro una porta chiusa a piú mandate, difficile da aprire dall'esterno e ancor piú dall'interno. Avrebbe voluto aiutarlo, ma non sapeva in che modo; quindi si limitava a sorridergli per offrirgli almeno un po' di quel calore di cui pareva aver tanto bisogno. Per Ricciardi la quiete, la serenità della mente del piccolo prete erano come un lago delle sue montagne, gradevole da contemplare ma alieno. Lo divertiva l'ironia e lo commuoveva la bontà dell'uomo, e se c'era qualcuno al quale avrebbe potuto parlare di sé era lui. L'elemento religioso, sempre presente in ogni discorso di don Pierino, lo orientava però a tacere di sé stesso quando andava a trovarlo nella sacrestia della parrocchia.

Appena lo vide il prete gli si avvicinò.

– Commissario, – sussurrò, – che piacere! Siamo quasi alla fine della messa, ma tra un'ora celebro io per i ritardatari che sono disposti a pranzare all'ora della merenda. Vi volete aggregare?

Ricciardi scosse il capo e, usando lo stesso tono di voce del prete, rispose:

– No, grazie, don Pierino. Volevo solo la vostra attenzione per cinque minuti, se possibile.

Il prete sbirciò il confessionale, vide che nessuno lo attendeva e annuí.

– Sí, certo. Approfittiamo che non ci sono peccati urgenti e che padre Tommaso sta per dare la comunione. Venite, usciamo.

Con la sua caratteristica andatura a saltelli si avviò all'esterno della chiesa seguito da Ricciardi. La luce li investí con violenza, e i due serrarono gli occhi.

Il viceparroco sorrise.

– Maggio, commissario! La primavera! Guardate che sole, che colori, che aria! E la gente, questa gente felice. Quanta vita: non ve la sentite fluire nelle vene? Non vi viene voglia di abbracciare tutti?

A una ventina di metri di distanza, Ricciardi vedeva una vecchia seduta per terra con addosso una coperta lurida, piena di buchi, che appariva zuppa d'acqua. Dalla bocca, un rivolo di sangue le colava sul mento e sulla veste. A sinistra, all'altezza del costato, aveva una specie di deformazione. Il commissario ricordava il caso, che risaliva a tre mesi prima. Un gruppo di ragazzacci, forse una delle finte squadre fasciste che non avevano a che fare col partito e che percorrevano di notte la città sfogando l'idiozia attraverso l'intolleranza e il vandalismo, aveva infierito su quella mendicante che cercava di dormire sotto la pioggia battente. Uno dei calci le era stato fatale; troppo debole e inerme l'anziana, troppo pesante lo scarpone. Il collega che se n'era occupato, stringendosi nelle spalle, gli aveva riferito senza grande interesse che i colpevoli non erano stati trovati.

La donna ripeteva: *che bel sogno, che bel sogno, papà mio*. Un lontano ricordo d'infanzia. Almeno era morta con un pensiero piacevole.

– Sí, padre. Tanta vita, certo. La primavera è molto piú gioiosa dell'inverno.

Don Pierino lo scrutò.

– Come state, commissario? Vi vedo un poco sciupato, siete sicuro di sentirvi bene?

– Certo, don Pierino, sto bene. Volevo domandarvi una cosa, se non vi dispiace. Forse vi è giunta voce della morte di un gesuita, padre...

Il viceparroco assunse un'espressione di grande tristezza.

– Padre Angelo De Lillo, certo. Se ne parla ovunque, l'hanno trovato ieri mattina, giusto? Vicino al mare, mi pare. Che peccato, era una figura straordinaria. Lo conoscevo di fama, e una volta l'ho anche incontrato, a una conferenza all'università teologica. Che mente, che intelligenza e che lucidità! Io resto sempre affascinato da queste persone, sapete? Non sono che un prete ignorante di campagna e...

– Non vi sottovalutate, don Pierino. Siete sempre il mio preferito, voi.

Il piccolo prete arrossí, come se gli avessero assegnato un premio.

– Grazie, commissa'. Per fortuna voi non siete obiettivo. Ma ditemi, che volevate sapere?

Ricciardi rifletté:

– Sembra che padre Angelo, oltre a compiere il suo lavoro di insegnante all'università, fosse anche uno stimatissimo confessore. Ora, io vedo che anche voi lo siete. Mi chiedo, e vi chiedo: cosa comporta fare il confessore? Serve una competenza particolare, una specializzazione?

Don Pierino sorrise.

– No, commissario. La confessione è un sacramento, uno dei sette della nostra fede. Per certi versi il piú importante, quello fondamentale, perché conduce al perdono, alla riconciliazione con Cristo. Il sacerdote, come per gli altri sacramenti, funge da tramite liberando l'anima del peccatore. Tutti i preti possono confessare, e la maggior parte lo fa.

– E allora che significa che padre Angelo era soprattutto un confessore? Perché pare dedicasse a questa attività la maggior parte del tempo.

Il prete rifletté a sua volta, poi replicò:

– Ci possono essere casi in cui un sacerdote riesce, in virtú di doti personali come l'empatia, a ispirare piú di altri la fiducia di chi cerca la remissione dei peccati. Dovete capire, commissario, che non è facile aprire la propria coscienza a un altro uomo e raccontargli ciò che ci mortifica di piú; si rischia di perdere la sua stima e la sua considerazione. Per non parlare del comprensibile imbarazzo che si prova guardando in faccia uno e pensando: ecco, questo conosce il lato oscuro di me, della mia mente o del mio cuore.

Ricciardi ascoltava, assorto. E non poteva fare a meno di applicare a sé stesso quel discorso.

Don Pierino continuò:

– Questo motivo può perfino spingere a non confessarsi, oppure a omettere i peccati piú gravi o dolorosi. Cosí, se si sviluppa un rapporto di confidenza col proprio confessore, risulta difficile staccarsene o rivolgersi a un altro. Perché mostrare la parte peggiore di sé a piú di una persona?
Il commissario comprese.
– Quindi, dicendo che padre Angelo era un confessore, si intende che molti avevano fiducia in lui, no?
Il viceparroco annuí.
– E che lui aveva fiducia in molti, sí. Perché il rapporto dev'essere reciproco. Per dare l'assoluzione bisogna essere sicuri che il confessato non abbia nascosto nulla.

Da lontano, la vecchia continuava a raccontare a Ricciardi del bel sogno che l'aveva accompagnata nell'attimo in cui era morta. Lo sai, piccolo prete, pensò Ricciardi, che in questo momento sto ricevendo piú sofferenza io di quanta tu ne riceverai in tutte le tue confessioni?

– Perciò padre Angelo si fidava di quelli che si confessavano con lui.

– Sí, commissario, su questo non ci sono dubbi, ciecamente, altrimenti non avrebbe potuto assolverli.

Di chi ti ha ammazzato ti fidavi, padre Angelo? Sei andato incontro alla tua sorte con gioia, con fiducia piena, di notte, in fondo a una stradina scoscesa, su una lingua di tufo vicina al mare scuro? Come sei morto? Impartendo la confessione?

Io confesso, ti confesso, lascialo stare, lascia che viva, io ti confesso.

La voce sorda che ripeteva il dolore del prete gli risuonò in testa. Chi deve vivere? In cambio di chi o di che cosa ti sei fatto uccidere?

Don Pierino proseguí:

– In qualche modo padre Angelo, come tutti noi quando amministriamo questo sacramento, era una specie di medico, commissario. Perché l'assoluzione è come una guarigione: si medica un'anima ferita dal peccato rimuovendone la causa. Dovete considerarla in questo senso.

Prima che Ricciardi potesse rispondere, un flusso di gente cominciò a uscire dalla chiesa. La messa era finita. In un primo momento il commissario, concentrato su quello che don Pierino gli stava dicendo, non ci aveva fatto caso. Poi si ritrovò a fissare Enrica che, dietro le lenti degli occhiali, ricambiava lo sguardo con estrema sorpresa.

La ragazza camminava coi fratellini per mano, e quasi inciampò. Lui sentí il cuore balzare in gola, come gli capitava sempre in sua presenza.

Enrica riprese il controllo per prima:

– Buongiorno, don Pierino. Salve, commissario.

Ricciardi deglutí, compiendo un brusco inchino del capo scoperto, mentre il prete esclamava soave:

– Ah, signorina Colombo! Vi avevo visti, dentro, alla funzione. Come state?

La ragazza, che non riusciva a staccare gli occhi da Ricciardi, rispose:

– Bene, grazie, molto bene. Adesso però devo andare, ho il... il pranzo da preparare e...

Il viceparroco indicò il poliziotto.

– Ho notato che già conoscete il commissario Ricciardi; d'altra parte state vicini, no? Proprio di fronte, se non sbaglio.

Enrica cercava di trascinare via il fratellino che giocherellava con la tonaca del sacerdote. Era molto imbarazzata.

– Sí certo, però scusatemi, devo proprio andare a...

Prima che potesse finire la frase, una modulata voce femminile intervenne alle sue spalle:

– Enrica, non mi presenti questo signore? Credo di essere l'unica della famiglia a non aver ancora avuto il piacere.

La ragazza arrossí visibilmente. Di fianco a lei si era materializzata la madre, al braccio di un imbarazzatissimo cavalier Colombo.

Ricciardi fece un passo avanti e disse:

– Buongiorno, signora. Sono il commissario Luigi Alfredo Ricciardi, della questura. Abito proprio...

Maria lo studiava sorridendo solo con la bocca.

– Di fronte a noi, sí. Ho sentito parlare assai di voi, commissario. E ho espresso il desiderio di ricevervi per un caffè.

Enrica guardò supplichevole il padre, che provò a protestare:

– Maria, ma invitare cosí il commissario... magari ha altri impegni, sarà di turno, non avrà tempo...

La moglie, però, non intendeva perdere l'occasione.

– Forse, invece, non ne ha di impegni, e mi farà contenta venendo oggi pomeriggio alle sei. Che ne dite, commissario?

Il tono era sottilmente imperativo. Enrica desiderava essere colpita da un fulmine, ma il cielo era terso.

L'unico a godersela era don Pierino, felice di vedere realizzati rapporti di affetto e di buon vicinato attorno a sé.

– Ma certo, commissario, – disse battendo le mani, – mi pare un'ottima idea. Anzi, potrei accompagnarvi. La signora Colombo fa delle ottime *zeppolelle* fritte. Posso venire anch'io, signora?

La donna annuí, continuando a sorridere e a scrutare Ricciardi in maniera un po' inquietante.

Ma come no, don Pierino, lo sapete che la porta di casa mia per voi è sempre aperta. Allora è deciso: vi aspetto tutti e due alle sei. Puntuali.

Ricciardi cercò lo sguardo di Enrica e non lo trovò piú, quindi non gli restò che annuire.
– Non tarderò. Grazie per l'invito. Sarà un vero piacere.

E all'improvviso la primavera non gli sembrò affatto bella.

XVII.

In una famiglia numerosa come quella di Maione, la possibilità di avere ospiti a pranzo la domenica aumentava a dismisura. C'era sempre qualcuno, tra i parenti o gli amici, che s'infilava in casa nella tarda mattinata con la scusa di dover restituire una stoviglia, o millantando la necessità di un'informazione, per poi dire: che buon profumo! Che si mangia, oggi? E ottenere così un immediato, sincero invito a gustare la leggendaria cucina della signora Lucia.

Per la verità, nonostante il suo carattere socievole e la sua innata generosità, a Raffaele la cosa non faceva molto piacere. Durante la settimana era difficile che riuscissero a consumare un pasto tutti insieme: lavoro, scuola, doposcuola, studio e impegni di diversa natura comportavano che il brigadiere si ritrovasse sovente a mangiare da solo con Lucia, e in orari strani. La domenica era l'unico giorno in cui si poteva parlare, l'unico giorno in cui, senza reticenze e contando sull'amore reciproco, ci si confessava aprendo il proprio cuore. Quello della domenica non era un pranzo: era un'assemblea.

Eppure, per il quieto vivere e per la gioia di vedere moglie e figli contenti, Raffaele, senza protestare, sopportava chiunque. Addirittura il marito della sorella di Lucia, che non perdeva occasione per criticare gli altri e magnificare sé stesso: Maione, nei suoi sogni migliori, fantasticava di arrestarlo.

Giacché la sua idiosincrasia per le intrusioni domenicali era nota, quando comunicò di avere invitato lui a pranzo qualcuno, tutti si mostrarono sorpresi, e ancor piú curiosi di conoscere questa giovane guardia, Felice Vaccaro, che negli ultimi tempi veniva spesso citata.

Lucia, al solito, si sentí in qualche modo sfidata a mantenere la propria fama di straordinaria cuoca e si adoperò già dal sabato nella preparazione del re di ogni pasto festivo: sua maestà il ragú.

Andò di mattina presto in una macelleria del quartiere Sanità nota per i tagli di carne specifici per le *braciole*, i grossi involtini che dovevano insaporire la salsa, costituendo nel contempo il secondo piatto. Il ragú, spiegava sempre a Maria e a Benedetta, non era una pietanza: era un tema, una sinfonia che dominava sulla pasta e sui vari ripieni. Ci voleva la carne giusta, e non tutti i negozi la vendevano. Era una questione di fiducia, quello che costava costava, non si poteva spaccare il centesimo se c'era da fare bella figura.

Dalla macelleria raggiunse il mercato e fece incetta degli ingredienti necessari a integrare quello che già conservava con estrema cura nella dispensa.

Arrivata a casa chiamò le due bambine e le avvertí di tenersi pronte per le sei del giorno dopo. Maria e Benedetta non erano affatto dispiaciute di non poter dormire fino a tardi. Al contrario, erano felici di essere state coinvolte dalla madre in un impegno cosí importante e si presentarono puntualissime.

Sotto lo sguardo delle piccole, che osservavano con occhi spalancati ogni singolo gesto della madre, memorizzandolo neanche fossero a scuola, il lardo fu tritato a punta di coltello con aglio e prezzemolo; pepe, pezzetti di provolone, uva passa e pinoli furono disposti al centro delle fette di carne, private dei nervi e del grasso e ben battute.

Con la solennità di chi compie un rito, Lucia le arrotolò controllandone la tenuta e le legò usando dello spago sottile. Poi mise la cipolla, l'aglio, il lardo e la pancetta in una casseruola, con la sugna, l'olio, il sale e il pepe; quindi dispose le *braciole*. Sistemò il tegame su una fiamma bassissima, abbandonandolo al suo destino a parte le volte in cui andava a girare gli involtini. Quando le cipolle presero a colorarsi, cominciò ad allungare con del vino rosso, un po' alla volta, lasciandolo evaporare prima di versarne dell'altro.

Nel frattempo le bambine avevano fatto colazione coi fratelli, che si erano svegliati.

Anche se nella gran parte delle case si svolgevano attività affini, i vicini fissavano il balconcino di casa Maione sospirando per l'invidia. Dall'inizio della preparazione erano passate circa tre ore. A quel punto la fiamma fu alzata e vennero rotti gli indugi con l'aggiunta della conserva di pomodoro: un paio di cucchiai sciolti in mezza tazza d'acqua.

Da quel momento in poi, secondo un'alchimia nota solo a lei, Lucia andò e tornò dalla cucina unendo nel tegame conserva e acqua a mano a mano che il composto si asciugava. Il processo durò altre due ore, finché la donna completò l'opera con gli ultimi due mestoli d'acqua; la fiamma fu di nuovo abbassata e venne concessa un'altra ora alla cottura.

Sí, era davvero una sinfonia, e la moglie del brigadiere ne era l'esecutrice perfetta: allo stesso tempo la direttrice dell'orchestra e l'orchestra stessa. Le bambine, incaricate di spezzare gli *ziti*, la lunga pasta tubolare che avrebbe raccolto la salsa, la fissavano con un misto di riverenza e spirito d'emulazione.

Avrebbero replicato quei gesti centinaia, forse migliaia di volte nella loro vita, sperando sempre di raggiungere certe vette d'eccellenza, ma continuando a essere convinte, a ragione, di non riuscirci mai.

Il rinvio della messa al pomeriggio scombinò la sequenza delle abitudini familiari: i maschi ronzavano come mosconi attorno ai fornelli e le donne, divertite, dovettero impiegare un po' della loro energia per tenerli a distanza, ed evitare che intingessero nella pentola pezzi del grosso *palatone* di pane comprato di prima mattina da Raffaele presso un fornaio che, di domenica, lavorava solo per pochi amici.

Arrivò mezzogiorno e con assoluta puntualità Felice Vaccaro bussò alla porta dell'appartamento al quarto piano di vico Concordia. Maione andò ad aprire, accogliendolo con un sorriso e una vigorosa stretta di mano. Il giovane indossava l'uniforme, e la medicazione sul sopracciglio ferito la sera prima era molto visibile.

– Scusatemi la divisa, brigadie', – disse abbozzando un saluto militare, – ma io un vestito decente non lo tengo. Abbiate pazienza.

Maione gli diede una pacca sulla spalla.

– Non ti preoccupare, Feli', me lo ricordo bene quando pure io, all'età tua, o mi mettevo la divisa o sembravo uno scaricatore di porto. Vieni, vieni, entra.

La guardia, impacciata, aveva in mano un mazzo di fiori di campo che consegnò a Lucia. La donna lo scrutò attenta, cercando di cogliere quella somiglianza impressionante con Luca rimarcata dal marito, ma non la riscontrò affatto. Felice era piú basso e tarchiato del figlio; inoltre aveva i capelli rossi e le lentiggini, mentre Luca era biondo come lei, con gli occhi azzurri come il cielo in primavera; infine non aveva la voce modulata e dolce del suo ragazzo. Si domandò cosa avesse visto Raffaele, e soprattutto perché.

Ma era la padrona di casa, quindi ringraziò per i fiori

con un sorriso, e annunciò che di lí a poco il pranzo sarebbe stato servito.

I figli si affacciavano ridacchiando alla porta del salotto, curiosi di scoprire com'era fatto questo tipo di cui avevano tanto sentito parlare. L'unico che ebbe il coraggio di entrare fu Giovanni, il maggiore, che aveva sedici anni e una determinazione assoluta a diventare poliziotto come il padre e come il fratello, morto da anni ma ancora vivo nella sua memoria.

Salutò con gentilezza e indicò la medicazione.

– Quella è una ferita di lavoro o vi siete fatto male da solo?

Felice gli sorrise stringendogli la mano come a un adulto, cosa che mandò in visibilio l'adolescente.

– No, no, è di lavoro! Ieri sera, durante una rapina a Chiaia, un ladro mi ha pigliato di sorpresa e...

Maione guardò nervoso verso la cucina e, a bassa voce, disse:

– Meglio sorvolare su ieri sera, Feli', abbi pazienza. Mia moglie è... sensibile all'argomento. Non le facciamo sentire queste cose.

Vaccaro annuí, appena mortificato. Si capiva che voleva vantarsi un po' del suo eroismo.

Lucia chiamò tutti a tavola.

Da quando era avvenuta la tragedia, la famiglia Maione aveva sempre rispettato una consuetudine, quella di non occupare il posto vicino a Raffaele, dove Luca sedeva durante i pranzi domenicali. Era un modo per ricordarlo, per immaginare ancora di vederlo spuntare in ritardo, affannato come al solito, accaldato e con le ginocchia sbucciate per aver giocato a pallone fino all'ultimo e aver salito gli scalini a tre a tre in seguito all'ennesimo, esasperato richiamo di Lucia dal balcone.

La madre chiedeva alle figlie di apparecchiare anche per lui, poi le stoviglie pulite venivano riposte di nuovo nella credenza. Dall'esterno poteva apparire una tradizione folle e un po' macabra, dopo cinque anni; ma era l'unica piccola mania che restava a una madre che aveva perso un figlio tanto amato.

Perciò rimasero tutti stupiti quando Raffaele invitò Felice ad accomodarsi proprio lí. Lo fece d'istinto. Lo fece, forse, per non dover spiegare al giovane il motivo di quel piatto che sarebbe rimasto inutilizzato, o forse, semplicemente, perché non poteva sopportare riflessi di malinconia in una giornata di primavera tanto bella, perché non voleva, proprio quel giorno, una sedia vuota accanto a sé.

Avrebbe sostenuto una di queste tesi se qualcuno avesse avuto il coraggio di chiedergli una spiegazione, interrompendo il silenzio che calò mentre Felice si sedeva, ringraziando e predisponendosi per il pranzo. I ragazzi guardarono verso la porta della cucina, dalla quale sbucò Lucia, portando la zuppiera della pasta al ragú.

Lucia fu bravissima. Le sopracciglia bionde si corrugarono solo per un attimo, e si formò quella ruga al centro della fronte che nessuno avrebbe voluto rivedere piú. Ma fu un istante: subito indossò la maschera della perfetta ospite e la mantenne.

In realtà capiva benissimo il motivo per cui Raffaele aveva compiuto quel gesto. Non era stato per una somiglianza che non c'era; né perché considerava Vaccaro un ottimo elemento, forse il piú abile che gli fosse stato affidato da anni; e nemmeno per l'evidente fascino che il giovane esercitava sui figli, soprattutto su Giovanni, al quale, d'altro canto, lei era determinata a impedire la carriera in polizia a costo della vita: Maione stava aprendo il proprio cuore alla possibilità di sostituire il ricordo del figlio.

Questa consapevolezza, della quale mai avrebbe parlato con alcuno, giacché la trovava raccapricciante, indusse la donna a provare una fortissima, istintiva diffidenza nei confronti della guardia scelta Vaccaro Felice.
Costui, intanto, completamente ignaro di una tensione che i ragazzi avvertivano forte e chiara, e che li riduceva a un inquieto silenzio, divorò con avidità ogni portata; sia per una naturale, atavica fame, sia per la bontà assoluta del cibo, il migliore che avesse mai assaggiato, come ripeté piú volte mugolando estasiato.
Maione, da parte sua, sembrava godersela un mondo. Parlò fitto fitto, ridendo e scherzando di città e di pallone, di colleghi e di superiori, di tempo e di famiglia.
– A proposito, Feli', ma tu sei fidanzato? Certo, un bel ragazzo come te, con quella faccia da schiaffi, ne avrà eccome di ragazze!
Il giovane rise, inghiottendo un enorme pezzo di carne praticamente senza masticare.
– No, che dite, brigadie', io sono una persona seria! Sono fidanzato, sí, da quasi dieci anni, eravamo bambini. Ines si chiama. Stiamo mettendo da parte i soldi da un sacco di tempo, e non bastano mai. Lei vuole fare un matrimonio bello, non avete idea di quanto costa.
Maria, che nonostante i dieci anni di età aveva le idee chiarissime in merito, intervenne:
– Però tiene ragione, ci vuole il vestito, ci stanno gli invitati, il pranzo...
Cercò il consenso della madre, ma non riuscí a intercettarne lo sguardo. Lucia intervenne suo malgrado, solo perché non poteva evitarlo:
– Sí, certo, un matrimonio è una cosa importante per una ragazza. È un sogno che si avvera. Pure per i genitori lo è, arrivare a vedere un figlio che si sposa.

Maione annuí, continuando a masticare: parve non cogliere il terribile riferimento della moglie.

– E va be', però si deve cominciare, le questioni si sistemano un po' alla volta. Ci si sposa, poi si mette su la casa, poi arrivano i figli, che sono sempre una benedizione, e si campa. Ad aspettare di avere tutto a posto, le cose non si fanno mai.

Vaccaro diventò serio.

– Voi credete, brigadie'? Secondo me a volte pare facile, dopo che uno ha realizzato i sogni suoi. Invece può succedere che una ragazza, come la mia Ines, il giorno in cui arriva a dire sí, vuole sembrare una regina, per una volta. Visto che fa la cameriera, per una volta vorrebbe essere non una serva, ma la padrona. Per una volta, una nella vita, vorrebbe dare gli ordini, anziché riceverli.

D'un tratto Giovanni domandò:

– Scusate, ma voi la tenete la pistola di servizio? Che pistola è?

Maione fissò la moglie, temendone la reazione. Ma Felice l'anticipò con una risata.

– Ce l'ho, sí, ma è meglio che non me la porto appresso, se no mi sparo sui piedi, com'è accaduto a Prisco, il collega nostro. Vostro padre ve l'ha mai raccontato?

Il giovane ricevette un muto, sorridente, diniego dal brigadiere, e cominciò a narrare della volta in cui la guardia Prisco, cercando di separare quattro litiganti in una rissa, si era impigliato nella fondina con un anello di cui era molto fiero, sparandosi appunto sul piede; era stato portato all'ospedale dagli stessi rissaioli, che all'improvviso si erano messi d'accordo sulla necessità di prestare aiuto a quell'idiota.

Tutti risero, come una famiglia di nuovo completa e felice.

Tutti risero, tranne Lucia.

XVIII.

Quando Ricciardi percorse il breve tratto che lo separava dal palazzo di Enrica, con il suo mazzo di fiori in mano, rifletté che poche prove nella sua vita gli erano sembrate piú ardue di quella.

La tensione gli era andata crescendo in corpo fin dal pranzo.

Nelide, la giovane governante cilentana che aveva preso il posto della zia interpretandone il ruolo alla perfezione, era in piedi sulla soglia della cucina e lo fissava con la solita aria arcigna. A dire il vero l'espressione della ragazza era cosí per via della mandibola larga e forte, delle sopracciglia unite in un'unica linea, della fronte bassa, della peluria diffusa su guance, mento e labbro superiore. E il corpo non era da meno: Nelide era in pratica un cubo di un metro e mezzo per lato, la testa grossa su un collo taurino, braccia e gambe come ceppi di quercia, nessuna forma femminile. Diciott'anni di cupa fermezza e di assoluta determinazione.

Con il signorino non aveva, ovviamente, la confidenza materna di Rosa, che l'aveva scelta tra le nipoti di Fortino perché prendesse il suo posto. Di conseguenza non riversava su di lui l'ininterrotta catena di lamentele e preoccupazioni che la zia non mancava mai di sciorinare ad alta voce. Ma se avesse potuto l'avrebbe fatto, su questo il commissario non nutriva dubbi. Glielo leggeva nello sguardo, gli occhi ridotti a due fessure, lo capiva dalle sue labbra strette.

«Ma che è, non mangiate?» aveva chiesto a un certo punto.

Ricciardi, pulendosi la bocca col tovagliolo, aveva risposto:

«No, è che siccome ho un invito nel pomeriggio, ed è probabile che col caffè vengano servite delle paste, vorrei tenermi piú leggero. Anche perché hai cucinato davvero tanto».

La ragazza aveva annuito piú volte, sempre torva e senza sciogliere le braccia conserte. Si capiva che stava soppesando l'informazione. Alla fine, ostentatamente, si era voltata verso la finestra in direzione del palazzo di Enrica.

Ricciardi, per qualche motivo, si era sentito preso in castagna, e alzandosi dalla sedia aveva mormorato:

«Quindi grazie, Nelide, puoi sparecchiare. E fammi ancora una cortesia, esci a comprarmi un mazzo di fiori. Io vado a coricarmi un po'».

Il commissario era rimasto in camera fino alle sei meno cinque, ma invece di riposare aveva impiegato il tempo nella scelta degli indumenti da indossare, e nella dolorosa presa di coscienza che un evento del genere non era previsto dall'esiguo guardaroba del barone Ricciardi di Malomonte. Pensò con orrore a che cosa avrebbe detto suo padre, che lui non ricordava, ma che era celebre per essere tra gli uomini piú eleganti della città in cui aveva vissuto la propria gioventú prima di tornare al paese.

Con rassegnazione, aveva scelto una camicia normale e una giacca meno stazzonata delle altre; le scarpe erano tutte un po' sformate e le uniche cravatte recenti erano quelle nere. Cappelli non ne possedeva, il che era assai umiliante dal momento che si stava recando a casa del proprietario di un negozio che li vendeva, e il cappotto, che indossava d'inverno e aveva dismesso coi primi caldi, era stato riposto sotto naftalina. Lo riesumò e provò ad arieggiarlo, con esiti insoddisfacenti che cercò di coprire con un surplus di dopobarba, ottenendo un effetto stordente che ricordava vagamente l'ammoniaca.

Giurò a sé stesso che avrebbe presto provveduto ad acquistare qualche abito e si avviò con i fiori verso il suo appuntamento, chiedendosi come avesse fatto a cacciarsi in un guaio simile.

Enrica gli aprí la porta con il volto pallido, si fece dare il soprabito e sussurrò:

– Perdonami, amore mio. Io non volevo, ma mia madre... Lei è cosí testarda, sai. Mc l'aveva già chiesto, e non sono riuscita a...

Stava ancora parlando quando una voce femminile risuonò cordiale alle sue spalle.

– Oh, ecco qui il nostro vicino. Buonasera, commissario. Venite, accomodatevi. Don Pierino è già arrivato; è in salotto con mio marito.

Il naso della signora Colombo si storse come per un cattivo odore. Enrica si affrettò a chiudere il cappotto di Ricciardi nell'armadio dell'ingresso: era presto, valutò, per offrire il fianco alle critiche che sarebbero comunque arrivate.

Maria, però, non perse l'occasione per commentare:

– Cara, hai preso il soprabito del commissario, ma non ti ho vista prendere il cappello.

La ragazza sospirò.

– Non lo porta, mamma.

La donna inarcò un sopracciglio, come se avesse ascoltato un'incomprensibile eccentricità.

– Davvero? Ma guarda.

Dopo un formale ringraziamento per i fiori, Ricciardi fu accompagnato in salotto. Gli sembrava di sentire una corrente d'aria gelida sulla nuca.

Per fortuna don Pierino lo accolse festoso, come se non lo vedesse da anni.
– Oh, eccovi qui, evviva! Sono proprio felice di questo pomeriggio! Non avete idea di che buone *zeppolelle* ha preparato la signora Maria! Signo', tenete le mani d'oro!

Ricciardi strinse la mano a Giulio, che per riceverlo si era alzato dalla poltrona:
– Buonasera, commissario, e benvenuto. Don Pierino al solito esagera. Certo, mia moglie è brava, ma...

L'altra lo interruppe:
– Tesoro, lascia che il nostro ospite giudichi da solo. Prego, accomodatevi.

Spostò una sedia e fece un cenno alla cameriera, che subito portò un vassoio con il caffè e un piatto di frittelle. Ricciardi era agitatissimo. Maria continuava a indirizzargli un sorriso che era una mera tensione delle labbra e non trovava alcun riscontro negli occhi, i quali, al contrario, con esplicita freddezza gli esaminavano di volta in volta la giacca, la cravatta, le scarpe. Enrica se ne stava in disparte, con la testa bassa.

Ricciardi pensò che forse si vergognava di lui, di com'era vestito, della sua scarsa avvenenza, del fatto che si fosse presentato senza cappello proprio in casa Colombo. Avrebbe voluto darsela a gambe.

Anche Giulio pareva cogliere il disagio, ed evitava accuratamente di incrociare lo sguardo del poliziotto. L'unico che non si accorgeva di nulla era don Pierino, il quale proseguiva a chiacchierare beato.
– Peccato che non possiate vedere il nipotino dei signori Colombo, commissa', Corrado si chiama e ha... quanto ha, adesso?

Giulio sorrise.
– Tre anni ad agosto, padre.

– Ecco, un bambino meraviglioso! È andato a passeggio con la mamma e il papà, no? Certo che essere nonni dev'essere un'esperienza incredibile, piú ancora che essere genitori.

Maria seguiva la conversazione standosene in piedi all'angolo esterno del campo visivo di Ricciardi, che perciò poteva rivolgersi alternativamente al marito o a lei, ma mai a entrambi nello stesso momento. All'osservazione del sacerdote replicò secca:

– Alcuni figli, però, sembrano non voler dare questa soddisfazione ai genitori. Certo, dipende anche dalla determinazione di chi incontrano.

La frase piombò al centro della stanza, causando un accesso di tosse al cavaliere. Ricciardi avvertí un anomalo flusso di sangue alle orecchie, e non riuscí a fare a meno di fissare Enrica, mortificata come se avesse appena ricevuto uno schiaffo. Il commissario considerò, una volta di piú, quale iattura fosse stata per lei averlo conosciuto.

Di nuovo don Pierino rispose con una risata, non cogliendo il senso recondito dell'affermazione di Maria.

– È vero, signora, sapeste quante volte mi capita di sentire di ragazze che vorrebbero sposarsi, ma i fidanzati tergiversano e prendono tempo. Vostra figlia, Susanna, è stata fortunata a trovare Marco.

Maria annuí.

– Sí, Susanna è stata fortunata. Ma l'ha anche saputa afferrare, la fortuna. Non tutte ne sono capaci.

Enrica sollevò il capo e guardò la madre con espressione supplichevole. Aveva gli occhi gonfi di lacrime. Ricciardi avrebbe voluto fare qualcosa, ma si sentiva come imprigionato in uno di quegli incubi in cui non si ha la forza di muovere un solo dito.

La ragazza si alzò dalla sedia.

– Vado a preparare un altro caffè. Forse qualcuno ne vuole. Con permesso.
Maria assunse un tono amabile e discorsivo, come se stesse domandando dei programmi per le vacanze.
– E voi, commissario? Avete intenzione di sposarvi e avere figli?
Ricciardi sentí un senso di profonda angoscia montargli in petto.
– Non saprei, signora. Ci sono... ci sono alcune considerazioni da fare, immagino. Per quanto riguarda i sentimenti, quelli ci sarebbero.
Don Pierino ingoiò una zeppola e batté le mani, incantato.
– Ma davvero, commissario? E perché non me l'avete detto? È una magnifica notizia, questa! E io che credevo non fosse vostra intenzione legarvi. Ne sono felicissimo!
Maria aveva ancora sul volto quel sorriso feroce.
– Ma ci sono queste... come le avete chiamate? Considerazioni.
Don Pierino riprese:
– Amico mio, voi avete affermato che i sentimenti ci sono. E i sentimenti, credetemi, sono tutto quello che serve. Dovreste dare ascolto solo a quelli.
Giulio cercò di intervenire:
– E comunque questi sono argomenti che riguardano soltanto il commissario. Non sta a noi...
Dal viso di Maria scomparve anche il sorriso artificiale che aveva mantenuto fin lí.
– Hai ragione, caro, – sibilò. – Non sta a noi. Sta a lui anzi, starebbe a lui, prendere le sue decisioni. Noi abbiamo già i nostri problemi, non credi?
Il marito replicò, flebilmente:
– I nostri problemi? Noi non...

La donna si rivolse a don Pierino:
- Mio marito non vuole ammettere, padre, che avere una figlia che non solo non capisce di aver raggiunto e superato l'età in cui ci si sposa, ma che si permette anche di rifiutare un partito come...
Il cavaliere si sporse in avanti, allarmato.
- Maria, per favore, stai attenta a...
La moglie lo interruppe:
- Attenta? Io? Non sono io a dover stare attenta, tesoro. Non sono io che ho piantato in asso, la notte di capodanno, un ufficiale tedesco animato dalle migliori intenzioni per andare a scontrarmi con... Com'era? Ah, sí: con alcune considerazioni. Forse, però, vedo le cose in maniera strana, dato che tu, invece, l'hai accompagnata altrove.
Perfino don Pierino, a quel punto, intuí che esistevano almeno due piani di conversazione, e che lui comprendeva solo il piú superficiale.
- Scusate, signo', non ho inteso: che è successo la notte di capodanno?
La domanda del piccolo prete ebbe un effetto dirompente, sul quale Ricciardi si sarebbe interrogato per il resto della vita. Sentí un rumore salirgli dallo stomaco, inarrestabile come un'ondata. Sentí tremare il torace e la gola. Sentí una specie di calore attorno alle labbra. Non riusciva a distogliere lo sguardo dal volto sconcertato del viceparroco, i cui occhi neri e la cui bocca erano spalancati in una perfetta raffigurazione dello stupore, le mani minuscole aperte come quelle di una marionetta in attesa di ricevere un'illuminazione.
Fu allora che il commissario Luigi Alfredo Ricciardi di Malomonte, l'uomo che portava sulle spalle tutto il dolore del mondo, che credeva di essere pazzo, che era disperatamente innamorato dell'illusione di una normalità

che mai avrebbe potuto ottenere e di una ragazza alta, dolce e mancina, la cui madre, era evidente, lo odiava e lo riteneva, magari a ragione, il peggior guaio che potesse capitare alla figlia, lo stesso uomo che mai si era lasciato andare a poco piú di mezzo sorriso, nel momento piú imbarazzante della propria vita scoppiò in una risata omerica e irrefrenabile. I tre presenti lo osservarono prima sorpresi, poi preoccupati.

Le lacrime presero a scorrergli sulle guance, i sussulti a farsi sempre piú forti. Enrica comparve sulla soglia della sala con un vassoio in mano e si bloccò raggelata.

Alla fine Ricciardi si calmò e si asciugò gli occhi usando un fazzoletto che aveva tratto dalla tasca con mano tremante. Dopo essersi ricomposto, si alzò in piedi e, con voce malferma, disse:

– Vi chiedo scusa, signora. Mi dispiace, cavaliere, e scusatemi pure voi, padre. Non capisco cosa mi sia preso.

Si voltò verso Enrica, trasformata in una statua di sale:

– Piú ancora chiedo scusa a te, Enrica. È stato tutto un errore. Mi dispiace tanto.

Poi, con un breve, secco inchino, andò a recuperare il soprabito maleodorante e se ne tornò nel suo inferno.

XIX.

Quasi avesse voluto richiamare tutti all'ordine e alle cose serie, il tempo il lunedí mattina cambiò.
Come sempre accadeva quando si levava lo scirocco e portava con sé il caldo del deserto africano, le nuvole si addensarono sul mare in attesa degli eventi. L'aria si fece appiccicosa, umida, pesante: a mano a mano che le ore passavano, si aveva l'impressione di camminare attraverso un'interminabile serie di lenzuola appena lavate, stese su un terrazzo.
Gli umori cominciarono lentamente a trasformarsi. L'ottimismo della primavera, con la sua luce limpida, che rendeva nitidi persino i contorni dei dettagli piú lontani, diventò una cupa visione negativa, annebbiata da una coperta opaca e lattiginosa che non lasciava decifrare cosa riservasse il futuro o cosa celasse la distanza.
Le conversazioni si spezzarono, si frammentarono e cedettero il posto a un persistente silenzio, fatto di introspezione e nervosismo. I morti divennero piú ciarlieri dei vivi.
Ricciardi arrivò prestissimo in ufficio, cercando conforto nel lavoro e nell'ambiente noto, dove tutto appariva piú urgente e importante delle sue faccende private. Aveva dormito pochissimo e male. In un sogno rapido e sfuggente, sua madre l'aveva deriso dal letto di morte, ricordandogli la patologia da cui era affetto e mostrandosi sorpresa che lui avesse creduto di potersene liberare in

qualche modo. In un altro, ma forse era solo un pensiero del dormiveglia, si era figurato in ginocchio nel salotto di casa Colombo, mentre chiedeva perdono per essere andato a prendere quel dannato caffè.

Gli era chiaro che tutto era finito, che non c'era ritorno. Una parte di lui, nascosta nell'ombra in fondo all'anima, era perfino sollevata per non aver dovuto portare avanti l'insano proposito di confessare a Enrica chi fosse in realtà. Rivedeva la ragazza impietrita col vassoio del caffè in mano, mentre lui sghignazzava come il pazzo che era; l'imbarazzo, la vergogna che le aveva letto sul volto lo ossessionavano, erano sospesi nel suo cuore e non riusciva a scacciarli.

Seduto alla scrivania nel disperato tentativo di concentrarsi su qualcos'altro, qualsiasi cosa, era dunque ancora piú chiuso e sofferente del solito. La terribile notte passata gli si leggeva sul viso segnato: il velo di barba sulle guance, gli occhi cerchiati di scuro e un po' arrossati, la cravatta allentata e il colletto sbottonato.

Quando entrò nella stanza Maione lo trovò cosí, con in mano un verbale che aveva letto venti volte senza memorizzarne un rigo.

– Commissa', buongiorno. Ma... Che succede? Da quanto tempo siete qua? Voi...

Lo indicò con un gesto vago, ma subito se ne pentí, scattando istintivamente sull'attenti. Si rendeva conto di aver esagerato: era consapevole della sua posizione di sottoposto e, pur essendo assai devoto a Ricciardi, non approfittava mai della confidenza che questi gli concedeva. Nel tempo, però, aveva sviluppato una paterna preoccupazione nei confronti di quell'uomo giovane e inquieto, che non capiva ma a cui voleva bene.

Il commissario lo fissò, sbattendo le palpebre. Poi si

passò le dita sulla faccia, sfiorando la barba che non aveva rasato, e volse la testa in direzione dell'armadio nel quale conservava l'occorrente per una veloce toilette, utile nelle numerose occasioni in cui era costretto a trattenersi in ufficio per fronteggiare questa o quella emergenza.
– Sí, hai ragione, Raffaele, mi sono un po' distratto e ho dimenticato di radermi, stamattina. Volevo uscire presto. Ero preso da... da mille cose, e non ci ho pensato.
Maione replicò:
– Ma figuratevi, commissa', può capitare. Io pure non ho avuto una bella domenica. Mia moglie... Io le donne non le capisco. Certe volte sembrano infelici, se sei contento; chissà perché. Facciamo cosí, voi fate le cose vostre e io torno tra un quarto d'ora, va bene? Cosí vediamo come dobbiamo organizzare la settimana. Permettete –. E uscí con un mezzo saluto militare.

Venti minuti dopo Ricciardi aveva un aspetto piú presentabile. Si era sbarbato e aveva riordinato i capelli bagnandoli leggermente; aveva anche cercato di sistemare un po' camicia e cravatta. I segni della stanchezza erano ancora presenti sul suo viso, ma l'aspetto generale era decente.
Maione sorrise.
– Ah, mo' sí che vi riconosco, commissa'. Mi avevate spaventato. Ma vi sentite bene, sí? Possiamo stare tranquilli?
Ricciardi prese un respiro.
– Sí, sí, certo. Dimmi un po' di quei casi di rapina. Ho sentito che sabato sera...
Maione aggrottò le sopracciglia.
– Non me ne parlate, commissa', stiamo diventando scemi. Questi quattro delinquenti pare che ci conoscono, riescono a fregarci ogni volta. Quel povero Felice, la guardia Vaccaro, per poco non ci rimetteva la pelle solo per essere passato tra una ronda e l'altra.

Ricciardi si allarmò.
– È cosí grave? Avevo capito che fosse solo una ferita da poco.
– Sí commissa', una feritina, per grazia di Dio; ma poteva farsi male sul serio, perché lo hanno assalito alle spalle. Non ci vuole niente, lo sapete, a prendersi… a prendersi una coltellata nella schiena.

L'ultima parte della frase il brigadiere l'aveva pronunciata a bassa voce e distogliendo lo sguardo, come se gli fosse sfuggita. Ricciardi non ci mise nemmeno un secondo a comprendere il motivo dell'esitazione.

– Non preoccuparti, Raffaele, ci vorrà un po' di tempo ma li prenderete, magari con le mani nel sacco. Tu sei un mastino, e pure Vaccaro è bravo, no?

Maione sorrise, rassicurato.

– È bravo, è bravo, commissa'. Uno bravo cosí non mi è mai capitato. Ci darà soddisfazione.

Poi si batté la mano sulla fronte, come rammentandosi di qualcosa all'improvviso.

– Uh, madonna santa, commissa', mi ero scordato! Qua fuori ci sta un prete, uno grosso che pare uno scimmione. Ha chiesto di voi. Non mi ha spiegato il motivo, per la verità. Lo faccio entrare?

– Sí, però rimani anche tu. Ho idea che riguardi l'omicidio di Posillipo.

Il prete in questione era Michele Police, uno dei due figli spirituali di padre Angelo. Anche lui non doveva aver riposato molto e, come la mattina precedente allo scolasticato, dava l'idea di trattenere a fatica una rabbia distruttiva.

Il commissario rivolse un'occhiata inquieta a Maione, che, al solito, era rimasto in piedi di fianco alla scrivania, ed esordí:

– Buongiorno, padre. Il brigadiere Maione mi affianca nell'indagine, in sua presenza potete parlare liberamente.

Padre Police aprí e richiuse la bocca un paio di volte. Sembrava cercasse le parole piú adatte per il discorso che aveva in mente.

– Come sapete, commissario, io e padre Costantino Fasano siamo... siamo stati i figli spirituali di padre Angelo, e questo significa molto per noi. Moltissimo.

Ricciardi annuí.

– Sí, mi avete chiarito quanto sia importante. Eravate come figli naturali, anzi di piú.

Padre Michele assentí, deciso. La sua mascella si induri.

– Esatto. E voi ci avete detto che, in quanto figli, dobbiamo volere giustizia, se nostro padre viene vigliaccamente assassinato. Io ci ho riflettuto per l'intera giornata. E pure nottata, a essere sincero.

Si fermò. Ricciardi e Maione si guardarono e decisero di concedere al prete i tempi e i modi che gli servivano. Dopo qualche secondo l'uomo riprese:

– La situazione di Costantino e la mia, però, sono diverse. Lui conosce padre Angelo sin dall'infanzia. È rimasto orfano quando era bambino, e padre Angelo lo ha condotto, lo ha indirizzato in Compagnia, lo ha educato. Io invece... Io provengo dallo stesso paese di padre Angelo, Oppido Lucano. Gli sono stato affidato dai miei quando ero già adolescente. Con Costantino ci siamo incontrati all'università; siamo confratelli da ventisette anni, ormai. Ma siamo differenti, lui è... Io sono un contadino, e sono rimasto un contadino.

Ricciardi attese. Il gesuita ricominciò a parlare.

– Qualche mese fa mi è arrivata notizia che mia madre stava molto male. Io non tornavo a casa da anni. Non è facile arrivare là, ci si deve andare a dorso di mulo per un

lungo tratto, e... gli impegni che abbiamo, sapete, sono tanti. L'insegnamento, le opere, gli esercizi spirituali... Ma una madre è una madre, giusto? Se un figlio ha l'opportunità di salutarla prima che... Allora ho chiesto a padre Angelo di esentarmi dalle mie funzioni per potermi recare da lei.
Il commissario, a mezza voce:
– E lui non ve l'ha consentito.
Maione ascoltava, attento. Riconosceva fin dal primo sguardo un uomo tendenzialmente portato alla violenza, e avrebbe giurato che padre Michele possedeva quella natura. Fra l'altro, sentirsi negare il permesso di salutare la propria madre malata rappresentava un signor movente.
– Mi ha detto che la mia famiglia era la Compagnia. Che avevo lasciato il mondo quando avevo preso i voti, quando avevo fatto la mia scelta. Che era una scelta senza ritorno, e non c'era nulla nella mia vita precedente che potesse valere quanto la mia funzione di gesuita, di prete, di insegnante.
Ricciardi attese che continuasse. Poi, dato che padre Police taceva, intervenne:
– E questa risposta, è comprensibile, vi ha fatto arrabbiare. Avete provato un sentimento di reclusione, vi siete sentito costretto a...
Il prete sgranò gli occhi, scuotendo la testa.
– No, no, al contrario. Ho ringraziato padre Angelo, chiedendogli perdono per aver anche solo ipotizzato di... Mi sono percepito mancante. Non avrei dovuto immaginarlo nemmeno. Ancora una volta, con la sua solita gentilezza e l'amore immenso che nutriva per noi figli spirituali, è stato lui a indicarmi la strada giusta.
Il religioso proseguí nel suo racconto, e calde lacrime cominciarono a rigargli le guance brune.
– Io, sul momento, ci ho sofferto molto, non lo nego. Ho

accettato l'indicazione di padre Angelo, naturalmente, ma non potevo fare a meno di pensare a mia madre, al dolore che mi costava non andare da lei. Allora sono tornato da lui e gli ho domandato se il fatto di non essere in grado di lasciarmi alle spalle i sentimenti della vita precedente alla vocazione fosse un segno di incompletezza, di fallimento. Io ne ero convinto. Invece padre Angelo mi ha spiegato che si possono conservare gli affetti, si possono mantenere i legami, se non contrastano con le opere che dobbiamo compiere in quanto gesuiti e sacerdoti. Non avevo considerato che per far visita a mia madre avrei dovuto rinviare gli esercizi spirituali, un impegno molto importante per un gesuita. E questo era impossibile.

Il prete tacque di nuovo. Ricciardi fissò Maione, che tossicchiò, poi si strinse nelle spalle.

– Padre, scusatemi, ma mi sfugge il motivo per cui...

L'uomo sollevò lo sguardo. Le lacrime erano scomparse dal suo viso.

– Commissario, io ho riflettuto su quell'uomo, il nipote del marchese Berardelli. Vi ho raccontato che sono stato io ad allontanarlo, quando è venuto a inveire contro padre Angelo.

– Sí, certo, ce ne occuperemo, avevo in programma di sentirlo oggi stesso e...

– Padre Costantino ne fu molto impressionato. Ritiene che possa essere stato lui a... a fare una cosa cosí terribile. Io però non ci credo. Nella mia vita precedente, nel mio passato, al paese, ho visto diverse persone che... Quell'uomo era ubriaco, commissario. In quelle condizioni non avrebbe potuto far male a una mosca, fidatevi. E padre Angelo non sarebbe mai andato a un appuntamento con lui da solo.

Ricciardi lo incalzò:

– Quindi? Cosa cercate di dirmi, padre?

– Quando andai a chiedere a padre Angelo le spiegazioni di cui avevo bisogno, e lui mi chiarí che gli affetti possono essere coltivati, se non collidono con i doveri del nostro stato, mi portò l'esempio di sé stesso.

– Cioè della propria madre?

Police scosse il capo.

– No, no, quella è morta da quasi trent'anni. Mi parlò di zio Mario.

– Di chi?

Il prete sorrise, triste.

– Padre Angelo aveva un vecchio, carissimo amico che è diventato intimo pure per noi. Costantino lo conosce da sempre, io da quando sono venuto in città a studiare; è come uno zio, appunto. Si chiama Mario Terlizzi. Purtroppo è molto malato e si muove con difficoltà. In pratica non esce quasi piú di casa. Padre Angelo gli vuole… gli voleva molto bene, e andava a fargli visita diverse volte alla settimana; si confidavano. Allora, dopo una notte insonne, e ricordando quell'ultimo, doloroso colloquio su mia madre, ho pensato che magari zio Mario sa qualcosa. Forse un episodio che potrebbe risultarvi utile per…

Agitò la mano nel vuoto, non trovando le parole.

Ricciardi annuí.

– Va bene, padre. Il brigadiere prenderà l'indirizzo e andremo a sentire questo signor Terlizzi. Però è nostra intenzione seguire anche la pista di Berardelli, il nipote del marchese, che ha minacciato di morte padre Angelo in pubblico.

Il prete si alzò.

– Capisco. Ma credetemi, commissario, quelli come il nipote del marchese sono in grado di fare del male solo a sé stessi.

Prima di raccogliere le informazioni necessarie, Maione, a bassa voce, gli domandò:
– Scusate, ma vostra madre poi...
L'uomo lo fissò, inespressivo.
– Siamo solo di passaggio su questa terra, brigadiere. È tornata dal Padre. Proprio come il nostro Angelo.

XX.

Il palazzo dei marchesi Berardelli de' Paoli di Palestrina era in via Donnalbina, non lontano dalla questura; ma l'aria umida e afosa rese subito Maione madido di sudore. Il brigadiere sbuffò asciugandosi la pelata sotto il cappello con l'enorme fazzoletto.
— Se ci sta una cosa che schifo è lo scirocco, commissa'. Mi fa venire voglia di andare vicino al mare, accasciarmi su una sedia e chi s'è visto s'è visto... Certo che è un personaggio strano, quel don Michele. Non mi ha ispirato grande simpatia.

Ricciardi camminava pensieroso, la testa un po' incassata nelle spalle, i capelli spettinati dal vento. Fissava la strada davanti a sé.
— Credo che per i gesuiti non si usi il don, Raffaele. E comunque sí, in effetti pare nascondere qualcosa; ma può essere anche solo un atteggiamento.
— Don o padre, quello è uno che sa buttare le mani, commissa'. Ve lo dico io. E non dev'essere stato facile impedirgli di andare a salutare la madre che stava morendo. E poi perché dovrebbe essere sicuro che il nipote del marchese è inoffensivo? Che ne sa lui? L'ha incrociato una volta sola!
— E infatti noi verifichiamo. Solo che non ci fermiamo alla prima pista. Tutto qui.

Il palazzo non aveva una facciata particolarmente maestosa, ma all'interno, nel cortile, c'era un'enorme berlina ultimo modello; un autista in livrea fumava seduto nella macchina con lo sportello aperto.

Il custode all'ingresso scrutò l'uniforme di Maione e, senza particolare reverenza, domandò cosa volessero e se avessero un appuntamento.

Il brigadiere lo squadrò da capo a piedi.

– Un appuntamento? Senti un po', come ti chiami tu?

Il custode, un ometto segaligno di mezza età, strinse gli occhi e rispose:

– Signor Augusto, mi chiamo. Ma se non avete un appuntamento non vi faccio entrare. Divisa o non divisa.

Maione sospirò, imprecando a fior di labbra. Poi allungò una mano delle dimensioni di una vanga, abbrancò Augusto per il bavero e lo sollevò da terra portandolo all'altezza del proprio sguardo.

L'autista, nel cortile, gettò la sigaretta e chiuse la portiera.

– Stammi a sentire, signor Augusto. Non mi dà fastidio la maleducazione, mica è colpa tua, è colpa di tua madre che non te l'ha insegnata; e nemmeno che svolgi il tuo lavoro, anche quello non è colpa tua, ma di chi il lavoro te l'ha dato. Mi dà fastidio che mi stai facendo sudare, e quello è colpa tua. Noi l'appuntamento non ce l'abbiamo, ma siamo la polizia, quindi ce ne freghiamo, come si dice adesso. Se non lo vuoi tu un appuntamento con la cella che teniamo in questura, facci passare subito. Mi hai capito? Come? Ah, non puoi parlare perché non respiri bene? Allora fai di sí con la testa. Bravo.

Ottenuto l'assenso, Maione mollò il signor Augusto che, senza ulteriori obiezioni, accompagnò i due al primo piano.

Furono ricevuti da un maggiordomo in guanti bianchi, che finse di non cogliere l'occhiata allarmata del custode. Chiesero della marchesa e il domestico li pregò di attendere nell'atrio. Poco dopo tornò da loro e, attraverso una sequenza ininterrotta di sale e saloni arredati con mobili antichi e quadri di valore, li condusse in una piccola stanza, con un divano, due poltrone e quattro gabbie di canarini e cardellini che cantavano insieme generando un autentico concerto.

Seduta su una delle poltrone, con un libro in mano e gli occhiali sul naso, c'era una vecchina con i capelli candidi, vestita di nero.

Ricciardi fece un inchino col capo e disse:
– Buongiorno, marchesa. Sono...
La donna lo interruppe imperiosa, levando una mano ossuta e artritica. Continuò a leggere fino alla fine del capitolo seguendo le righe con un dito dalla pelle macchiata. Impiegò un paio di minuti, durante i quali Maione, alludendo alla probabile follia della donna, roteò l'indice all'altezza della tempia.

Quando ritenne di aver terminato, la vecchia inserí un segnalibro fra le pagine del volume, lo chiuse e lo appoggiò sul tavolo. Poi si tolse gli occhiali, sorrise a Ricciardi e, con un cenno, lo invitò a proseguire.

– Stavo dicendo... Sono il commissario Ricciardi, della questura. Lui è il brigadiere Maione...
– Che crede io sia rimbambita, dato il gesto che ha fatto poco fa...

Maione arrossí e prese a farfugliare:
– No, marchesa, intendevo solo che forse non avevate sentito le...

La donna girò la testa verso di lui, senza cambiare espressione.

– E secondo voi io, immersa nella lettura di un capitolo della *Dame aux camélias*, alzo una mano cosí, come se stessi dirigendo il traffico? Certo che l'avevo sentito, ma

non potevo interrompere. All'età mia anche un istante ha un grande valore.
Ricciardi tossí per attirare l'attenzione e per cavare dall'imbarazzo il brigadiere.
– Ci scusi per l'intrusione, signora, ma abbiamo bisogno di qualche informazione da voi. È possibile?
La donna lo fissò con due occhi azzurri e acquosi, velati dalla cataratta.
– Giovanotto, voi prima vi introducete in casa mia senza avere la decenza di avvisare e senza presentare un biglietto da visita al maggiordomo, e poi mi chiedete il permesso di fare domande? Non ha senso, lo capite pure voi. Ma oramai siete qui. Parlate, dunque, e non fatemi perdere altro tempo. Non ne ho molto.
Ricciardi pensò che in quei giorni la sua scarsa fortuna col genere femminile stava toccando vette mai sfiorate in precedenza.
– Sí, ecco... Innanzitutto vi porgo le condoglianze per il vostro recente lutto e...
– Mio marito aveva novantacinque anni, io ne ho tre di meno. Abbiamo vissuto troppo entrambi, piú di mio figlio, piú di mia nuora, che avrebbero avuto diritto di campare oltre la nostra morte. Peraltro il defunto marchese, mio consorte, stava pure male da un bel po': ci siamo sentiti tutti sollevati, quando se n'è andato.
Il commissario tirò un lungo sospiro. Maione, a mano a mano che la marchesa discorreva, si era sempre piú defilato verso le gabbie degli uccellini, che saltellavano da un'asticella a un'altra senza smettere di cantare. Il brigadiere si illudeva che, se si fosse reso invisibile confondendosi con la tappezzeria, sarebbe sfuggito alla linguaccia tagliente di quella vecchia megera.
– Vi devo comunicare la notizia della morte di padre...

– ... Angelo, sí, lo so. Me lo ha detto ieri padre Costantino, che è venuto a celebrare la messa qui, nella cappella del palazzo, e a darmi l'Eucaristia. Peccato, era davvero un brav'uomo. E poi aveva sí e no una settantina d'anni, no? Giovane.

Maione trattenne una risatina. La vecchia si voltò verso di lui, lo fulminò con lo sguardo e commentò:

– Peraltro una certa età si raggiunge solo se ci si tiene bene. Chi ingrassa muore molto, molto prima.

Quando la donna smise di fissarlo, Maione si produsse in un plateale gesto di corna verso il pavimento. Ricciardi riprese:

– Perciò saprete anche che è stato ucciso, marchesa. Noi stiamo indagando, e...

– E, ovviamente, vi siete posti il problema del castello di Vietri. Il lascito di mio marito buonanima alla Compagnia di Gesú. Be', siete fuori strada.

– In che senso?

– Nel senso che mio marito e io ci abbiamo riflettuto insieme, e abbiamo deciso di comune intesa. Alla nostra età non potevamo certo metterci in viaggio per recarci laggiú a prendere un po' di fresco. Meglio che se lo godano i bambini del posto, no? Dunque abbiamo approfittato di padre Angelo, che veniva qui a portarci i sacramenti due volte la settimana, per formalizzare l'accordo. Tutto chiaro, tutto alla luce del sole.

Ricciardi annuí.

– Certo. Però ci risulta che un componente della vostra famiglia sia andato al seminario ad affrontare padre Angelo, accusandolo di avervi plagiato e minacciandolo di...

La vecchia sospirò.

– Ah. Tullio. Mio nipote, sí. Con mio marito ci chiedevamo sempre da quale antenato avesse ereditato la sua

tara, ma per quanto andassimo indietro con la memoria non abbiamo individuato nessuno. E mi creda, commissario, tra me e lui di antenati ne ricordavamo fin troppi.
– A quale tara si riferisce, marchesa?
– La stupidità. Nessuno nella famiglia del mio povero Pietro è mai stato un genio, ma neanche cosí scemo, mi risulta.
Maione intervenne:
– Be', non è che per dare una pietra in testa a un vecchio ci voglia tanta intelligenza...
La marchesa gli rispose senza nemmeno guardarlo:
– Dopo averlo minacciato, essendo come al solito ubriaco, davanti a un centinaio tra preti e seminaristi? Complimenti, brigadiere. Voi avreste potuto essere un altro mio nipote.

Tornò a parlare con Ricciardi.
– Commissario, io non sono la nonna piú affettuosa del mondo, ma sono cosí vecchia e ricca da potermi permettere l'obiettività. Vi assicuro che, se indagherete su dove fosse mio nipote al momento del delitto, scoprirete che si trovava da un'altra parte. Tullio si era fissato con questa storia del plagio, una cosa assurda, si figuri che padre Angelo non voleva accettare la donazione proprio per il timore che qualcuno pensasse a una frode. Poi si è reso conto che alla mia morte, purtroppo, riceverà beni per un valore immensamente superiore al castello.

In modo inaspettato si rivolse a Maione:
– Addirittura voi, brigadiere, comprenderete che andare in galera per aver perso meno di un ventesimo dell'eredità sarebbe troppo perfino per un cretino come mio nipote. Non vi pare?

I due poliziotti erano disorientati. Gli uccellini ammutolirono, come se riflettessero sulle parole della marchesa. Poi ripresero a cantare a piú non posso.

Ricciardi mormorò:
– Faremo comunque le nostre verifiche, marchesa. Un'ultima cosa e togliamo il disturbo: padre Angelo le ha mai manifestato una preoccupazione, le ha mai raccontato di una lite, di qualcuno che l'aveva minacciato o...
– No, commissario. Era un uomo dolce, intelligente e sensibile, con una fede saldissima. Di qui a poco, quando sarà terminato questo strazio anche per me, sarò curiosa di incontrarlo per domandargli chi è stato ad ammazzarlo; dovrò saperlo da lui perché, senza offesa, voi non mi sembrate in grado di scoprirlo, l'assassino.

Maione fece una smorfia.
– Grazie assai, marchesa. Se permettete passeremmo piú spesso, cosí ci spiegate come svolgere il nostro mestiere, giacché noi non ci abbiamo mai capito niente.

Ricciardi si affrettò a intervenire.
– Quindi non avete idea di chi...

La donna allargò le braccia.
– No, commissario. L'ho detto anche a padre Costantino, ieri, quando gli ha augurato la pace nell'aldilà. Padre Angelo era l'unica persona che io abbia mai conosciuto che, secondo me, non subirà il giudizio divino: lui, per il purgatorio, non passerà nemmeno. E ora, se volete scusarmi, non voglio correre il rischio di non scoprire come si conclude questo libro. Sapete, alla mia età, basta un attimo. Buona giornata.

XXI.

– È stata lei, è vero, commissa'? Ditemelo che è stata lei, che lo avete capito da un particolare qualsiasi e io vado ad arrestarla, cosí vediamo se si inventa un'altra battuta, 'sta vecchia strega!
Maione era idrofobo. L'ironia della marchesa gli aveva fatto perdere le staffe, e non era facile.
Ricciardi esibí la sua solita smorfia.
– Mi pare difficile, Raffaele, arrivare fino in fondo alla spiaggetta di Posillipo a novantadue anni. Anche se devo ammettere che la marchesa non è una delle compagnie che sceglierei per una serata a cena.
Il brigadiere non si rassegnava ad abbandonare l'idea di sbatterla in galera.
– Magari con la complicità del custode, il signor Augusto. E in ogni caso sono disponibile all'errore giudiziario, commissa': sarebbe comunque un gran merito liberare la società da gente cosí.
Le nuvole che si erano addensate sul mare cominciavano a raggiungere la città, e si udí il rumore di un tuono lontano. L'aria era tanto umida che odorava di muffa.
Maione alzò il naso verso il cielo.
– Mmh. Qua tra poco viene giú un bell'acquazzone, sentite a me. Di quelli che dopo fa piú caldo ancora. A chi tocca, adesso?
Ricciardi si fermò, riflessivo.

– Ci conviene andare prima a visitare questo Terlizzi, l'amico di padre Angelo, che ne dici? Il neomarchese Berardelli de' Paoli Eccetera sta a Santa Lucia, se non sbaglio, mentre l'altro abita qua vicino.

Maione estrasse un foglietto dalla tasca della giacca e inforcò gli occhiali.

– Vi ricordate bene, commissa'. La casa di Terlizzi non è lontana, allo Spirito Santo. Ci arriviamo in cinque minuti.

Ne impiegarono quasi dieci, in realtà, perché lo scroscio di pioggia li colse a metà strada e dovettero riparare in tutta fretta dentro un portone. Come previsto dal brigadiere, l'atmosfera non rinfrescò; al contrario, divenne appiccicosa.

L'indirizzo che padre Michele aveva lasciato loro corrispondeva a un palazzo squadrato e grigio, al limite della zona oggetto del risanamento architettonico in corso. I cantieri erano aperti, e nonostante la pioggia gli operai lavoravano alacremente tra baracche e casupole demolite e nuovi edifici in costruzione. Una portinaia grassa si sventolava seduta su una sedia malferma posta quasi sulla strada.

– Chi cercate? – domandò torva a Ricciardi e Maione che controllavano il numero civico.

Maione si toccò la visiera del cappello:

– Buongiorno, signo'. Terlizzi Mario abita qua?

La donna, che non aveva smesso di agitare il suo ventaglio mezzo rotto, non cambiò espressione:

– Dipende.

Maione sospirò.

– Ma che è oggi, commissa'? Lo scirocco ha rimbecillito tutti i custodi della città?

Poi riprese a parlare con la donna.

– Allora, ricominciamo daccapo. Ho sbagliato tono. Sentite, signora, datemi subito il vostro cognome e nome, cosí in caso di reticenza, di resistenza a pubblico ufficiale,

di insulto alla divisa e via discorrendo sappiamo chi dobbiamo incriminare. Mantenendo la stessa posizione, e continuando a sventolarsi, la donna sbatté le palpebre e abbassò di una nota la voce stridula.
– Parrella Cleofe, mi chiamo. E non ho commesso niente di quello che avete detto, brigadie'.
– Però vi siete avviata sulla strada giusta per farlo, signo'. Vi ripeto la domanda: Terlizzi Mario abita qua?
Parrella Cleofe strinse gli occhi, incerta. Non voleva cedere tanto facilmente.
– Perché cercate il signor Terlizzi? È una brava persona, e non...
Maione sembrava sul punto di esplodere:
– Ma benedetto Iddio, è mai possibile che in questa città appena uno vede un'uniforme deve per forza credere che stiamo per arrestare qualcuno? Noi abbiamo solo bisogno di alcune informazioni. Il signor Terlizzi non è accusato di nulla, signo', e comunque sono affari suoi e nostri, quindi non vi *intricate*, per favore.
Cleofe si arrese.
– Secondo piano, la porta a sinistra. Però non sta bene, il signor Terlizzi. Non lo spaventate. Inutile essere prepotenti. A me non mi mettete paura, ma qualcun altro si può pure impressionare.
Maione spalancò la bocca e le braccia.
– Prepotenti, noi? Scusate, che ho detto di prepotente, si può sapere? Io...
Ricciardi, che mostrava segni di impazienza già da qualche minuto, afferrò il brigadiere per il braccio.
– Raffaele, andiamo.
Seguiti dallo sguardo malevolo di Parrella Cleofe, i due si avviarono per la stretta rampa di scale. L'aria soffocan-

te era satura di profumi di cucina e pianti di bambini che provenivano dai vari appartamenti, e raccontava di un condominio in cui vivevano persone fra loro molto diverse, come accadeva in numerosi palazzi del centro.

Dalla porta a sinistra del secondo piano, però, non giungevano né rumori né odori. Maione suonò il campanello. Aspettò un minuto e lo suonò di nuovo.

Dopo qualche ulteriore secondo una donna anziana, che poteva essere se non la sorella una parente stretta di Parrella Cleofe, in versione magra, con un grembiule liso indosso e una scopa in mano, aprí. Gli occhi erano identici a quelli della portinaia, piccoli e diffidenti.

– Chi cercate?

Maione, sulla scorta delle recenti esperienze, disse:

– Come la mia divisa testimonia, siamo della polizia. Dobbiamo parlare con Terlizzi Mario, e se evitaste di farci perdere tempo ve ne saremo grati. Voi chi siete?

La donna, sentendosi aggredita piú dal tono che dalle parole, indietreggiò di un passo.

– Prego, accomodatevi. Io sono Edvige, la governante del signor Terlizzi. Non sta bene, vado a vedere se dorme o…

Ricciardi s'impietosí.

– Ma certo, signora, state tranquilla, non è niente di urgente, se il signor Terlizzi riposa passiamo in un altro momento.

Rinfrancata, la donna sorrise; si girò un'ultima volta verso Maione e scomparve all'interno.

I due poliziotti si guardarono attorno. L'appartamento era in buono stato, ma sapeva di vecchio. C'era un sottile fetore di marcio, di qualcosa andato a male. Soprammobili e tappezzeria erano in condizioni accettabili, ma decisamente passati di moda, come se tutto fosse fermo a trent'anni prima.

La donna tornò e invitò i poliziotti a seguirla. Entrarono in una camera tenuta in penombra dalle imposte accostate. L'aria umida penetrava dall'esterno attraverso la finestra socchiusa.

Al centro del letto c'era un anziano corpulento e dalla carnagione bruna. Il ventre prominente creava una grossa sporgenza rotonda sotto la coperta leggera, e il respiro affannoso dava l'impressione che stesse dormendo.

Appena i suoi occhi si abituarono al buio, Ricciardi vide quelli dell'uomo. Neri, grandi, febbrili, si spostavano da Maione a lui e da lui a Maione senza sosta. Erano gli occhi di chi, abituato in passato a essere attivo, si ritrova costretto a non muoversi piú.

– Buongiorno, signor Terlizzi. Sono il commissario Ricciardi della questura, il mio collega è il brigadiere Maione. Non vogliamo disturbare il vostro riposo, e ci dispiace di non aver annunciato la nostra visita, ma vorremmo qualche informazione, se possibile.

L'uomo indirizzò un cenno secco con la mano a Edvige, che si allontanò senza fiatare. Ricciardi lo osservò meglio: doveva essere stato forte e robusto, ma i segni della malattia erano evidenti. Radi ciuffi di capelli grigi pendevano dal cranio; la barba, dello stesso colore, cresceva a chiazze e avrebbe avuto bisogno di essere rasata; gli occhi erano cerchiati e la pelle piena di rughe. Le pupille scattanti lasciavano però intuire che la mente, prigioniera di quel corpo in disfacimento, era ancora viva.

Terlizzi non aveva pronunciato nemmeno una parola. Il suo respiro era l'unico suono che si udiva nella stanza.

Ricciardi interpretò il silenzio come un'autorizzazione a continuare.

– Non so se vi è giunta voce della morte di padre Angelo De Lillo. Sappiamo che eravate amici. È cosí?

L'uomo tacque ancora, e Maione suppose che non fosse in grado di parlare. Stava per esprimere a Ricciardi il suo timore, quando la risposta arrivò.
– Sí. Eravamo amici. Per essere precisi, Angelo era l'unico amico che mi fosse rimasto, e mai avrei immaginato di sopravvivergli, date le mie condizioni.
La voce, al contrario di quanto ci si sarebbe aspettati, era ferma e sicura. Ricciardi chiese, confortato:
– Vi conoscevate da molto? Vi vedevate spesso?
Terlizzi socchiuse gli occhi, come inseguendo un ricordo.
– In pratica eravamo bambini, quando ci siamo incontrati. Assai diversi, per carattere, per fisico. Ma siamo stati uniti fin dal primo momento. Non abbiamo mai smesso di vederci, anche quando lui ha fatto la scelta di entrare in Compagnia. Era... un uomo speciale.
Si fermò, come per prendere fiato. E proseguí:
– Io avevo tre negozi. Commerciavo in tessuti. Mi sono sposato, non ho avuto la benedizione dei figli. Mia moglie era... Si è ammalata presto. Dopo la sua morte non ho voluto nessun'altra donna. Poi mi sono ammalato pure io, ho perso le forze e ho dovuto cedere i negozi. Tutta qua la mia storia. Ci pensate? Uno nasce, lavora e muore. E nel mondo non rimane nessuna traccia di lui. Io questo dicevo ad Angelo, sempre. È tutto un purgatorio, non credete? Un purgatorio.
Ricciardi comprese che non era il caso di incalzare Terlizzi. Sapeva per esperienza che i malati stanno spesso soli e sono abituati a seguire il filo dei loro pensieri. Perciò decise di limitarsi a brevi domande per stimolare la conversazione.
– E lui, padre Angelo, che vi diceva?
– Che il purgatorio è l'unica condizione che si può vivere sulla terra. Mi diceva che bisognava espiare. Che se face-

vamo tutto quello che dovevamo, alla fine non saremmo stati puniti. E invece aveva torto. Guardate me, in questo letto: secondo voi non è una punizione, questa?
Maione osservò il comodino pieno di flaconi, garze, bottigliette. Sí, pensò. Un purgatorio, ma pure un inferno.
Il commissario annuí.
– Posso sapere quando avete visto padre Angelo l'ultima volta?
– Sono andato da lui una decina di giorni fa, al seminario.
Maione fissò Ricciardi. L'uomo di sicuro ricordava male: dovevano essere assai piú giorni che non si alzava.
Terlizzi continuò:
– Mi sono fatto accompagnare, avevo bisogno di... di confessarmi. Non potevo attendere che venisse, mi ero convinto di non avere abbastanza tempo.
Maione, a bassa voce:
– Siete certo, signor Terlizzi? Non è che vi confondete?
L'uomo rifletté.
– Magari sí, brigadiere. Qua dentro i giorni sembrano mesi, le ore sembrano giorni. Magari avete ragione, mi confondo.
Dopo un attimo Ricciardi intervenne:
– Come avete avuto notizia della morte? Chi ve lo ha detto?
Terlizzi rispose senza esitazioni:
– L'angelo.
Ricciardi e Maione si guardarono, perplessi. Il commissario tentò di approfondire.
– Chi? Padre Angelo? No, io intendevo chi ve lo ha...
Terlizzi spostò la mano bruna sulla coperta.
– Padre Costantino; o forse è stato padre Michele, non ricordo. Sono ragazzi in gamba. Ce li siamo cresciuti io e Angelo. Costantino era piccolo; non sapeva che fare. An-

gelo ci ha messo le parole, io i mezzi. È diventato bravo. E viene sempre a trovarmi. Meglio di un figlio. Angelo era tale di nome, lui invece è un angelo vero.
Tacque, un sorriso sul volto come se avesse davanti agli occhi il passato. E forse era cosí.
Il commissario avvertí una voglia improvvisa di uscire da quella stanza.
Chiese ancora:
– Signor Terlizzi, credete che padre Angelo avesse qualche nemico? C'era qualcuno che voleva fargli del male, che ce l'aveva con lui? Vi ha raccontato di qualche lite?
Terlizzi, imprevedibilmente, cominciò a ridacchiare. Ai due poliziotti quel suono parve quasi osceno, tanto era incongruente col dolore e l'imminenza della morte.
– Un nemico? Angelo? No, no. Non lui. A parte Dio, naturalmente. A parte Dio.

XXII.

Enrica se ne andò vicino al mare. Vi si recava ogni volta che si trovava in disaccordo con sé stessa o con il mondo che la circondava. Non essendo un tipo litigioso, né polemico, rifuggiva le discussioni che riteneva dolorose e sgradevoli, e che con ogni probabilità non avrebbero condotto a nulla.

Quanto era accaduto il giorno prima l'aveva devastata. Non aveva assistito per intero alla scena, poiché non aveva retto al modo di fare della madre e, carica di vergogna, si era rifugiata in cucina con una scusa banale, ma il modo in cui Ricciardi era andato via, cosí precipitoso e assurdo, l'aveva fatta sentire male come mai in vita sua.

Con il vento caldo che le soffiava in faccia, camminava lungo la Villa e intanto ricordava gli interminabili, terribili attimi che erano seguiti a quella folle, isterica risata. Sulla soglia del salotto, con il vassoio in mano, il suo pensiero era corso a tutte le volte in cui lo aveva sognato felice e allegro, e invece le era toccato vederlo lasciarsi andare in quella maniera. Avrebbe preferito che l'avesse schiaffeggiata.

Era entrata nella stanza come un automa. Aveva posato il vassoio sul tavolino e cercato l'attenzione del padre che, incapace di sostenere il suo sguardo, lo aveva abbassato sulla pipa. Don Pierino, pietosamente, aveva tentato di imbastire un'imbarazzata conversazione, ma lei percepiva solo il cuore pulsare nelle orecchie. Infine aveva fissato in volto la madre: perché?, le aveva chiesto con gli occhi. Perché, mamma? La donna, rossa sulle guance, le labbra contratte per l'ira e forse per il rimorso, aveva girato la testa. Enrica allora aveva balbettato qualche parola di scuse al prete e si era ritirata nella sua piccola stanza, chiudendosi la porta alle spalle e abbandonandosi sul letto.

Non era scoppiata in singhiozzi. Il dolore era eccessivo, la consapevolezza di aver forse perso per sempre il proprio sogno la schiacciava, togliendole persino le energie necessarie a disperarsi.

Le pareva di vedersi da lontano, un po' come l'aveva guardata lui tante volte dalla finestra, e come forse non l'avrebbe guardata piú dopo quel pomeriggio. Non aveva idea di che cosa avesse detto la madre, e non le interessava: assistere alle premesse di quella conversazione le era bastato. Temeva che scoprire fin dove si fosse spinta per dimostrare che aveva ragione criticando la scelta della figlia di respingere Manfred le sarebbe stato fatale.

Non si era presentata a tavola per cena, e quando la sorella aveva bussato con delicatezza alla sua porta le aveva risposto di non avere fame. Per fortuna nessuno aveva insistito. C'era un insolito silenzio, in casa, quasi i fratelli minori si fossero resi conto anche loro del suo dolore, e avessero voluto rispettarlo.

Poco prima di mezzanotte era passato da lei Giulio, il padre. Si era avvicinato al letto in cui la ragazza fingeva di dormire e le aveva sussurrato: perdonami, amore mio, perdonami. Si riferiva alla propria incapacità di zittire la moglie con decisione, Enrica l'aveva immediatamente compreso.

La mattina dopo era uscita presto, con la ferma intenzione di sottrarsi a incontri spiacevoli: non avrebbe saputo cosa dire. Era cosí grave il torto di Maria, la gratuità del suo comportamento e la sua ostinazione nel non riconoscere l'errore, che nessun confronto sarebbe stato costruttivo. Meglio evitare.

La piccola spiaggia di pescatori, il suo rifugio segreto a Mergellina, era battuta dal vento. Gli uomini tiravano in secca le barche, mentre le donne avvolgevano le reti. Il mare era ingrossato dallo scirocco, e una corrente d'aria infuocata portava il sapore del sale e della sabbia.

Si sedette in disparte su una roccia, chiedendosi cosa ne sarebbe stato di lei.

Non voleva altri uomini, ormai ne era certa. L'aspirazione di essere moglie e madre, di avere una casa e tanti bambini attorno, aveva un senso solo in virtú dell'amore che provava per il commissario. Luigi Alfredo Ricciardi sarebbe stato suo marito e il padre dei suoi figli, lui o nessun altro. I desideri che aveva coltivato le apparivano simili alle fantasie di una bambina, disegni a due dimensioni senza significato, involucri vuoti privi di contenuto.

Non una casa qualsiasi: una casa con lui. Non un figlio qualsiasi: un figlio con lui. Una figlia, anzi, perché avrebbero avuto una bambina. L'aveva vista in un sogno; o forse era stato un pensiero sorto alcuni mesi prima, quando una livida alba invernale aveva recato con sé uno scroscio di grandine tanto forte da scuotere le imposte. Una bambina col suo naso tondo e due incredibili occhi verdi. L'avrebbero chiamata Marta, il nome della mamma di Luigi Alfredo, che pure non avrebbe mai conosciuto perché non c'era piú.

Marta Ricciardi. Sua figlia. La sua bambina. Che non sarebbe mai nata perché sua madre, Maria, la donna che piú di chiunque altro avrebbe dovuto desiderare la sua felicità, aveva infranto quel sogno. Con il suo atteggiamento sgarbato e incomprensibile aveva messo in fuga l'uomo che lei amava al di sopra di tutto.

Per l'ennesima volta, mentre le donne dei pescatori riponevano le reti e il resto dell'attrezzatura al riparo dalla bufera di vento che stava montando, si domandò per quale motivo l'avesse fatto. Intendeva difendere la propria posizione, d'accordo, ma ormai doveva esserle chiaro che Manfred non sarebbe piú tornato, e che comunque lei non lo voleva. Forse riteneva che Ricciardi fosse un uomo da cui stare alla larga; che per l'età che aveva, il mestiere che svolgeva e la solitudine in cui viveva non fosse alla sua altezza.

Ma Enrica lo amava sempre di piú. Sarebbe voluta fuggire con lui, inseguendolo per le scale, gettandogli le braccia al collo, rassicurandolo sul fatto che lei non era come la madre, per nulla. Non sopportava l'idea che la immaginasse fatta della stessa pasta, che credesse che, prima o poi, si sarebbe comportata in modo identico.

Ma non ne aveva avuto la forza. Era rimasta impietrita, mentre la sua anima si sgretolava. Non era riuscita a confessargli che l'amava e che era dalla sua parte, che avrebbe voluto trascorrere il resto della vita con lui.

Il vento rinforzò ancora; le onde cominciarono a infrangersi con violenza contro gli scogli poco distanti, alzando colonne di spuma bianca. Alcune gocce la raggiunsero, eppure lei non si mosse. Pensò: portami via, mare. Vieni a raccogliermi su questa roccia e trascinami lontano dove il mio corpo non possa essere riconosciuto, dove, trovandomi, qualcuno dica di me: questa ragazza, non c'è dubbio, è morta per amore; la sofferenza che ha impressa sul viso non lascia spazio a equivoci, ha perso l'uomo della sua vita.

Mentre era lí che invocava la forza degli elementi non avendone di propria, udí una voce femminile.

– Signori', siete voi? La signorina Enrica, giusto? Ebbe un sobbalzo e si girò. Di fronte a lei c'era un volto scurito dal sole e reso rugoso dal mare, sul quale risaltavano due occhi neri e vivaci, pieni di curiosità, di sensibilità, di intelligenza.

Ricordava benissimo quella donna, aveva intrattenuto con lei una conversazione profonda e coinvolgente l'estate prima, una mattina in cui inseguiva i propri sogni sotto il sole.

– Rosaria, giusto? La mamma di Antonio. Come state?

La donna le sorrise.

– Bene, grazie, signori'. Anche Antonio sta bene, e ha buoni voti; pure grazie a voi e al libro che gli avete regalato. Ogni sera ne leggiamo qualche pagina insieme.

Il bambino era figlio unico, e il padre se l'era preso il mare. Rosaria, ricordò Enrica, era stata una maestra, ma aveva abbandonato il proprio mondo per amore, senza mai pentirsene.

Era stato un incontro estemporaneo e interessante, al quale aveva pensato parecchio nei mesi successivi. Il sentimento provato da quella donna era stato sufficiente a supportare le sue scelte anche dopo che il marito era morto.

– Signori', ma perché siete venuta fino a qua in una mattinata come questa? Si è alzato lo scirocco, tra un po' viene la tempesta. Non sentite che caldo? Non state qua, vi fate una schifezza, vi rovinate il vostro bel vestito. Pioverà sabbia, come sempre quando il tempo è cosí.

Enrica rispose, d'impulso:

– E magari il vento o il mare, o tutti e due mi portassero via. Oggi vorrei proprio morire.

Una frase pronunciata con tono piatto, senza pianto nella voce, senza urlare. Rosaria la scrutò, considerando seriamente le parole che aveva appena ascoltato.

– Sarebbe facile, eh, signori'? Di fronte alla montagna che non si può scalare, di fronte all'abisso senza fine, una muore e si toglie il pensiero. Una comodità. Secondo voi non ci ho pensato, io? Non ci penso ogni giorno?
Enrica non ebbe l'animo di replicare. Rosaria continuò:
– Ci sta pure chi lo fa, eh, sia chiaro. Proprio la settimana scorsa una di noi, la moglie di un ragazzo che l'ha lasciata per un'altra, è salita sulla collina e si è buttata a mare. Che stupida. Come se ne valesse la pena, per uno che non ti vuole piú.
Enrica scosse il capo e, a mezza voce, disse:
– Può succedere, invece. Può succedere che l'esistenza appaia senza senso. Che una non abbia le energie per...
L'altra le prese una mano fra le sue, con una rudezza e una forza tali da farla trasalire.
– Signori', per le cose si combatte. Si trova il coraggio e si combatte. Perché le cose, tutte le cose, quelle belle e quelle brutte, contano solo per quanto si è disposti a lottare. Cosí è. Dalla vita non si scappa, dalle avversità non si scappa. Figuratevi se si può scappare dall'amore.
Enrica fissò Rosaria negli occhi; dalle nuvole cominciavano a cadere enormi gocce di pioggia.
Rimasero cosí, a guardarsi, davanti al mare che urlava la sua rabbia.

XXIII.

Anche per ripararsi da un ulteriore acquazzone carico di vento e sabbia, prima di presentarsi, come sempre non annunciati, al nipote della simpatica vedova del marchese Berardelli de' Paoli Eccetera, Ricciardi e Maione decisero di fare un salto in questura. La perdita di tempo dovuta alla deviazione non lasciava del tutto tranquillo il brigadiere: temeva che avrebbe dato modo alla nonna di avvertire il giovane del loro arrivo. Ma Ricciardi aveva replicato che, in ogni caso, le dichiarazioni del neomarchese sarebbero state verificate, e comunque, dopo aver minacciato in pubblico una persona poi effettivamente ammazzata, era difficile che l'uomo non si aspettasse una visita della polizia.

A quel punto Maione aveva pensato di approfittarne per sentire Vaccaro e riorganizzare le ronde della giornata, cambiando percorsi e orari. L'idea del ragazzo di incrementare e alternare le sorveglianze di zona in zona era il segno di quanto ci tenesse ad arrestare quei dannati rapinatori. E questo denotava ambizione, voglia di crescere e di conquistare la stima e la considerazione del superiore.

Il pranzo della domenica era stato per Raffaele un momento bellissimo, appena adombrato dall'espressione di Lucia. Non che fosse stata meno che perfetta, beninteso: le pietanze erano, al solito, squisite; aveva sorriso, aveva partecipato alla conversazione, ma lui la conosceva bene e sapeva distinguere la forma dalla sostanza. La sera, quando i bambini erano andati a letto, le aveva chiesto cosa avesse e perché non fosse stata felice della giornata: ne era derivato un penoso litigio, senza urla e senza insulti, una brutta discussione fatta di sarcasmi e di riferimenti al passato che aveva incrinato la gioia del brigadiere.

La verità, aveva capito Raffaele con tristezza, era che la morte di Luca non era stata superata affatto; che non era, e forse non sarebbe stata mai, una questione chiusa. Lucia non avrebbe mai accettato che gli anni dolci e bellissimi trascorsi insieme al loro primo figlio venissero archiviati. Avrebbe mantenuto vuoto quel posto a tavola per sempre. Avrebbe portato avanti la propria esistenza come se il suo ragazzo potesse di nuovo entrare dalla porta e sollevarla in braccio ridendo, come sovente faceva, mentre lei fingeva di arrabbiarsi e lo picchiava con le mani aperte sulle spalle larghe. Voleva ancora sognare di vederlo percorrere la navata centrale di una chiesa, e di avere da lui dei nipotini di cui occuparsi: biondi e con gli occhi azzurri come i suoi.

Il brigadiere non soffriva meno di sua moglie. Era il padre, aveva amato Luca e continuava ad amarlo. Ma l'aveva visto morto, aveva osservato la macchia scura di sangue allargarsi sulla sua schiena, inzuppando la giacca della divisa; aveva ascoltato il suo addio nelle parole di Ricciardi. Luca se n'era andato e non sarebbe tornato piú. Che c'era di male nel non volerci pensare ogni volta che si sedeva a tavola, nel non voler mostrare agli altri figli che quella mancanza non si sarebbe mai colmata, nel desiderare di essere una famiglia normale?

Ma ciò che aveva piú colpito Maione era stato che Lucia, per giustificare il fastidio di veder usurpato un posto a tavola, e non certo un ruolo, era stata insofferente nei confronti di Felice. Il giovane era stato educato e compito, gentile e allegro, genuino e sincero. Aveva aperto il proprio cuore, raccontando della fidanzata e delle ambizioni legittime che nutriva per il futuro. Che senso aveva prendersela con lui? Perché insinuare che qualcosa non le suonava giusto? Perché affermare che le sembrava falso e opportunista? Quelle parole, gratuite a parere di Raffaele, erano state pronunciate dalla moglie solo per ferirlo, per spegnere in lui un affetto nascente, una semplice simpatia professionale, un senso di protezione e orgoglio che, secondo la moglie, doveva essere esclusivo appannaggio dei figli e della memoria di Luca, salvo poi contrastare il sogno di Giovanni di diventare poliziotto.

La lunga discussione non era approdata a nulla, né avrebbe potuto. Le posizioni dei due erano troppo distanti, e quelle di Lucia non erano ragioni, ma sensazioni. Quindi, una volta tanto, per il brigadiere il lunedí era arrivato a proposito.

Quando entrarono in questura Maione si accorse che la guardia all'ingresso stava alzando la cornetta del telefono. La sua profonda conoscenza dei gesti e delle consuetudini gli fece indovinare subito che cosa stava accadendo. Lanciò un'occhiataccia al poliziotto, che arrossí e allargò le braccia in una mossa comica, intendendo: obbedisco agli ordini, brigadie'.

Come immaginava, in cima all'ampia rampa di scale che conduceva agli uffici, impegnato a torcersi le mani spostando l'esiguo peso del corpo da un piede all'altro, c'era Ponte, la guardia che fungeva da usciere, attendente, cameriere e, all'occorrenza, sguattero del vicequestore Garzo. Maione lo considerava un'infame spia, un vigliacco lecchino e un volgare doppiogiochista. L'ometto ne era peraltro ben consapevole, e stava attento a evitare ogni occasione di scontro col corpulento e irascibile brigadiere, e perfino di rimanere solo con lui.

Non che la guardia fosse invece contenta di incontrare Ricciardi. Ponte era infatti molto superstizioso, e il sospetto che portasse male, diffuso da anni sul conto di quest'ultimo e alimentato dagli stranissimi occhi verdi e dall'atteggiamento solitario e taciturno, lo aveva convinto che la qualità della sua vita sarebbe migliorata di molto, se fosse riuscito a evitare pure il commissario.

Garzo aveva la sgradevole abitudine di non recarsi mai di persona negli uffici dei sottoposti, se non in caso di assoluta emergenza. Gli sembrava una gravissima *deminutio*, un'intollerabile abdicazione alla propria autorità. Il questore, al cui posto ambiva in modo evidente, non andava certo nel suo ufficio quando aveva qualcosa da dirgli, lo mandava a chiamare, cosí lui si comportava di conseguenza. E si serviva di Ponte, che tra i vari difetti aveva quello di non guardare mai in faccia l'interlocutore.

Ricciardi sospirò.

– Salve, Ponte. Che succede?

Quello si irrigidí in un saluto militare.

– Commissa', buongiorno. Dice il vicequestore se per cortesia, se siete comodo insomma, potete andare subito nell'ufficio suo. Grazie.

Maione lo squadrò malevolo.

– Ponte, spiegami una cosa: ma l'organigramma prevede un servo per il vicequestore? Perché io non me lo ricordo. E siccome la gestione delle guardie dipende da me, lo dovrei sapere. Tu oggi, se non mi sbaglio, sei di turno al centralino.

Ponte sussultò.

– Oh, buongiorno pure a voi, brigadie', scusatemi, non vi avevo visto.

– Per forza, Ponte. Tu guardi ovunque, ma mai chi ti parla, il che, per inciso, mi pare molto maleducato e mi fa prudere le mani. Allora?

Istintivamente la guardia fece un saltello all'indietro, come per mettersi a distanza di sicurezza dall'enorme mano di Maione, poi, un po' piagnucolando, rispose:

– Brigadie', che vi devo dire? Quello, il vicequestore, si fida di me, e mi fa l'onore di volermi a sua disposizione. Non è colpa mia, a me mi piacerebbe assai poter stare solo al centralino.

Maione ruggí.

– Come no, immagino. Ma ricordati, Ponte: prima o poi questo sconcio finisce, e tu torni sotto a me. Allora ci divertiamo.

Il pomo d'Adamo della guardia andò su e giú piú volte, a dimostrazione di come il futuro paventato dal brigadiere lo turbasse. Ricciardi sospirò di nuovo: se un lunedí nasceva complicato, rimaneva difficile fino alla fine.

– Lascia perdere, Raffaele, vado a vedere che vuole. Tu, se hai qualcosa da fare, falla adesso; ci rivediamo nel mio ufficio tra poco, e andiamo dal giovane marchese Berardelli.

Garzo, al solito, fingeva di esaminare un documento seduto all'immensa scrivania lucida e sgombra. Il resto dell'ufficio somigliava a un'esposizione di mobili e, nel contempo, era un inno alla burocrazia.

Sollevò lo sguardo da dietro le lenti e fissò il commissario quasi fosse sorpreso di vederlo.

– Oh, caro Ricciardi! Come state? Ci siamo incrociati poco, ultimamente. Ma sapete, sono stato molto impegnato: l'ufficio, la carica, la rappresentanza…

Un paio di settimane prima, a causa di un'indisposizione del questore, Garzo era stato inviato a Roma per una riunione al ministero, e da allora non mancava di ricordarlo a chiunque, manco fosse diventato il consigliere particolare del duce in materia di sicurezza.

Accarezzandosi i lunghi baffi sottili con un gesto che era ormai il principale motivo di divertimento di tutto il personale della questura, riprese:

– Per fortuna, anche quando il lavoro ci porta ad assentarci, siamo tranquilli perché possiamo contare su collaboratori fidatissimi come voi; del resto abbiamo messo su un sistema che garantisce la massima sicurezza, considerate le caratteristiche della città. Proprio di recente, nella capitale, durante un incontro in cui è stata richiesta la mia presenza, mi sono ritrovato a dire che non è soltanto merito nostro, di noi dirigenti intendo, il successo della politica decisa ai massimi livelli, ma anche della qualità di chi sta sotto. E non mi crederete, Ricciardi: mi riferivo proprio a voi.

Non ti credo infatti, pensò il commissario continuando ad assentire e augurandosi che quell'idiota arrivasse presto al sodo.

– Comunque, appena ho saputo di questa brutta storia di padre De Lillo, confesso che mi sono preoccupato. Quando c'è di mezzo il clero arrivano sempre seccature: reclami o proteste della curia, del vescovo, persino del Vaticano; lettere a Roma, magari, Dio non voglia, direttamente al ministero dell'Interno. È già capitato, ricorderete; anche perché voi, Ricciardi, non ci andate mai con la mano leggera, nelle indagini.

Ricciardi rammentò le situazioni in cui aveva avuto a che fare con religiosi, e l'atteggiamento petulante e fastidioso che aveva assunto Garzo in tali circostanze. Il vicequestore proseguí:

– Eravamo tuttavia nel pieno del fine settimana, e com'è logico un uomo che lavora tanto, mi riferisco al sottoscritto, ha diritto al suo meritato riposo. Mi sono detto: faccio in tempo lunedí, se necessario, ad assegnare il caso a un altro. Perché si tratta di un assassinio, no? Lo abbiamo appurato?

Ricciardi annuí. Non aveva ancora pronunciato una parola da quando era entrato in quell'ufficio.

– Bene. Ciò che non potevo immaginare era che avreste fatto eseguire subito gli esami sul cadavere, sebbene fosse sabato. L'ho appreso stamattina e mi è quasi venuto un colpo. I religiosi, vi è noto, temono lo scempio del corpo; credo abbia a che fare con l'idea di risorgere intatti. Ero già pronto a subire, tanto per cambiare a causa vostra, una lavata di capo dal signor questore.

Ricciardi intuí dal tono che la cosa non si era verificata. E si rese conto, peraltro, di come il suo personale interesse per l'eventualità fosse prossimo allo zero.

– Be', non ci crederete, ma pare che il superiore della Compagnia di Gesú, padre... – finse di frugare tra i quattro fogli che teneva sul ripiano scintillante, – ... padre Cozzi, Vittorio Cozzi, ha autorizzato per iscritto qualsiasi indagine o esame sia ritenuto necessario, e si affida proprio a voi, Ricciardi, affinché troviate il responsabile dell'orrendo delitto. Congratulazioni. Padre Cozzi, mi risulta, è una personalità in ambito ecclesiastico. In ogni caso, mi raccomando: attenzione massima. Padre De Lillo aveva frequentazioni importantissime, e qualcuno potrebbe essere molto meno ben disposto nei vostri confronti di quanto lo siano i gesuiti. Mi aspetto prudenza e cautela. Mi sono spiegato, Ricciardi?

Il commissario annuí di nuovo. Stava per congedarsi quando Garzo lo fermò.

– A proposito, avete per caso qualche notizia della vedova Vezzi? Mi è giunta voce che sia partita per Roma con un misterioso accompagnatore dai capelli grigi. Ho letto un rapporto. La sicurezza della signora è di competenza del nostro ufficio, essendo lei amica della figlia di chi sapete.

Ricciardi avvertí nel cuore una punta di affanno, accompagnata dal consueto, vago scrupolo di coscienza che lo coglieva ogni volta che veniva nominata Livia.

– Per la verità no, dottore. Ci siamo un po' persi di vista. Spero stia bene.

Garzo fece un cenno vago con la mano.

– Oh, sí, certo. I miei uomini me l'hanno descritta bella come sempre. Rideva, pare... D'accordo, andate pure. Ma tenetemi informato, soprattutto se doveste interrogare qualche membro dell'aristocrazia. Intesi?

– Intesi, dottore, – mentí con sicurezza Ricciardi.

XXIV.

Maione si avvicinò alla stanza dove si radunavano le guardie che dovevano entrare in servizio. Era un ambiente spazioso che fungeva da spogliatoio, con qualche attaccapanni e un paio di lunghe panche di legno, un tavolo al centro e alcune sedie malferme. Alla parete, un foglio di giornale con l'immagine della Madonna, un crocifisso e, su una mensola, un vecchio vaso opaco in cui, ogni tanto, veniva posto un fiore: il modo dei poliziotti di raccomandarsi a Qualcuno.

In quella stanza, che all'occorrenza diventava un po' mensa e un po' cappella, un po' dormitorio e un po' sala riunioni, si affrontavano anche le questioni operative. In quel momento era in corso una discussione, ed era anche abbastanza animata. Maione si fermò accanto alla porta socchiusa, perché aveva udito pronunciare il proprio nome.

A parlare, il brigadiere lo riconobbe immediatamente, era Donnarumma, una guardia anziana che si distingueva per l'assoluta mancanza di voglia di lavorare.

– Maione, Maione, sempre Maione. Tu sei l'ultimo arrivato e non comandi niente, hai capito? Sei *'nu guaglione* e devi fare *'o guaglione*! Mai possibile che dopo tanti anni qua dentro uno si deve sentire dire da un *muccusiello* quello che deve fare?

A rispondergli fu la voce di Felice:

– Donnaru', io non voglio comandare proprio niente. E se nomino il brigadiere è perché la volontà sua, come la mia, è di acchiapparli, a 'sti maledetti rapinatori. Ma non vi dà fastidio pure a voi che ci sfottono in questa maniera? Che la gente di Chiaia non parla d'altro e ci ridono appresso?

Rispose Antonelli, un altro dei piú anziani:
– Questo è vero. Ieri mi sono fermato a un caffè a via Alabardieri e quello dietro al banco mi ha chiesto: Antone', sai per caso a che ora e dove ci sta la prossima rapina? Cosí per tornarmene a casa evito la strada.

Maione sentí ridere; là dentro doveva esserci una mezza dozzina di guardie.

Felice riprese:
– Ecco, qua sta la differenza: per me non c'è niente da ridere. Io intendo sposarmi e avere figli come ce li avete voi, e non voglio mai che si trovano in mezzo a una cosa come questa. Voi sí? Guardate, la vedete la mia ferita? A me non mi è piaciuto proprio, finire a terra col sangue in faccia. E mi prudono le mani al pensiero. Perciò non c'entra il brigadiere, che pure è un uomo meraviglioso e lo dovremmo tenere come esempio: è una questione che ci riguarda tutti. Siamo noi contro quattro delinquenti. Chi è meglio, noi o loro?

Al brigadiere tremava il cuore per l'orgoglio. Un esempio, l'aveva definito. E quelle parole! Dimostrava passione, lucidità, fermezza. Il ragazzo sarebbe stato un meraviglioso brigadiere.

Dopo un attimo di silenzio parlò di nuovo Donnarumma:
– E va bene, *guaglio'*, hai ragione. Muoviamoci. Passami quel foglio: è là che stanno scritti i percorsi e gli orari delle ronde, no? E speriamo che questa volta non ci prendono di nuovo per il naso.

Felice replicò con voce sicura:
– Bravo, Donnaru', ben detto. Venite, ché vi spiego

come ci organizziamo. I giri li ho concordati proprio col brigadiere, vedrete che oggi li freghiamo noi a loro.

Raffaele sorrise. La piccola bugia dell'accordo preventivo, che gli aveva consentito di acquisire piú autorità, era stata una mossa intelligente. Piú lo osservava, piú il giovane dimostrava le grandi qualità di cui era in possesso.

Si allontanò in punta di piedi, nascondendosi in una rientranza del corridoio. Di lí a poco le guardie uscirono a due a due, con in mano il programma della giornata.

Una volta che tutti furono scomparsi per le scale, il brigadiere entrò nello stanzone dove Felice stava completando con un lapis gli appunti sulla mappa della città.

Quando lo vide, il ragazzo balzò sull'attenti. Maione gli sorrise.

– Stai comodo, Feli'. Ho ascoltato tutto, stavo qua fuori.

La guardia sbiancò in viso.

– Uh, scusatemi, brigadie', avete sentito che... Ma voi stamattina non c'eravate in ufficio, e ho pensato che magari le ronde saltavano, e allora quei delinquenti... Però se dicevo che li avevo stabiliti io, i turni, il foglietto me lo facevano mangiare.

– No, no, sei stato bravo. Anzi, complimenti per lo spirito d'iniziativa. Non è facile avere a che fare con certi colleghi tuoi. Donnarumma è tosto come un tarallo delle parti sue: hai voglia a *spugnarlo* nell'acqua di mare, non si ammorbidisce mai. Bravo.

Felice era visibilmente sollevato:

– Grazie, grazie infinite, brigadie'. Voi per me siete come un padre.

Maione ebbe un tuffo al cuore. Come un padre. Detto con quell'espressione solare, con quegli occhi chiari, con quella faccia aperta.

L'altro continuò:

– Ci pensavo ieri. Io mio padre non l'ho mai conosciuto, mia madre era una ragazzina quando mi ha avuto e non ha mai voluto rivelarmi... insomma, avete capito. Cosí, seduto alla tavola vostra, mi sono messo a immaginare la mia vita se fossi stato figlio vostro... Ma mica vi offendete?

Raffaele nascose il groppo alla gola con un colpo di tosse.

– No, no, e perché dovrei? È una cosa bella. Vieni ogni volta che vuoi. Anzi, portaci pure la fidanzata tua, Ines si chiama, vero?

Felice alzò una mano.

– No, no, brigadie', Ines si vergogna assai. Magari, se ci sposiamo, se arriverà il momento, ci farete l'onore insieme a vostra moglie.

Maione annuí, sorridendo. Poi disse:

– A proposito di mia moglie, Feli'... Non vorrei che ti fosse sembrata poco cordiale. Ma quando un giovane in divisa...

Vaccaro si dimostrò comprensivo.

– E chi può darle torto, brigadie'. Dopo quello che ha passato, povera donna. Ci riflettevo proprio l'altra sera, mentre ero a terra ferito, a cosa deve provare una madre, una moglie quando uno di noi... Ma lasciamo stare, se no finisce che il nostro mestiere non lo facciamo piú, e non lo fa piú nessuno.

Maione considerò le parole di Vaccaro. Poi rispose, a bassa voce:

– Sí, proprio cosí. Non immagini quante volte me lo sono chiesto, negli ultimi anni, se è stato giusto assecondare mio figlio, che ha sempre voluto intraprendere questa carriera perché vedeva a me e voleva essere uguale. E se adesso non dovrei dire subito a Giovanni, che tiene sedici anni, che è meglio che studia e diventa maestro o cassiere

di banca, oppure che fa il salumiere, invece di correre il rischio di pigliarsi una coltellata, pure lui. Tacque qualche secondo, sopraffatto dalla commozione. Poi riprese:
– E se è giusto pure per me, che sono un padre di famiglia e dipende dalla mia vita se quei ragazzi mangiano, si vestono e vanno a scuola senza doversi cercare un mestiere subito, come sono stato costretto a fare io. Se non sarebbe meglio che andassi dal questore e gli dicessi: dotto', abbiate pazienza, sono diventato vecchio e ho male alla schiena, me lo potete dare un ufficio con una bella scrivania? Felice scoppiò a ridere.
– E sí, brigadie', vi ci vedo proprio dietro a una scrivania! Voi siete come me, dovete stare per strada. Perché non li volete i delinquenti in giro. Siamo uguali, noi! E il vostro ragazzo, Giovanni, sarà una guardia meravigliosa, proprio come il padre. Lui, al contrario di me, ce l'ha l'esempio da seguire.

Maione sentí l'orgoglio inondargli il volto.

– E allora mettiamoci al lavoro, Feli'. Io devo uscire col commissario Ricciardi, teniamo una persona da interrogare. Affido a te la sorveglianza delle ronde. Mi raccomando, comportati come se fossi io stesso a occuparmene.

Il giovane si mise sull'attenti e si produsse in un saluto perfetto, battendo i tacchi. Ma sorrideva.
– State senza pensiero, brigadie'. Fidatevi di me.

XXV.

Le finestre hanno di buono che funzionano sempre, chiunque le usi. E certe finestre funzionano meglio di un cinematografo, se la persona che le usa ha un minimo d'intelligenza ed è abituata a osservare.

Ragion per cui Nelide, quando si mise a letto nella cameretta che era stata di sua zia, e che non aveva modificato di una virgola perché anche i pochi vestiti della vecchia tata erano quasi della sua stessa misura, aveva compreso cosa fosse accaduto nella casa di fronte, piú di quanto, spesso, lo spettatore di un film non comprenda della storia che si srotola sullo schermo davanti ai sui occhi. Certo, non c'erano le didascalie, e mancava pure la musica del pianoforte ad accompagnare le scene: ma lei tanto non sapeva leggere, e la musica la faceva addormentare. Nessun problema, quindi.

Anzi sí. Perché quanto aveva visto dalla finestra della già citata cameretta, attenta a non farsi scoprire, anche se dubitava che qualcuno si sarebbe girato dalla sua parte, non le era piaciuto affatto.

Nelide aveva diciott'anni, ma dalle sue parti, nel basso Cilento, una donna di quell'età era uguale a una di settanta: se era stupida sarebbe rimasta stupida, se era intelligente allora capiva già ciò che doveva capire.

Sapeva di Ricciardi e della signorina Enrica, la figlia del proprietario del negozio di cappelli di via Toledo, perché lo aveva appreso dalla zia Rosa il primo giorno che era arrivata in città. Come al solito, non aveva espresso giudizi: la zia aveva affermato che andava bene, quindi andava bene. Poi c'era tutta una complicazione del signorino che non prendeva l'iniziativa, di lei che aspettava e del tempo che passava, ma quelli non erano fatti suoi, le aveva spiegato Rosa. Tu devi solo stare accorta che il signorino stia il meglio possibile. Meglio possibile significava bene, cosí cosí, ma certo non male. O malissimo. Il motivo per cui Nelide si era affacciata a spiare non era farsi i fatti degli altri. Era una ragazza pragmatica, quello che non poteva cambiare lo accettava senza gettarsi la croce addosso.

Ma zia Rosa le aveva affidato un incarico che per lei era una legge scritta nella pietra: fai in modo che il signorino stia il meglio possibile. E il signorino stava male, peggio di come l'avesse mai visto.

Ovviamente non conosceva il contenuto dei discorsi tenuti nel salotto dei Colombo, ma tanto il loro senso preciso le sarebbe sfuggito pure se fosse stata presente. Tuttavia le facce e le espressioni che aveva scorto le erano state sufficienti per comporre il quadro della situazione.

Quella donna, la madre della ragazza, odiava il signorino, lo considerava responsabile di qualcosa; aveva la stessa faccia della comare Irene, al paese, quando si trovava davanti il marito della figlia, che teneva un'altra famiglia in un paese vicino e lo sapevano tutti. Ce l'aveva con lui e non le piaceva, era lampante da come lo squadrava. Pensava che fosse povero, Nelide ne era certa, perché aveva passato in rassegna i vestiti, le scarpe, la cravatta.

Di sicuro aveva detto una serie di cattiverie, lei glielo aveva letto negli occhi duri, nelle labbra strette, nelle spalle dritte; lo aveva intuito dal fatto che se ne stava in piedi in un angolo senza mai sorridere, senza mai sedersi. Alla fine il signorino si era messo a ridere. Non per una battuta, però, rideva di sé stesso. Forse per essersi fidato, per aver creduto che le cose potessero andare in maniera diversa, questo Nelide lo ignorava, eppure non aveva dubbi che quella risata fosse peggio di un pianto dirotto.

Ed era rientrato a casa.

Nelide aveva finto di dormire, invece lo aveva osservato dallo spiraglio della porta. Si era seduto in poltrona, in silenzio, senza accendere la radio, le mani sulla faccia. Forse aveva pianto; la ragazza, dalla sua posizione, non poteva capirlo.

Dopo quasi due ore si era alzato, si era trascinato nella sua stanza e non ne era uscito fino alla mattina successiva, quando era andato a lavorare.

Nelide aveva anche studiato per un po' gli effetti della vicenda nella casa di fronte. Avevano parlato brevemente. La ragazza aveva posato il vassoio e se n'era andata di corsa. Il prete piccolo si era congedato nel giro di una decina di minuti. Il padre, che lo aveva accompagnato alla porta, non era piú tornato in salotto. La madre era rimasta sola, impietrita, come se stesse ripensando a ciò che aveva detto o fatto. A Nelide era evidentissimo, e lo sarebbe stato pure a una persona assai meno intelligente di lei, che in piena consapevolezza quella donna aveva deciso, da sola, che tra il signorino e la figlia non doveva esserci niente.

In ogni caso, nonostante i pensieri, la giovane domestica non ebbe problemi ad addormentarsi neanche quella sera. Appena appoggiò la testa sul cuscino cadde in un sonno profondo. Ma un minuto dopo si ritrovò zia Rosa seduta sul bordo del letto, che la scuoteva.

Che è, zi' Ro'?, chiese. Era contenta di rivederla, ma la donna sembrava essere lí per una ragione urgente; quindi niente smancerie o inutili perdite di tempo.
Che ti ho detto, io? Ripeti.
Che il signorino deve stare bene, il meglio possibile.
E secondo te, disse zia Rosa, sta bene adesso? Io non l'ho mai visto stare peggio, nemmeno quand'era *piccirillo* e la baronessa lo metteva in castigo. Ti pare normale?
No, zi' Ro', ma mica è per qualcosa in cui ho mancato io, tipo che mi sono scordata il sale nella minestra maritata o che gli ho stirato storto il colletto della camicia. Che posso fare?
La vecchia sbuffò. E che ne so? Sono morta, mica ci posso pensare ancora. Però so che tu stai qui al posto mio, e che io certo non ce la farei passare liscia, a quella là. La devi convincere.
Io, zi' Ro'? E come la convinco? Lei nemmeno ci parla con una come me, non avete visto quant'è superba? E poi che faccio, vado alla porta, busso e ci dico buonasera, signo', sono Nelide, la governante del signorino di fronte, vi volevo dire che è buono e che vuole tanto bene alla figlia vostra?
Rosa scosse la testa, le labbra tirate sotto l'unico sopracciglio in tutto identico a quello della nipote, e disse: ti ricordi di comare Nunziatina?
A Nelide si spalancò la mente, e si svegliò di soprassalto.
L'indomani si recò al mercatino che si teneva i giorni dispari nella piazzetta Materdei. Si sistemò in un punto un po' sopraelevato, dal quale si scorgeva chiunque accedesse al gruppo di bancarelle che vendevano ogni sorta di genere alimentare, aspettò oltre un'ora e infine vide quello che le interessava vedere.
Osservò la scena con la massima attenzione, ogni singo-

lo gesto. Poi, una volta conclusa la contrattazione e andata via la persona che aveva fatto l'ordine, scese dalla propria postazione e si avvicinò alla bancarella di frutta e verdura di Tanino, il bell'ambulante ventenne dietro al quale morivano tutte le massaie del quartiere, e che per qualche motivo, forse un innato senso della competizione, o piú probabilmente una deviazione del gusto, cercava disperatamente di incantare proprio lei, Nelide, l'unica che non ne subiva il fascino.

La ragazza si avvicinò con la sua andatura da pachiderma, facendosi largo a spallate nella piccola folla di donne intente ad ascoltare Tanino mentre magnificava le albicocche che per primo aveva portato al mercato.

Una giovane dai capelli rossi diede di gomito a un'amica alta e florida e disse:
– Oh, è arrivata la diva del cinema. Accidenti che vestito.
L'altra, ridendo sotto la mano, rispose:
– Fosse il vestito, il problema. Quello è il meno, Mari'!
Nelide, a denti stretti e senza distogliere lo sguardo torvo da Tanino, mormorò:
– *Chi semmena spine, nun adda i' scauzu.*
Le due si guardarono, disorientate. Il proverbio, una sorda minaccia, aveva senso solo per la domestica cilentana: chi semina spine, non cammini scalzo. Intanto, attirato da quella specie di grugnito, Tanino si voltò, illuminandosi.
– Oh, signorina Nelide, che bella sorpresa, vi aspettavo mercoledí. Come mai qui? Vi siete sbagliata con la quantità del cavolfiore, è vero? Ve l'avevo detto che mi pareva poco! Non c'è problema, adesso non ce l'ho perché non ci ho pensato, ma ve lo vado a prendere e se non vi disturbo ve lo porto dopo a casa, va bene?

Una signora bruna e in carne, imbellettata in modo sospetto per un mercatino di lunedí mattina, protestò:

– Ma a me quando ti chiedo di portarmi la merce a casa non lo fai.
Un'altra, un po' piú anziana, sibilò:
– E tu glielo chiedi solo quando tuo marito sta al cantiere, Silva'! Quello, il ragazzo, capisce, e si mette paura!
Tutte risero tranne Nelide che, determinata a compiere la sua missione, aspettava che le galline cessassero con le chiacchiere.
– Eh già, – disse la rossa all'amica, – a portare la verdura a questo *scarrafone* non ci sta niente da temere. Là il marito non lo trova sicuro!
Al nuovo scoppio di risate, Tanino, nello stupore generale, girò attorno al banco e si allontanò di qualche passo, facendo cenno a Nelide di avvicinarsi. La ragazza, senza cambiare espressione, lo raggiunse e gli disse con poche, secche frasi ciò che aveva in mente.
Il ragazzo sbiancò in volto.
– Ma signori', è una delle mie clienti piú importanti, non posso correre il rischio di...
Nelide si voltò all'istante per andarsene. Non era tipo da chiedere due volte, e avrebbe saputo trovare un'altra soluzione.
Tanino la rincorse, tra lo sconcerto crescente del piccolo pubblico assiepato lí attorno.
– Un momento, un momento! E che maniere: con voi uno non può nemmeno parlare che subito girate le spalle! Io... e va bene, lo faccio. Però a modo mio.
L'ambulante spiegò quanto aveva in mente. Nelide rifletté un attimo, fece un cenno di assenso, solo uno, col mento annerito dalla peluria, precisò qualcosa, e si allontanò.
Tanino le urlò dietro:
– Fra due ore! E mamma mia, che brutto carattere che tenete!

XXVI.

Il tragitto dalla questura fino a Santa Lucia, dove abitava Tullio Berardelli de' Paoli di Palestrina con la moglie, non era certo lungo. Il guaio era lo scirocco che ti soffiava proprio in faccia il suo carico di polvere rossa, e tra il mare che s'ingrossava e i tuoni che promettevano tempesta risultava difficile perfino parlarsi.

Del resto sia Ricciardi che Maione avevano tante cose su cui riflettere, sia personali sia lavorative, e non erano argomenti che potevano condividere.

Il brigadiere meditava sulle rapine, su quanto fosse strano e misterioso che la fortuna continuasse ad aiutare quei ragazzi che, dalle descrizioni delle vittime, non sembravano certo criminali scafati ed esperti. Una volta, d'accordo; due, forse; tre, assai improbabile, ma possibile. Qui, però, eravamo al quinto colpo andato a segno, e i cassieri della zona erano sempre piú determinati a difendersi in ogni modo. Maione era seriamente preoccupato.

Anche la discussione con Lucia lo turbava. Preferiva il litigio, il muro contro muro, le urla e i toni accesi. Era piú facile fare pace, quando il problema era grave. Ora invece si trattava di un malessere, di una fessura che minacciava di diventare una crepa poi una frattura insanabile.

Dal canto suo, Ricciardi, gli occhi stretti per evitare la sabbia, la testa bassa nel vento che gli scompigliava i capelli, considerava quanto fosse vuota la sua vita, adesso che non poteva pensare a Enrica. Era assurdo. In fondo i loro incontri non erano cosí frequenti: si vedevano per mezz'ora, un'ora al massimo nel tardo pomeriggio, nelle rare occasioni in cui la ragazza non aveva impegni in casa e lui poteva uscire prima dall'ufficio.

A mancargli era la possibilità di lasciare che la mente volasse da lei. Che la fantasia, libera di fantasticare, sfuggisse alla rigida disciplina che si era imposto, rifugiandosi in un sogno di normalità divenuto pericolosamente vicino.

Per un attimo aveva sperato di poterlo realizzare, questo sogno, ma era stata solo un'illusione, un miraggio ingannevole dileguatosi di colpo a casa Colombo.

Si sentiva inutile e vuoto. Un involucro senza senso abbandonato nel deserto. Non aveva nemmeno il coraggio di andare a spiegare a don Pierino, testimone dell'accaduto, le ragioni che l'avevano determinato. Ricordava gli occhi sgranati, l'espressione sconcertata del piccolo, dolcissimo prete: temeva immaginasse che avesse riso di lui.

Tanto valeva, concluse mentre sbirciava i numeri civici per individuare la residenza del marchesino, concentrarsi sul lavoro. E cercare di capire chi potesse aver spaccato la testa di quel povero gesuita, uno dei pochi uomini in città di cui si parlava solo bene. Magari questo Tullio Berardelli sapeva qualcosa.

Nonostante la zona elegante e il cognome chilometrico della persona che stavano per conoscere, il palazzo era piuttosto modesto. Ricciardi notò che c'erano numerose cassette per la posta e diversi interruttori di campanelli, a dimostrazione che si trattava di un condominio e non di un'unica proprietà.

Andò loro incontro un uomo anziano con una gamba sola, che si aiutava piuttosto abilmente con una stampella.

– Buon pomeriggio. Chi cercate?

Maione, memore delle recenti, sfortunate esperienze con i custodi, si toccò la visiera e disse circospetto:
– Salve. Siamo della questura. Voi siete?
– Molinari Vincenzo, brigadie', al vostro servizio. Caporale di fanteria, decorato al valor militare. Perdonatemi se non vi saluto come si compete, ma con una gamba sola non riesco a mettermi bene sull'attenti.
Maione lo rassicurò:
– Figuratevi, capora'. È un onore. Brigadiere Maione e commissario Ricciardi. Scusate il disturbo, vorremmo parlare col marchese Berardelli...
L'uomo sorrise, ammiccando.
– Volete dire con la moglie...
Ricciardi interloquí.
– Perché?
L'altro sorrise di nuovo.
– Perché, commissa', il capofamiglia è la signora. Sapete come va, no? Qualche volta i pantaloni cambiano di proprietario.
Ricciardi e Maione si lanciarono una rapida occhiata. Molinari continuò:
– Comunque accomodatevi, stanno al primo piano. Il palazzo era tutto loro, poi hanno cominciato a venderlo, pezzo per pezzo, e mo' gli è rimasto solo quell'appartamento. Mi sa che la morte del vecchio marchese non li ha ancora tolti dai pasticci.
Il brigadiere esclamò:
– Caspita, spendono i marchesini! Come mai?
L'uomo si strinse nelle spalle.
– E che vi devo dire. Ogni tanto si presenta qualche brutto ceffo a riscuotere un credito. Finora sono riusciti a fare fronte, ma non so quanto durerà.
I due poliziotti ringraziarono e si avviarono per le sca-

le, constatando che il caporale Molinari se ne tornava alle sue faccende senza avvertire del loro arrivo.

Dovettero suonare tre volte prima che una donna bassa e grassa aprisse la porta, asciugandosi le mani in un grembiule che aveva visto tempi migliori. Rimase a fissare Maione e Ricciardi senza distogliere lo sguardo e senza chiedere niente.

La situazione aveva superato i limiti del surreale. Il brigadiere si schiarí la voce.

– Salve. Siamo della questura, Vorremmo parlare con...

Nel mezzo della frase la domestica si girò e sparí nell'appartamento, lasciando i due poliziotti sulla soglia, senza invitarli a entrare. Maione considerò che il caporale Molinari era stato una breve meravigliosa parentesi di normalità, e che ora si tornava nel territorio dell'assurdo.

Dopo quasi un minuto la donna riapparve e fece un cenno con la testa perché la seguissero. A Ricciardi ricordò Grimaud, il servo di Athos dei *Tre moschettieri*, che si esprimeva a gesti attenendosi alle direttive del padrone; quell'immagine lo indusse a prefigurarsi un marchese silenzioso e schivo.

Le poche stanze che attraversarono erano piuttosto spoglie e malandate. I rari tappeti visibilmente consunti, le tende con qualche buco, i parati segnati da mobili che non erano piú al loro posto. L'impressione era di un crollo economico verticale.

Il salottino in cui furono ricevuti era il meno malridotto, con un divano in legno, due sedie in buono stato, anche se spaiate, e un bel tappeto con poche tracce di bruciature.

Il marchese Tullio li attendeva su una delle sedie, con un giornale in mano. La somiglianza con la nonna, la marchesa Maria Civita Berardelli, la terribile signora dei canarini, era stupefacente. La corporatura minuta, i tratti del viso e i colori facevano pensare a un trucco spettacolare grazie al quale lo stesso attore interpretava entrambi i ruoli. Era solo un'impressione, però. Bastava concentrarsi sugli occhi per cogliere l'abissale differenza tra i due. Tanto erano vivaci e mobili, pieni di ironia e di intelligenza quelli dell'anziana, tanto erano vacui, liquidi e privi di vitalità quelli dell'uomo, sebbene fossero dello stesso azzurro. Almeno cinquant'anni di distanza e una clamorosa involuzione cerebrale.

L'uomo si alzò con affettata educazione.

– Se siete qui per la questione Percuoco, vi avverto che la denuncia è stata ritirata. Quella cambiale l'avevo firmata io, quindi la firma non era apocrifa come avevo ritenuto in un primo momento e...

Fu interrotto dal precipitoso ingresso di una donna che dimostrava una quarantina d'anni, segaligna e dagli occhi minuscoli, con un naso lungo e fremente come il muso di un coniglio.

– Mi ha riferito Consiglia che c'è la poli... Ah, buon pomeriggio, signori. Se siete venuti per quella strega della Avitabile, vi prego di avvisarla che con lei non ho affatto terminato. Se mi ci ritrovo da sola, io...

Maione alzò le mani:

– Calma, calma! Non siamo venuti né per Percuoco né per Avitabile, chiunque siano. Sono il brigadiere Maione e il mio superiore è il commissario Ricciardi, della questura. Il motivo della nostra visita è un altro.

I due coniugi si fissarono, lui perplesso, lei impaurita. Tullio indicò il divano, invitando i poliziotti ad accomodarsi, e tornò a sedersi.

– Io sono Tullio Berardelli, questa è mia moglie Alba. Di che si tratta?

Ricciardi esordí:

– Intanto buonasera, marchese. La ragione per cui la disturbiamo è l'assassinio di padre Angelo De Lillo.

L'uomo parve rilassarsi. Prese un respiro e si abbandonò sullo schienale.

– Ah, quello! Ho saputo, abbiamo saputo. Peccato, per carità, non si augura a nessuno una cosa cosí, ma era un imbroglione, quel prete. Adesso se la vede con Dio, a tu per tu.

La moglie gli rivolse uno sguardo di disprezzo. Possedeva una straordinaria espressività, accentuata dal naso lungo che sottolineava, enfatizzandolo, ciò che comunicava il resto del volto. Maione la studiava affascinato; aveva conosciuto gente che parlava con gli occhi, ma mai nessuno che ci riusciva col naso.

Il commissario intervenne:

– Il vostro sollievo mi stupisce, marchese. Avete minacciato di morte quell'uomo in pubblico, davanti a decine di persone, urlando tanto da dover essere fermato e portato via. Vi renderete conto che la vostra posizione è grave, o perlomeno difficile.

Il marchese scrutava il poliziotto con un'aria confusa, come se non ne capisse la lingua. La moglie sibilò:

– Te l'aveva pure detto, la vecchia –. Poi, a Ricciardi: – Commissario, mio marito era adirato per il castello di Vietri. Ammetterete che è un po' strano che un uomo regali una proprietà da centinaia di migliaia di lire a un ordine religioso che, guarda caso, è proprio quello a cui appartiene il prete che due volte la settimana va a casa sua a dire messa e a confessarlo.

Ricciardi replicò con freddezza:

– Signora, qui non stiamo discutendo del castello e della legittimità di un lascito. Stiamo parlando di un uomo barbaramente ucciso che in precedenza è stato minacciato da vostro marito. Stiamo parlando di omicidio.

Tullio muoveva le labbra, la fronte appena corrugata come se stesse cercando di comprendere il concetto.
– Cioè... mica intenderete...
La moglie chiarí, sommessa:
– Pensano che l'abbia ammazzato tu.
Il marchese protestò:
– Non sono stato io!
– Lo so. Ma bisogna convincere loro.
Si voltò verso Ricciardi, puntandogli il naso in faccia.
– Mio marito era scioccato, commissario. Permettete che vi spieghi.
Ricciardi fece un cenno con la mano, invitandola a proseguire. La donna, gesticolando per sottolineare i concetti, continuò:
– Allora, commissario, forse non ve ne siete accorto, ma noi non navighiamo in buone acque. Le sostanze di mio marito si sono ridotte a una rendita non certo consistente che proviene da alcune terre di proprietà della sua defunta madre, perché tutto ciò che è della famiglia del padre era nelle mani del defunto nonno, e adesso in quelle della v... della nonna.
Tullio commentò, a bassa voce:
– Dannata, vecchia spilorcia.
Il naso della donna si girò fulmineo verso di lui. L'uomo tacque e la moglie seguitò a raccontare:
– I debiti si sono accumulati. Abbiamo dovuto alienare parti di questo palazzo per sopravvivere e, come forse vi sarà sfuggito, perché sto molto attenta a evitare che si veda, addirittura pezzi dell'arredamento.
Maione pensò allo squallore degli ambienti e si chiese se la marchesa non stesse per caso ironizzando. Poi considerò che magari, a forza di frequentare il marito, si era abituata a ritenere che tutti fossero deficienti quanto lui.

Ricciardi obiettò:
– Signora, non vedo cosa c'entri la vostra condizione economica con...
Alba si giustificò:
– No, commissario, era solo per spiegare che quando il nonno è finalm... è malauguratamente scomparso, mio marito ha visto spuntare questo testamento in cui, non solo lui era escluso dall'eredità perché tutto passava alla v... alla nonna, ma perdeva anche il castello. Non è per avidità, ma per un legame affettivo con un luogo che...
Tullio la interruppe, stridulo:
– No, Alba, io nemmeno ci sono mai stato in quel posto! È che quel dannato prete ci aveva fregato il...
Il naso della donna si avventò su di lui come per sbranarlo, fermato giusto in tempo dalla proprietaria. L'uomo si zittí, terrorizzato.
Ricciardi gli domandò:
– Quando avete visto padre Angelo l'ultima volta?
– Ma... il giorno in cui sono andato al seminario per dirgli in faccia quello che pensavo! E nemmeno ci sono riuscito, perché mi hanno portato via prima! Quella è gente pericolosa, commissario, credetemi. Aveva fatto bene Garibaldi a sciogliere la Compagnia; gli altri ordini mica li ha toccati, no? Sono ladri!
Il naso della moglie era diventato quasi supplichevole. Digrignando i denti (la donna, non il naso) gli intimò di tacere:
– Vuoi stare zitto, Tullio? Ma come si può essere piú scemi?
Si rivolse di nuovo a Ricciardi, quasi il consorte non fosse presente:
– Commissario, mio marito è una brava persona, ma è un po'... impulsivo, ecco. Aveva bevuto, gli succede spesso e...
Tullio brontolò:

– Un goccetto ogni tanto per dormire meglio...
Ricciardi assunse un tono secco:
– Dove vi trovavate la notte tra venerdí e sabato scorso? Tra la mezzanotte e l'alba?
L'uomo aggrottò la fronte:
– Ma io... dormivo, credo. Qui, no? Ma sí, ero qui.
La moglie alzò gli occhi al cielo:
– Ma certo che era qui.
Ricciardi incalzò:
– A parte la signora può testimoniarlo qualcun altro?
Il marchese piagnucolò:
– Io non lo so, non mi ricordo se... Venerdí, avete detto? Non mi ricordo.
Ricciardi ritenne che la conversazione fosse giunta a un punto morto.
– Vi devo chiedere, marchese, di non lasciare la città nei prossimi giorni. La vostra posizione è molto grave.
Tullio si torceva le mani.
– Commissario, quelli sono ladri! È gente da cui stare alla larga! Adesso i soldi sono passati alla vecchia, il prete anziano è morto e ne è subito spuntato un altro che è altrettanto pericoloso. Vedrete che alla dipartita della nonna si scoprirà che pure lei ha donato chissà cosa a loro, e il testamento lo avrà redatto proprio quel padre Costantino!
La moglie, livida in volto, puntò il naso alla tempia del marito e sparò:
– Stai zitto, imbecille. Come al solito parli troppo.
I due poliziotti scesero di sotto e si fermarono vicino alla sedia su cui il caporale Molinari si era appisolato. Sentendoli arrivare l'uomo si sollevò a fatica, nonostante Maione lo avesse invitato a restare seduto.
– Molina', giusto per scrupolo: vi ricordate se il marchese venerdí notte ha dormito qua, a casa?

Era piú che altro una domanda di prassi. Di norma i custodi non vegliano di notte e, comunque, per evitare di immischiarsi in qualcosa di grave, affermano di non sapere nulla almeno nove volte su dieci.

Ma nove non è dieci.

– Certamente no, brigadie'. Ogni venerdí il marchese esce dopo cena e torna il giorno dopo quando il sole è già spuntato da un po'.

Maione e Ricciardi si guardarono a bocca aperta. Il commissario intervenne:

– Ne siete sicuro?

Il caporale sorrise.

– Commissa', io ho visto la morte con gli occhi. Sono una persona perbene, e se mi chiedono la verità, io la verità dico. Non ho casa; vivo in questa guardiola, e dagli anni della guerra non riesco a dormire per piú di un paio d'ore. Vi posso riferire i movimenti di tutti quelli che abitano nel palazzo per filo e per segno.

– E vi rammentate con precisione che la notte tra venerdí e sabato scorso...

L'uomo confermò, convinto:

– Signorsí, commissa'. Tullio Berardelli è uscito da solo, senza la moglie, come ogni venerdí sera, e come ogni sabato è tornato verso le otto.

Maione si inserí:

– E per caso sapete anche dov'è andato?

Molinari scosse il capo.

– No, brigadie'. Questo no. Non me le fa a me certe confidenze, il marchese. Ma se devo testimoniare in tribunale sono pronto, perché, se mi chiedono la verità, io la verità dico.

XXVII.

Piú o meno alla stessa ora in cui Ricciardi e Maione andavano controvento a conoscere Tullio e Alba Berardelli de' Paoli Eccetera e il caporale Molinari Vincenzo, Bianca Borgati di Zisa riceveva l'avvocato Cosimo Monteleone, affermato professionista molto introdotto nell'alta società cittadina e amministratore di parte dei beni del defunto duca Carlo Marangolo.

Non si trattava di un impegno da poco. Achille, il maggiordomo che la donna aveva ereditato insieme a un'enorme, imprecisata quantità di ricchezze, le aveva confidato che Monteleone era coscienzioso e preciso, oltre che molto competente e onesto, ma anche estremamente pettegolo. Questo divertiva parecchio il duca, che da tempo si era sottratto alle frequentazioni di quell'ambiente e poteva pertanto disinteressarsi di ciò che si diceva di lui. Per la contessa, invece, giovane, con un marito in carcere per omicidio e unica erede di un uomo con il quale era facile insinuare avesse avuto torbide relazioni, le chiacchiere potevano risultare fatali.

Il domestico, perciò, forzando la propria abitudine alla riservatezza, si era permesso di consigliare a Bianca estrema prudenza in tutti gli ambiti della conversazione che non riguardassero l'argomento economico.

L'avvocato arrivò puntualissimo, e fu accompagnato nel salotto in cui la contessa prendeva l'ultimo caffè della giornata. Era un uomo dall'aspetto anonimo, di circa cinquant'anni, ben vestito ma senza concessioni all'eccentricità o alla moda piú recente: doppiopetto scuro, fermacravatte d'oro, occhiali e pizzetto brizzolato come i radi capelli, pettinati a formare un ampio riporto che copriva la sommità pelata del cranio. Di statura media, aveva dita bianche e sottili, quasi femminili, in perenne movimento. Quest'ultimo particolare infastidiva Bianca, che faticava a concentrarsi sui dati e le cifre di una gestione complessa come quella del vasto patrimonio che era stato di Carlo e che ora era suo.

Le mani di Monteleone continuavano a estrarre fogli da una cartella di pelle un po' logora, distraendo la donna che provava a seguirlo e a orientarsi fra i numeri trascritti in colonna con grafia precisa e ordinata.

Le cose, esordí l'avvocato, andavano bene. Molto bene. L'accortezza degli investimenti del duca, da lui assai modestamente proposti e consigliati, aveva dato frutti migliori di quanto si sperasse. Con una punta d'ironia, Cosimo sottolineò che la ricchezza produce ricchezza, come al contrario fa la povertà: potersi permettere di attendere i tempi necessari al consolidarsi delle operazioni finanziarie era infatti un privilegio indispensabile.

Riguardo al denaro, Bianca aveva opinioni diverse. Era cresciuta in una famiglia nobile e molto agiata, e per la maggior parte della giovinezza i suoi problemi si erano limitati alla scelta del vestito da indossare per cena o per i numerosi ricevimenti a cui era invitata. In realtà, come aveva scoperto in seguito, suo padre non navigava nell'oro a causa di ripetuti rovesci economici: solo la sua maniacale ostinazione nel tenere i figli e la moglie sotto una campana di vetro aveva consentito a tutti loro una vita dorata.

Il dolce ricordo del genitore condusse lontano la mente di Bianca, mentre annuiva sorridendo all'avvocato che magnificava il patrimonio di Carlo. Sarebbe stato meglio se il marchese di Zisa avesse informato i figli, una volta usciti dall'adolescenza, della reale situazione: ma come si può rimproverare a un uomo di voler preservare la gioia attorno a sé, a costo di lasciarsi fermentare dentro le preoccupazioni finché queste non lo conducono alla morte?

Monteleone passò a enumerare le rendite derivanti dai possedimenti in campagna.

Bianca era stata felice di sposare Romualdo, un uomo bello, ricco e spensierato. Il loro matrimonio era stato un evento mondano di altissimo livello. Con nostalgia la contessa richiamò alla memoria gli occhi di Carlo, che la osservavano discreti come avevano fatto per tutta la vita. Il duca le aveva raccontato di avere sempre nutrito perplessità sul marito, ma di averle accantonate ritenendole frutto della gelosia.

Fingendo di comprendere e apprezzare le abili manovre finanziarie dell'avvocato, Bianca rifletté una volta di piú su quanto un momento di apparente, assoluta felicità, di gioia e di appagamento potesse costituire in realtà l'inizio del disfacimento, l'incipit della marcia funebre di un'esistenza. Le sue nozze, quella sfarzosa cerimonia, erano state la sua rovina. Romualdo aveva nel tempo mostrato fragilità, inconsistenza e un'indole fatua. E come spesso accade a quanti esigono dalla sorte un riscatto che non sono in grado di procurarsi con le proprie forze, aveva ceduto al piú terribile dei demoni: il gioco.

Bianca aveva visto sparire, uno alla volta, i simboli dell'agiatezza. Il palazzo di famiglia, l'automobile, le carrozze; poi l'argenteria, i tappeti, i gioielli; e ancora i mobili, gli arazzi, i quadri.

Carte, cavalli, numeri del lotto non seguivano mai la volontà del marito, e i beni di due antiche famiglie erano presto andati in fumo. Non era tuttavia la povertà a spaventare Bianca. Al contrario, le avversità avevano portato a galla la sua natura forte, determinata e capace di adattarsi in fretta alle circostanze. Si era adoperata per fornire stabilità a Romualdo, che pure non amava piú; sebbene desiderasse essere madre, aveva ringraziato Dio di non aver avuto figli da lui. Era la moglie, e il suo posto era lí. Aveva fatto il possibile per proteggerlo, ma nessuno può salvarsi dalla persecuzione di sé stesso.

L'infamia dell'omicidio, la frantumazione dell'anima di vetro dell'uomo che aveva sposato, la debolezza che si trasformava in testardo autolesionismo: il punto piú basso della vita di Bianca, povera e sola. Mentre Monteleone illustrava soddisfatto una transazione immobiliare assai vantaggiosa, la contessa rivisse il ricordo angoscioso di uno strappo nella stoffa dell'unico abito che, seppur liso, le era rimasto; rammentò la carità dei negozianti che l'adoravano e per questo non si facevano pagare il cibo che la vecchia Assunta, la sola domestica restata con lei anche senza stipendio, andava a comprare.

Era stato allora che la donna aveva trovato la forza di reagire. La prima spinta fu il disinteresse improvviso per quello che tutti, amici d'infanzia, frequentatori di circoli esclusivi e sale da tè pensavano e dicevano di lei. La seconda fu Carlo: dapprima la sua ironia, la sua presenza; poi il sostegno economico, prima celato poi sempre piú orgogliosamente manifesto. Quanto avevano riso, insieme, dei commenti che dame e damigelle avrebbero sussurrato vedendola ostentare un lusso inspiegabile. E quanto era rifiorita la sua bellezza, tra gioielli e nuovi vestiti di seta.

Il terzo stimolo a risalire la china, il piú segreto, che nemmeno confessava a sé stessa e che solo Carlo, con le antenne del suo amore, aveva percepito, era Ricciardi.

Monteleone ripose i documenti nella borsa, fiero del proprio operato. Finalmente arrivò il caffè, e l'uomo cominciò a chiacchierare, offrendosi per amministrare anche l'eventuale patrimonio pregresso della contessa. Sapeva benissimo, ma fingeva di ignorarlo, che tale patrimonio non esisteva; e che anzi sarebbe stato utile saldare al piú presto i debiti residui sulla base della lista che Bianca gli avrebbe fornito a breve.

L'avvocato assunse un'espressione di circostanza, mormorando che sí, aveva in effetti sentito qualcosa, e che aveva conosciuto il povero marito della contessa in una situazione abbastanza insolita. Disse proprio cosí, il povero marito, come fosse morto: il povero duca era Carlo e il povero conte era Romualdo.

Bianca ascoltava le parole di Monteleone con un terzo della mente: il resto era concentrato su Ricciardi. Se n'era innamorata come una ragazzina, come un'adolescente, come una donna; voleva quell'uomo con un'intensità mai provata. Il tono sommesso della voce, la dolcezza e la sensibilità che sentiva vibrare sotto quella maschera d'impassibilità. E quegli occhi, soprattutto. Quegli occhi.

L'avvocato stava raccontando del dottor Sampirisi, un importante medico noto anche lei, che guadagnava moltissimo e che perdeva ancora di piú al tavolo da gioco. Monteleone lo aveva fra i suoi clienti, ed era stato accompagnandolo a giocare per contenerne le perdite, su incarico della moglie, che aveva incontrato il povero conte.

Gli occhi di Ricciardi, pensava Bianca annuendo con finto interesse, erano stati quegli occhi, sebbene incrociati in un momento tanto difficile, a spazzare via in lei ogni traccia del passato. Era andata a cercarlo quando avevano condannato il marito per omicidio. Gli aveva chiesto aiuto quando si era vista perduta di nuovo. Lo aveva fatto per necessità o era stato per rivedere il suo sguardo?

Monteleone le riferí poi che, curiosamente, il venerdí precedente era stato con Sampirisi proprio nello stesso posto in cui, prima che si trasferisse nell'attuale, scomoda residenza a Poggioreale, aveva visto il povero conte. Non era un tavolo su cui circolavano grosse somme, aggiunse, la cosa insopportabile era la durata delle partite: quei fanatici si davano appuntamento ogni venerdí dopo cena e continuavano fino all'ora di colazione del giorno successivo. Se ne lamentò, giacché poi aveva dormito tutto il sabato e il fumo gli aveva provocato la tosse. Il luogo era il salotto di un certo D'Urso, un altro avvocato di Santa Lucia che, secondo Cosimo, traeva assai piú profitto dal gioco che dal lavoro in tribunale.

Voleva, la contessa, sapere chi c'era?

Bianca era persa dietro gli occhi di Ricciardi, dietro il sogno di quelle mani sul suo corpo, di quella presenza nella sua vita, pur consapevole dei sentimenti che l'uomo nutriva per un'altra donna. Ma poteva combattere, no? Poteva lottare. Non avrebbe mai ceduto alle lusinghe delle sanguisughe che adesso avrebbero preso a girarle intorno, né si sarebbe accontentata di meno di ciò che voleva. Lei era Bianca Borgati di Zisa, contessa di Roccaspina; la donna piú bella dell'aristocrazia della città, e ora anche la piú ricca, secondo quanto le aveva appena illustrato Monteleone.

Il legale stava elencando le persone che si erano radunate da D'Urso il venerdí precedente quando un nome attirò la sua attenzione; e forse non sarebbe accaduto, se in quell'attimo non fosse stata concentrata su Ricciardi.

Domandò allora se qualcuno di loro si fosse assentato durante il gioco. Beffardo, Cosimo rispose che per farli allontanare sarebbe servita un'irruzione della polizia. Anche in caso di necessità fisiologiche, attendevano un intervallo, altrimenti preferivano contorcersi sulle sedie studiando disperati le carte.

Bianca lasciò proseguire la conversazione per un'altra mezz'ora, amabilmente, perché l'uomo non focalizzasse la propria attenzione sulla curiosità che gli aveva espresso, poi, finalmente, Monteleone se ne andò, promettendole (cosa che lei percepí come una minaccia) una visita di rapporto ogni mese.

La contessa guardò l'orologio a pendolo. Era troppo tardi per raggiungere Ricciardi. Ma l'indomani avrebbe dovuto riportargli quella informazione.

Quindi avrebbe dovuto incontrarlo.

Il broncio naturale delle sue labbra si distese in un magnifico sorriso.

XXVIII.

In piedi, davanti alla finestra. Mentre la notte di maggio cantava la sua canzone di vento e di musica, mentre un pianista da qualche parte suonava pezzi di qualcosa, mentre l'aria era piena di silenzio e di ciliegie.

In piedi vicino alla finestra, come se quell'ultimo anno non fosse mai passato, in attesa di un'immagine fugace che sarebbe stata acqua su un fuoco divorante e violento.

In piedi vicino alla finestra, senza aver mangiato, senza essersi vestito, senza aver acceso la luce. Portando sulle spalle la propria vergogna e nel cuore il dolore, vedendo e rivedendo nella mente sé stesso scoppiare in una terribile risata di frustrazione, chiedendosi il perché fosse cosí difficile esprimere con le parole quello che si sentiva.

Ricciardi era rientrato a casa, aveva fatto un cenno di diniego a Nelide che era rimasta a fissarlo preoccupata, il cibo in tavola. Si era ritirato in camera, senza accendere la luce, senza muovere tende o imposte, con il soffio d'aria che passava dallo spiraglio aperto, gli occhi fissi su due finestre accese dietro le quali una casa normale viveva un dopocena normale, e una spenta dove chissà se c'era chi con tutto sé stesso avrebbe voluto vedere.

E ora se ne stava in piedi vicino alla finestra, inchiodato all'attesa indeterminata di un evento di cui non avrebbe saputo definire i contorni, e che magari sarebbe stato il colpo di grazia per il suo cuore.

Io ti amo, pensò. Disperatamente, con tutta l'anima io ti amo. Non respiro senza di te, non sopporto la vita senza di te, non ho alcun futuro senza di te. Dammi aria, sussurrò. Dammi aria.

Raggomitolata sul letto, in posizione fetale, al buio. Mentre dalla finestra socchiusa e dalle imposte filtrava il suono di una canzone suonata al piano chissà dove, e l'aria calda portava dentro il mare.

Raggomitolata sul letto, come se stesse tentando di tornare a prima della nascita, a smettere di respirare e di pensare, perché non c'era vita senza il sogno e lei i sogni non ce li aveva piú.

Raggomitolata sul letto, i morsi della solitudine in petto, senza nemmeno riuscire a piangere, secca come il deserto da cui veniva il vento che batteva sui vetri, secca e screpolata e battuta dalla malinconia come una spiaggia d'inverno.

Enrica non aveva cenato nemmeno quella sera. Aveva inghiottito a forza un po' di frutta nel pomeriggio, camminando in una casa che sembrava deserta perché nessuno aveva la forza di incrociare i suoi occhi in cui passeggiava il delirio di una speranza perduta. Aveva incontrato la madre una sola volta, mentre tornava in camera sua, ed era rimasta sorpresa e addolorata nel vedere che non stava meglio di lei, le mani strette in grembo, gli occhi cerchiati dalla mancanza di sonno; ma le labbra strette e lo sguardo orgoglioso le dissero che ancora credeva di aver fatto bene, quindi non si fermò a parlarle.

E ora se ne stava sul letto, nella stessa posizione in cui era quando un po' di sonno l'aveva rapita per darle ristoro. Ma nel sonno si era vista bussare alla porta di lui, piangendo le lacrime che non riusciva a piangere da sveglia, urlando il suo nome e sperando che l'accogliesse tra quelle braccia frementi.

Io ti amo, urlò in silenzio nel sonno. Io ti amo, non lo capisci? Non capisci che non ho piú vita, che non ho piú sorriso senza di te?

Aprimi, sussurrò. Aprimi.

Ricciardi ricordava l'ultimo anno, giorno per giorno, ora per ora. Con la mente analitica dell'investigatore cercava di capire qual era stato il punto di non ritorno, il bivio in cui senza esitazione si era incamminato sulla strada che lo aveva portato lí, ad aggirarsi attorno all'abisso del suo dolore.

Alla mente gli vennero le labbra sfiorate sotto la neve, improvvisamente e senza un motivo, e la fuga di lei come se gli avesse rubato qualcosa, e forse cosí era. E gli venne in mente quando avevano camminato sotto la pioggia battente, sotto lo stesso ombrello perché al solito lui non ce l'aveva, come non aveva il cappello.

Pensò con orrore che mai l'aveva vista mangiare. Che non ne conosceva i gusti, che mai l'aveva vista dormire. Che non sarebbe mai accaduto di tornare a casa, e trovarla accaldata dalla cucina e sorridente e disordinata ad accoglierlo.

Pensò a *Caminito*, la stradina di campagna che partiva da via Santa Teresa e si inoltrava verso una masseria. Al fatto che l'avevano chiamata cosí, esplorandola una delle prime volte che si erano visti, perché un mendicante cieco con la fisarmonica suonava quel tango.

E immediatamente ricordò quel bacio, proprio lí, alla luce di un malfermo lampione, con un cane che ululava in risposta alla fisarmonica.

Pensò a Livia, alla sua pelle dall'odore esotico, alle sue

movenze da felino, e una parte della sua mente si chiese se fosse in pericolo e chi fosse il misterioso accompagnatore dai capelli grigi che la portava a Roma; gli venne in mente Bianca, l'elegante bellezza aristocratica del suo collo e delle sue lunghe gambe, i dolenti meravigliosi occhi viola. Gli vennero in mente per contrasto, perché nulla mai al mondo l'aveva portato in paradiso come quel bacio tremante e quegli occhiali, come quelle labbra agghiacciate dalla paura e dalla gioia.

E pensò che il suo purgatorio, fatto di morti e di dolore e di sussurri e urla, era forse eterno, e in questo caso si chiamava inferno. Perché l'inferno esiste solo per chi ha provato un attimo di paradiso.

Io ti amo, pensò ancora. E fu sorpreso che il suo amore non spalancasse la finestra con una spallata, non volasse nel vento dall'altra parte della strada e non la prendesse tra le braccia per convincerla col suo impeto che non poteva esserci vita senza che stessero insieme.

Nel sonno Enrica smise di battere alla porta chiusa, perché non aveva piú forze. E aprendo gli occhi a un dormiveglia sofferente, si chiese cosa sarebbe successo ora.

Non aveva dubbi: non voleva altri. In questo sarebbe stata irremovibile. Sua madre avrebbe visto realizzarsi la sua paura piú grande, quella di una figlia senza marito e senza figli, senza una casa, senza legami.

Non lo avrebbe fatto per dispetto, no. Amava sua madre, e pur non potendole perdonare mai quello che era successo per colpa sua sapeva che in un modo distorto e violento credeva di fare il suo bene. Lo avrebbe fatto perché la sola idea di poter baciare un altro le dava il voltastomaco.

Sapeva anche che, nonostante il sogno, non avrebbe mai avuto il coraggio di incontrarlo ancora. Quella risata folle le risuonava ancora nelle orecchie, l'umiliazione alla quale si era sentita sottoposta non poteva essere superata. Il padre, Giulio, aspettava che lei dormisse per entrare ad accarezzarla, e lei non dormiva ma fingeva per non dovergli parlare. Restava a guardarla, le sfiorava la guancia, le toglieva delicatamente gli occhiali per riporli sul comodino. Non ce l'aveva nemmeno con lui, Enrica. Era cosí caro e sensibile, non aveva mai avuto la forza di contrapporsi alla moglie. Doveva essere stata orribile anche per lui, quella situazione.

Pensò alla sua vita, e al passato. A quanto gli ultimi mesi, con gli incontri brevi, innocenti e clandestini a *Caminito* avessero dato colore e sapore ai suoi giorni, e all'energia e alla gioia che aveva sentito dentro in ogni minuto. A quanto avesse lavorato per questo, con la sua quieta determinazione e con l'assoluta volontà di averlo, tessendo con calma ogni singolo filo; e a quanto fosse piú felice quando il loro rapporto era mediato dalla distanza, e per lei era una festa sedersi a ricamare vicino alla finestra sentendo gli occhi di lui addosso. Quegli occhi verdi, cosí disperati.

Ma c'era stato il punto di non ritorno, quando a *Caminito*, in una strana nebbia che sembrava un dono di Dio per dargli riparo, lui l'aveva presa per la vita e l'aveva avvicinata a sé.

E le loro labbra si erano incontrate per la prima volta con consapevolezza, non come era successo prima nella neve, come un regalo inatteso di Natale.

Io ti amo, sussurrò nel buio. E fu sorpresa di come il suo amore non accendesse nella stanza la luce di mille stelle, non esplodesse o infiammasse tutta la casa e tutto il palazzo, e non attraversasse la via illuminandola come fosse già estate e fosse mezzogiorno, e tutti a chiedersi stupiti cosa stesse accadendo. Io ti amo, sussurrò: e fu come se urlasse.

Ricciardi si sentí schiacciato dalla disperazione, e si lasciò cadere sul letto raggomitolandosi come se ancora dovesse nascere, e invece si sentiva morire.

Enrica si alzò, camminando come una sonnambula fino alla finestra. Restò in piedi, a guardare il buio al di là della strada; e si sentí morire.

XXIX.

Quando arrivò il momento, il ragazzo biondo si alzò e percorse col libro in mano lo stretto corridoio tra le file dei banchi. La classe era numerosa: quarantaquattro allievi. In quel periodo dell'anno i professori spiegavano poco, era tempo di verifiche. L'ultima sarebbe stata la temutissima versione dal greco, lo scoglio che lui non poteva permettersi di non superare.

A pranzo si era seduto di fronte al ragazzo grassoccio, ma non aveva avuto modo di parlargli perché erano presenti due compagni che non avevano smesso di elucubrare sul brano che sarebbe stato assegnato e sulla sua difficoltà, di sicuro elevata, data la perfidia dell'insegnante. Era l'argomento del giorno, il nervosismo serpeggiava come un'epidemia. I prefetti si aggiravano tra i lunghi tavoli per imporre il silenzio, ma appena erano passati il chiacchiericcio riprendeva.

Il ragazzo biondo e quello bruno erano invece rimasti muti, con stati d'animo opposti: il primo determinato, il secondo pieno di paura. Da lí in poi avrebbero dovuto muoversi come una cosa sola. L'esitazione di uno avrebbe messo l'altro in guai seri, rischiando che fosse pescato con le mani nel sacco. No, non si trattava del solito scherzo, si erano confessati entrando. Lo scherzo è fatto per essere visto da tutti, per suscitare ilarità maligna e divertimento. Qui era l'esatto contrario.

Qui nessuno mai avrebbe dovuto sospettare di loro, e un perenne, tetragono silenzio sarebbe stato l'unica speranza di salvezza.

Cosí, durante il pranzo, gli occhi azzurri del ragazzo alto avevano scrutato quelli neri e accigliati del ragazzo grassoccio, che non aveva smesso di masticare cupo la pasta al pomodoro, il pesce in umido, gli spiedini di mozzarella. La tensione non gli toglieva l'appetito. Nulla gli toglieva l'appetito.

A dispetto della sicurezza che esibiva, il biondo non aveva però toccato cibo. La tensione gli attanagliava lo stomaco. Non tanto per ciò che avevano organizzato, ma per l'ipotesi che non riuscisse. La prova di greco non doveva svolgersi, sarebbe stata la pietra tombale sulle sue speranze.

Ci aveva riflettuto a lungo, e non aveva scovato alternative. Fingersi malato, una colica o chissà che, avrebbe avuto l'unico risultato di differire il problema, costringendolo ad affrontare il compito da solo, sotto lo sguardo torvo del nemico nella sala professori. Non esisteva soluzione diversa da quella che avevano ideato.

E tutto dipendeva da quel piccolo vigliacco con un ricco e luminoso futuro già scritto, che non aveva nulla da temere se non l'ennesima brutta figura e una ramanzina o una punizione paterna.

Dopo il pasto, nell'ora di studio libero che precedeva le ultime, fatidiche tre ore di lezione, dal proprio posto aveva continuato a fissare il libro funzionale all'operazione prefissa e la nuca del compagno. Inutile preparare un piano d'azione di riserva: non si impara a tradurre in sessanta minuti.

Il testo che aveva davanti s'intitolava *Elementi di Storia naturale generale*, di un tal Eugenio Sismonda. Un tomo di grosse dimensioni che la maggior parte degli studenti non aveva mai nemmeno sfogliato, se non per leggervi l'argomento che sarebbe stato oggetto della banale, superficiale interrogazione in una materia ampiamente secondaria. E che invece era diventata, per lui e per il ragazzo grassoccio, vitale. La pagina era la numero novantanove. A sinistra una bella illustrazione con otto uccelli, numerati e nominati a uno a uno, dall'aquila all'upupa; a destra l'inizio del capitolo, *Gli Accipitri*, ossia «uccelli dai piedi callosi, scabri e forti, e le unghie molto pronunciate e acutissime». La sua domanda doveva essere vasta, complessa, per dar luogo a una risposta vaga e articolata.

A parte quella di capitare nell'ora giusta, l'uomo aveva due caratteristiche ideali: era timoroso e servile, per la giovane età e per essere stato assunto di recente, terrorizzato di causare le rimostranze di potenti genitori infastiditi da frizioni coi figli; inoltre teneva sempre sulla cattedra una brocca d'acqua e limone, che beveva copiosamente per fronteggiare l'afa.

Era perciò necessario muoversi in sincrono e in fretta. Evitando errori.

Terminato lo studio libero, il professore di Storia naturale aveva fatto il suo ingresso nella sostanziale indifferenza dei presenti, che si erano alzati stancamente in piedi per risedersi all'istante. E come previsto aveva posato alla sua destra un bicchiere con la brocca d'acqua, in cui galleggiavano due metà di un grosso limone, e alla sua sinistra la cartella di pelle.

Cosí ecco il ragazzo biondo con il libro aperto alla pagina scelta, lo sguardo assorto a lasciar intendere che è vitale, per lui, conoscere la risposta al quesito che deve porre, senza la quale non può seguitare lo studio di quella fondamentale materia.

Il resto della classe lo osservava con blanda curiosità: nessuno aveva mai dato importanza alla Storia naturale, e tantomeno immaginava che lui, noto per la sua capacità di studiare poco e andare bene, fosse interessato all'argomento abbastanza da formulare una domanda.

Mantenne l'espressione concentrata, senza voltarsi verso gli altri e tantomeno verso il ragazzo grassoccio, di cui però avvertí il respiro affannoso quando gli passò vicino. Tra sé pronunciò una breve preghiera perché tutto andasse bene.

Arrivato alla cattedra attese che l'insegnante, occupato a estrarre dalla cartella una serie di coscienziosi appunti, si accorgesse di lui.

Quando questi sollevò gli occhi miopi, il ragazzo si schiarí la voce e con la coda dell'occhio scorse l'amico grassoccio. Stai pronto, pensò. Stai pronto.

Il professore si sporse in avanti.

– Prego. Ditemi pure.

Il biondo indicò la pagina del libro posizionandosi in modo tale da costringere l'uomo a girarsi verso di lui, dando le spalle alla brocca.

– Scusatemi, volevo sapere: ma per quale motivo gli uccelli dovrebbero caratterizzarsi per la conformazione dei piedi? Non dovrebbero distinguersi, che so, per il modo in cui volano, o per il piumaggio?

Come obbedendo a un richiamo, il ragazzo grassoccio si alzò anche lui dal banco, reggendo il volume nella mano sinistra ma con la destra in tasca. Vai, pensò il ragazzo alto, adesso. E notando che nell'aula si era diffusa un'imprevedibile curiosità, si impegnò per distrarre chiunque dai movimenti dell'amico.

– Insomma, – proseguí in un tono sensibilmente piú forte, – uno da lontano li vede volare, mica camminare, giusto? Non esiste la certezza di come abbiano i piedi, gli artigli. Non credete?

Alcuni iniziarono a ridacchiare. Il professore sembrava assai gratificato da un'attenzione che mai aveva ricevuto durante tutto l'anno scolastico.

– Vedete, carissimo, – rispose, – la classificazione riguarda il modo in cui si procurano il cibo. Mentre la maggioranza dei volatili usa essenzialmente il becco, questa famiglia utilizza gli artigli, collocati appunto al termine delle zampe. Se con me osservate la figura dell'aquila...

Si rivolse anche al resto della classe, la cui partecipazione, di solito vicina allo zero, era cresciuta in maniera vertiginosa per lo strano comportamento del carismatico ragazzo biondo.

Con un gesto rapido il ragazzo grasso tirò fuori dalla tasca della giubba un cartoccio e ne versò il contenuto nella brocca. Il ragazzo biondo, l'unico a essersene accorto, dovette trattenersi dal gettargli le braccia al collo.

Indietreggiando piano, il bruno tornò a sedersi. Se il professore gli avesse chiesto perché si fosse mosso, avrebbe risposto che aveva in mente la stessa domanda del biondo, ma era stato preceduto.

Intanto l'insegnante fece segno al ragazzo biondo di tornarsene al posto: avrebbe approfittato dell'occasione per spiegare meglio i famosi accipitri, cominciando a illustrare le abitudini alimentari del re dell'aria, l'aquila, contrassegnata dal numero uno nell'illustrazione del testo.

– Aprite a pagina novantanove, prego.

Nello svogliato trambusto prodotto da quarantadue allievi che avrebbero voluto essere ovunque ma non lí, ora che erano costretti dall'improvvida alzata d'ingegno del ragazzo biondo a tirare fuori quell'inutile, pesantissimo libro, il professore trangugiò un bicchiere d'acqua, limone e, ma lui non lo sapeva, tartaro emetico.

Sul suo viso comparve una leggera smorfia, e il cuore

dei due ragazzi saltò un battito; ma subito l'uomo si serví di nuovo, prendendo con due dita il limone e spremendone qualche goccia.

Il biondo e il bruno si scambiarono un'occhiata d'intesa.

Per supportare l'insolito impegno oratorio, prima che l'ora di lezione finisse il professore bevve ancora.

Fino a un totale di quattro bicchieri.

XXX.

La mattina dopo la città si svegliò sotto una coltre di sabbia rossa. Durante la notte la pioggia aveva portato un pezzo di deserto africano, e tutto era opaco e sporco; inclusa l'aria, appiccicosa e sgradevole, colorata di rosa per via del pulviscolo sospeso nel vento leggero.

Ricciardi, ancora una volta, era arrivato in ufficio prestissimo, però si era rasato a casa. L'unico elemento visibile della stanchezza erano due cerchi scuri attorno agli occhi, su cui Maione evitò di esprimere commenti.

Del resto a lui non era andata meglio. Lucia si era chiusa in un mutismo non irritato ma triste, e il brigadiere temeva di precipitare nella stessa condizione che aveva caratterizzato i mesi terribili seguiti all'assassinio di Luca, quando la moglie sembrava vivere in un altro mondo, in cui niente era bello.

Perlomeno Felice, che stava per crollare dalla stanchezza dopo un difficile turno di notte, gli aveva comunicato che non erano giunte segnalazioni. Maione si era occupato di persona della ridistribuzione delle ronde, consegnando il foglio dei turni al ragazzo all'ultimo momento, già firmato. Il nuovo schema si era dimostrato efficace, perché i delinquenti se n'erano rimasti tranquilli.

Quando Ricciardi lo avvertí che voleva tornare dalla marchesa Berardelli, il brigadiere non si mostrò entusiasta.

– Ma ci dobbiamo andare per forza, commissa'? La giornata già non è granché. Ci manca solo essere presi per i fondelli dalla signora, che se è cosí a cent'anni figurati che soggetto era quando ne teneva una cinquantina. Quello, il marchese, si è suicidato, sentite a me.

Il commissario scosse il capo.

– Lo capisco se non te la senti, non ti preoccupare, ci vado io. Ma voglio sapere di che panni veste il nipote, e solo lei ce lo può dire. Poi nonostante il pessimo carattere, mi pare una persona sincera.

Maione aveva già recuperato il cappello.

– Per carità, commissa', non sia mai detto che vi abbandono nel pericolo. La vecchia, secondo me, caccia una rivoltella da sotto il cuscino ricamato, vi spara, fa il cadavere a pezzi piccolissimi e lo dà a quei dannati uccelli che tiene. Meglio che vi copro le spalle.

Stavolta il sedicente signor Augusto, assai piú malleabile rispetto al primo incontro, s'inchinò e corse a chiamare il maggiordomo, il quale li condusse nel famoso salotto.

L'orchestra dei canarini sottolineò festosa il loro arrivo.

La Berardelli quella mattina non era immersa nella lettura, e non era sola. Con lei c'era uno dei figli spirituali di padre Angelo: padre Costantino Fasano.

Ricciardi salutò la marchesa, che rispose con un rigido cenno del mento, e presentò il gesuita a Maione. Il brigadiere era nervoso, era certo che la padrona di casa lo avesse fissato e subito si fosse girata con un'espressione di disgusto.

Sul tavolino c'era un vassoio con due tazze vuote e dei pasticcini, che la donna non offrí ai poliziotti.

– Devo rilevare che le vostre visite stanno diventando insistenti, commissario. Non ci fosse questa grande differenza d'età, penserei di avervi colpito al cuore.

Ricciardi non aveva intenzione di lasciarsi intimidire.

– Potrebbe essere, marchesa, data la vostra avvenenza.

Purtroppo, però, siamo qui per lavoro. E precisamente per avere informazioni su vostro nipote, Tullio.

La marchesa lanciava occhiate ironiche a padre Costantino, quasi lo riconoscesse come un proprio pari in mezzo agli inferiori e cercasse conforto in lui.

– Credevo fosse sufficiente quanto vi ho detto ieri, e che avreste trovato conferma alle mie parole andando a interrogarlo, come mi risulta sia accaduto. Che altro c'è?

Ricciardi rivolse un rapido sguardo a padre Costantino, che se ne stava composto, seduto in punta alla poltrona, inespressivo.

– Volevo porvi una domanda piú specifica in merito all'asse ereditario del vostro defunto marito. È vostro diritto non rispondermi, tuttavia ci fareste guadagnare tempo; trattandosi di un testamento, quindi di un atto pubblico, verremo a scoprire lo stesso quello che ci serve. Ma magari è meglio se torniamo piú tardi, quando non sarete impegnata.

Il prete fece per alzarsi, e la donna lo fermò con un gesto imperioso.

– No, padre, vi prego. Non posso avere segreti con voi.

Si girò verso Ricciardi e proseguí:

– Apprezzo la cortesia, commissario. Però padre Costantino ha preso il posto di padre Angelo come mio confessore, perciò non ha senso che se ne vada. E non ho alcun problema a parlarvi del testamento di mio marito: come avete signorilmente rilevato, non è una questione che potrei tenervi segreta.

Maione sospirò, riscuotendo un'altra smorfia di disgusto della marchesa.

– Vi annoiamo, brigadiere? Potete anche attendere in strada, dove lo spettacolo del passeggio sarà certo piú piacevole.

Maione replicò secco:
— Signo', a me pare che non ci capiamo, e non dipende da noi. Stiamo indagando sull'omicidio di una persona che sia a voi sia al padre, qua, a quanto affermate era molto cara. Quindi, se ci volete dare una mano ce la date. Se no, basta che ce lo dite e togliamo il disturbo.

La donna spalancò gli occhi azzurri e velati per la sorpresa. Padre Costantino arrossí leggermente e abbassò lo sguardo sul vassoio sopra il tavolino.

Ricciardi confermò:
— Non avrei potuto esprimermi meglio. Allora, marchesa?

La chiarezza di Maione, al limite della scortesia, sortí un effetto immediato. La marchesa deglutí, rigida, e abbozzò un sí con la testa.

Ricciardi, pertanto, riprese:
— Dunque, al momento l'unica persona che abbia ammesso di provare dell'astio per padre Angelo è stata, come vi è noto, vostro nipote. Siamo andati a trovarlo, vi è noto pure questo, e non ha negato di averlo minacciato; anzi, ha confermato il proprio convincimento a proposito di una truffa, estendendo le sue considerazioni all'intero ordine dei gesuiti e all'influenza che ha avuto e ha sulla vostra famiglia. Ha parlato anche di voi, padre.

Fasano arrossí ulteriormente, mentre la vecchia era impassibile in attesa del seguito.

— Peraltro, vostro nipote non ha un alibi. Sostiene di essere rimasto a casa con la moglie, il che, come potete immaginare, non è sufficiente. Ciò lo rende piú che sospetto, e saremo costretti richiederne l'arresto.

La donna trasalí, portandosi una mano tremante alla gola.
— Ma... ma non mi sembra ci siano gli estremi... Mio nipote... lui è...

Fece un gesto vago in direzione della testa. Raffaele, dal suo punto d'osservazione vicino alle gabbie dei canarini, provò quasi pena per lei.

Ricciardi proseguí, piú conciliante:

– Mi rendo conto, e sono d'accordo con voi: non ha l'aria del criminale.

Cercando con gli occhi padre Costantino, che pareva essersi rimpicciolito sulla poltrona, la marchesa interloquí:

– Se si fosse trattato di una lite, di una discussione violenta scoppiata in maniera casuale, per strada o altrove, non avrei avuto argomenti per negare la vostra ipotesi. Ma... a quello che so, – e indicò il prete, – il fatto è accaduto in un luogo dove non si passa per caso. E io escludo che mio nipote sia capace di studiare una strategia qualsiasi, anche molto meno raffinata. Fidatevi, non è stato lui.

Ancora una volta la marchesa si girò verso Fasano, come se sperasse nel suo aiuto. Anche Ricciardi lo scrutò, gli interessava il suo parere perché conosceva bene padre Angelo.

Il sacerdote si schiarí la gola, si sistemò gli occhiali sul naso e cominciò, sommesso:

– Padre Angelo era conscio dell'astio che il marchese Tullio provava nei suoi confronti. Se avesse dovuto incontrarlo in un luogo cosí isolato, e a quell'ora, avrebbe certamente chiesto a me o a padre Michele di accompagnarlo. Sono d'accordo con la marchesa.

Dal tono della voce, e soprattutto dalla contraddizione con quanto gli aveva rivelato durante il loro primo colloquio, Ricciardi pensò che padre Costantino, al di là della cortesia verso la Berardelli, nutrisse ancora qualche dubbio sul conto del neomarchese.

Archiviata dentro di sé l'informazione, riprese a parlare con la donna:

– La mia domanda riguarda, come vi accennavo, l'eredità. Da quanto ci hanno riferito vostro nipote e sua moglie, a parte il lascito del castello alla Compagnia di Gesú, tutte le sostanze sono passate a voi, marchesa. E nulla è andato a vostro nipote, il quale...
La vecchia sospirò, spostando lo sguardo sulla finestra sporca di sabbia rossa.
– Il quale, commissario, dovrà aspettare la mia morte per mettere le mani sul patrimonio della famiglia, sí. È esattamente cosí.
Ricciardi chiese:
– E lui lo sapeva? Sapeva di essere escluso da eventuali lasciti preventivi di vostro marito?
La marchesa continuava a fissare la finestra, come seguendo il volo dei colombi.
– Mio marito, commissario, non aveva grande considerazione di mio nipote; come me, del resto. Siete andati a trovarlo: avete visto in che condizioni vive? Io non ci vado da due anni. Non che abbiano insistito molto per avermi loro ospite, per la verità.
Padre Costantino le parlò con dolcezza:
– Maria Civita, vi prego, non vi angustiate. Al di là delle sue condizioni, Tullio vi vuole bene e...
– No, padre. Non mi vuole affatto bene, e non ne voleva a mio marito.
Si rivolse di nuovo a Ricciardi:
– Mio nipote è un debole, un idiota e un vizioso. Per lui contano solo le carte da gioco. E la sua consorte è una persona orribile, ma almeno possiede il senso della realtà. Avete presente casa sua? Era un palazzo di famiglia. Mio marito, alla morte di nostro figlio, lo ha donato a Tullio; diceva che almeno questo glielo dovevamo, per una questione di decoro. E che cosa ne ha fatto lui? Lo ha diviso

e venduto a pezzi. Un po' alla volta passerà ai mobili, ne sono certa.
Maione ricordò la casa spoglia, e sperò che nessuno riferisse all'anziana che lo scempio era già concluso. Era odiosa, ma non meritava questo dolore alla sua età.
Lei continuò:
– Noi non siamo attaccati al denaro. Siamo nati ricchi. Mio marito se n'è andato e sto per andarmene anch'io. Ma a nessuno la ricchezza arriva per volere divino, come padre Costantino può confermarvi. Sono generazioni di donne e uomini che, in modo giusto o sbagliato, costruiscono queste fortune. Non ritengo, e non lo riteneva mio marito, che un debosciato, un ottuso autolesionista abbia il diritto di sperperare quello che un'intera famiglia, nella propria storia, ha messo da parte.
La marchesa tornò a guardare Ricciardi, calma.
– Sí, commissario. Tullio e la moglie sono sempre stati perfettamente consapevoli che finché sarò viva non metteranno mai le mani sul patrimonio. E per un semplice motivo: non voglio assistere alla rovina del nostro nome. Perché impiegheranno poco, pochissimo a dilapidare tutto.
Ci fu un attimo di silenzio, poi il commissario intervenne:
Quindi sarebbe stata immotivata la rabbia di Tullio verso padre Angelo, giusto? Il castello di Vietri, in ogni caso, sarebbe rimasto a voi, marchesa.
– Certo. E credo che mio marito, lasciandolo alla Compagnia di Gesú, lo abbia salvato. Altrimenti, come le altre cose, finirebbe, in breve tempo, nelle mani di qualche strozzino.
La Berardelli fece una lunga pausa, nella quale parve trattenere il pianto. Maione, per la prima volta, la vide come una fragile vecchietta.
Quando si fu ripresa disse:

– Come vedete, commissario, anche per uno stupido di quel calibro non avrebbe avuto senso tendere un'imboscata a padre Angelo. Non si sarebbe mai spinto oltre qualche urlo da ubriaco. Dovendo uccidere qualcuno, ucciderebbe la sottoscritta perché sono io l'unico ostacolo tra lui e i soldi. Ma in quel caso il movente, come dite voi, sarebbe tanto ovvio che quella strega di Alba riuscirebbe a farglielo capire e a impedirgli di commettere una sciocchezza.

Ricciardi rifletté qualche istante e annuí.

– Va bene, signora. Mi è tutto piú chiaro, adesso. Naturalmente vostro nipote resta, come vi dicevo, il solo ad avere espresso un rancore nei confronti della vittima, e ciò non ci consente di escluderlo dalla lista dei sospettati. Togliamo il disturbo. Grazie.

Anche padre Costantino si alzò.

– Vado via anch'io, Maria Civita. Ci vediamo dopodomani.

XXXI.

Ricciardi e Maione si ritrovarono in strada insieme a padre Costantino, con gli occhi malevoli del signor Augusto, il simpatico portinaio della simpatica marchesa, piantati sulla schiena.

All'improvviso Ricciardi si rivolse al gesuita:
– Ci accompagnate a bere un caffè qui di fronte, padre? Alla marchesa è sfuggito di offrircelo.

Il prete sorrise.
– Sí, me ne sono accorto, commissario. Povera Maria Civita. Sono giorni dolorosi per lei. Ha perso in breve tempo il compagno di una vita e un carissimo amico come padre Angelo: alla sua età basterebbe molto meno per azzerare il senso dell'ospitalità. Vengo con voi. Al caffè rinuncio, però. Io l'ho bevuto già.

L'aria era ancora piena di sabbia, ma l'umidità si stava dissolvendo. Le automobili sulla strada, le carrozze e i tavolini erano tinti di rosso.

I tre preferirono sedersi all'interno. Dopo che ebbero ordinato, padre Costantino, a bassa voce, domandò:
– Allora, commissario? Ci sono novità? Padre Vittorio mi ha riferito di aver disposto affinché la Compagnia non ponga ostacoli alle indagini.
– Sí, e l'abbiamo apprezzato, perché in genere, quando abbiamo bisogno anche di una piccola informazione, la curia è molto diffidente, e per noi diventa difficile lavorare.

Il sacerdote sospirò.
– La verità è che Angelo era cosí amato che nessuno sopporta l'idea che le circostanze della sua morte non siano chiarite. Vedete, commissario, per noi il ritorno al Padre è una festa. Pur provando umanamente dolore, siamo felici per la riunione dello spirito. Siamo sicuri che padre Angelo sia andato in paradiso. Ma il modo in cui è stato ucciso... Ci ha colpiti, ecco.

Maione intervenne, partecipe:
– Il posto di un angelo è il paradiso, padre, non è cosí?

Fasano rispose, triste:
– Angelo era un angelo, sí. Tra il suo nome e la sua bontà c'era una corrispondenza precisa; ci scherzavamo pure. Aiutava il prossimo, difendeva chi ne aveva bisogno. Io stesso ne sono la prova.

Il brigadiere chiese, curioso:
– Ah, sí? E come mai, se mi posso permettere?

Il prete scelse un biscotto dal vassoio e lo tenne in mano senza assaggiarlo. Sul volto aveva un'espressione di tenerezza, come per il riaffiorare di un bel ricordo.
– Sono rimasto orfano da piccolo. Prima mio padre, poi mia madre. Non ho fratelli né sorelle. Angelo mi ha preso sotto la sua protezione e mi ha assistito sempre. Credo di aver abbracciato l'abito che porto, oltre che per la mia vocazione, anche per imitare lui. È stato mio padre in tutto e per tutto. Potete capire quanto ne senta la mancanza, anche se, come sacerdote, sono certo che sia felice, adesso.

Ricciardi non era del tutto a proprio agio. Percepiva, a pochi metri da lui, sull'angolo della strada, l'immagine di una giovane col collo spezzato, la testa girata in maniera innaturale, che sussurrava dolci parole d'amore. In linea retta rispetto al punto in cui si trovava, al terzo piano del

palazzo, le imposte erano serrate. Uno dei tanti suicidi per questioni di cuore.
L'immagine sofferente gli aveva ricordato Enrica, sé stesso, e le notti terribili che stava attraversando. Non gli erano mai state comprensibili come ora, quelle disgrazie. Cercò di raccogliere le idee.
– Perché dite «adesso», padre? Non era felice, padre Angelo, in vita?
Il gesuita si strinse nelle spalle.
– Stava diventando anziano, commissario. Spesso si chiudeva in uno strano silenzio. Forse il passato a volte gli pesava. Magari gli tornavano in mente cose che aveva fatto o detto, omissioni, anche peccati. La vita è un purgatorio per chi ha fede. I peccati sono un fardello di cui non ci si libera con facilità.
Maione interloquí.
– Pensate a qualcosa di particolare? Lo confessavate voi?
L'altro scoppiò a ridere.
– No, brigadiere, lo faceva padre Vittorio. E in ogni caso, come ben saprete, non possiamo riferire niente di quanto ascoltiamo in confessione. Neanche dopo la morte della persona che ci ha rivelato i suoi peccati.
Ricciardi cambiò argomento.
– Padre Michele è venuto in questura. Ne eravate al corrente?
Padre Costantino corrugò la fronte, un po' stupito.
Davvero? No, non me l'ha detto. In effetti ci siamo visti poco negli ultimi giorni. Padre Cozzi ha distribuito i compiti di Angelo tra me e lui, una specie di... eredità, giusto per restare in tema. Siamo stati piuttosto indaffarati. E come mai, se posso chiedere?
Ricciardi rispose:

– Ci ha detto che anche lui non è molto convinto della colpevolezza di Tullio Berardelli. Che ritiene non sia un uomo talmente violento da compiere un delitto del genere.

La ragazza, dall'angolo della strada, in maniera fin troppo intelligibile per Ricciardi, mormorò: *Torna, torna, torna amore mio, torna da me.* Sí, pensò lui. Torna da me, amore mio.

Il prete era perplesso.

– Anch'io la penso come Michele, ne abbiamo discusso: non riesco a immaginare Tullio Berardelli che architetta una trappola simile. Ma sono sicuro che padre Angelo soffriva molto per le accuse ricevute, e non sopportava la mancanza di chiarezza nella sua vita. E poi naturalmente c'è Alba.

Maione chiese:
– In che senso, padre?

Il sacerdote sembrò diventare d'un tratto reticente.
– Io non voglio insinuare niente, perché niente so. E il sospetto è un peccato, anche grave, quindi non lo coltivo. Ma se dubito che Tullio sia in grado di tendere un'imboscata come quella in cui è caduto il povero padre Angelo, lo stesso non mi sentirei di affermare su Alba. L'ho incrociata solo qualche volta, ma mi è parsa tutt'altro che ingenua.

I due poliziotti si scambiarono uno sguardo, annotando nella mente quelle parole.

Poi Ricciardi riprese:
– Un'altra cosa. Il vostro confratello, quando è venuto in questura, ci ha fatto il nome di un vecchio amico di padre Angelo, un tale Mario Terlizzi.

– Zio Mario, certo. Anche lui un secondo padre per me; diciamo un terzo. Non sta bene, però.

– Sí, ne siamo al corrente. Ci abbiamo parlato.

Padre Costantino parve sorpreso, persino allarmato.

– Davvero? E perché mai? È molto malato, proprio alla fine, non è nemmeno sempre presente a sé stesso. Io gli sono molto affezionato, non avrei mai consentito che si stancasse. Mi dispiace che Michele...
Maione lo interruppe:
– Non vi preoccupate, padre. Era sofferente, sí, ma abbastanza lucido e vigile.
– Sono contento, significa che è migliorato. Io non lo vedo da una decina di giorni. Gli avrei recato visita domenica, come sempre, ma... Padre Angelo, per la sua età, faceva davvero tantissimo. Ce ne stiamo accorgendo adesso. Michele si occupa dell'insegnamento, io delle confessioni e delle funzioni che celebrava presso le case private. Poi ci sono gli impegni nostri, che non possiamo trascurare. Una vita intensa.
Ricciardi si inserí.
– Il signor Terlizzi ci ha detto di aver incontrato padre Angelo poco prima della sua morte.
Fasano fece un sorrisetto amaro.
– Zio Mario si confonde di sicuro. Lo avete visto, non è in condizione di muoversi per casa, figuriamoci di uscire. Andava padre Angelo da lui. Erano legatissimi, sin da ragazzi. Speriamo che... Un secondo lutto cosí vicino sarebbe duro da sopportare, per me. E anche per Michele, è ovvio.
La donna col collo spezzato sussurrò di nuovo a Ricciardi, quasi si stesse rivolgendo proprio a lui.
Torna, torna, torna amore mio, torna da me.
Maione si accomodò meglio sulla sedia e prese un biscotto.
– Per padre Angelo dev'essere stata una meravigliosa soddisfazione avere accanto nella vita due persone come voi e padre Michele. Questo conferma che i figli sono figli per affinità e vicinanza, non solo per sangue, no? Può

succedere di trovare un figlio nuovo quando uno meno se lo aspetta.
Padre Costantino ci rifletté un istante, poi replicò:
– Avete ragione, brigadiere. Un legame può essere di cuore, di mente, di anima e di sangue. L'importante è aiutarsi, pure per sopportare meglio la sofferenza. Da solo, vi dico la verità, sarei stato molto peggio in questi giorni. Ma ho i miei confratelli, Michele in special modo. Grazie a Dio.

Maione pensò a Lucia, a quanto avesse cercato la sua presenza nei giorni successivi alla morte di Luca; a quanto fosse stato faticoso restare ognuno chiuso in sé stesso, con la propria disperazione, fino al riavvicinamento.
– Sí, padre. È proprio cosí. Siete fortunato, credetemi.

Il prete diede un colpo di tosse e aggiunse, come tra sé:
– In uno dei libri del Vecchio Testamento, l'*Ecclesiaste*, c'è la contrapposizione tra bene e male. La tradizione vuole sia stato scritto da Re Salomone. C'è una frase, in quel libro, che dice: meglio essere in due che uno solo, perché due hanno un miglior compenso nella fatica; e si riferisce al dolore. Poi prosegue: infatti, se vengono a cadere, l'uno rialza l'altro. Guai invece a chi è solo: se dovesse cadere, nessuno lo rialzerà.

Maione sentí quelle parole precipitare in fondo al cuore a una a una, come macigni.

La morta ripeté a Ricciardi: *torna, torna, torna amore mio, torna da me.*

Il vento smise di soffiare.

XXXII.

Quando Ricciardi e Maione arrivarono in questura, al centro del cortile c'era una macchina di lusso cosí grande che pareva una balena spiaggiata. Le cromature e la carrozzeria nera erano lucidissime, in netto contrasto con la patina di sabbia rossa che ricopriva ogni altro oggetto rimasto all'aperto nelle ultime ventiquattr'ore, e ciò rendeva quella presenza ancora piú incongruente.

Un gruppo di guardie, avvocati e uscieri la fissava da lontano; negli occhi un misto di venerazione e invidia. L'autista in livrea era in piedi, il berretto sotto il braccio come un capitano di corvetta che attende l'ammiraglio sul ponte della propria nave, lo sguardo dritto davanti a sé. Roba di classe, pensò Maione.

Ricciardi, unico fra i presenti, non degnò la vettura di alcuna attenzione. Invece, giunto in cima alla rampa di scale, notò subito la persona che lo attendeva seduta sulla panca all'ingresso del suo ufficio.

Anche Bianca, suo malgrado, aveva raccolto un certo numero di ammiratori, che se ne stavano nel corridoio a qualche metro di distanza. Del resto era comprensibile, giacché appariva, al solito, di una conturbante, aristocratica bellezza; ed era pure elegante.

Indossava un tailleur di lana leggera a disegno scozzese in cui dominava il verde, con la gonna a metà polpaccio, e un cappellino sistemato leggermente obliquo dello stesso tessuto dell'abito. Le mani guantate reggevano una borsetta piccola e piatta. Un filo di perle metteva in risalto la lunghezza del collo.

Appena scorse il commissario si alzò, e l'espressione di gioia che le era comparsa sul viso fu subito scacciata da un'altra di preoccupazione.

– Ciao, Luigi Alfredo. Ma... va tutto bene? Hai un aspetto che... Scusami, forse non dovrei dirlo, però sembri uno che non riposa da tempo.

Ricciardi lanciò un'occhiataccia al gruppetto di curiosi, che si disperse all'istante.

– Un piccolo malessere, Bianca. Niente di che. Come mai sei qui? È successo qualcosa?

Aprí la porta e fece entrare la donna, quindi scambiò un cenno d'intesa con Maione; il brigadiere avvertí che sarebbe tornato piú tardi e si diresse verso la stanza delle guardie.

Bianca si accomodò sulla sedia davanti alla scrivania; aveva il dono di rendere perfetto qualsiasi ambiente la circondasse, anche un semplice ufficio della questura.

– Non volevo disturbarti, ma sono venuta in possesso di un'informazione che potrebbe esserti utile.

Nel frattempo Ricciardi si era messo al proprio posto, dall'altra parte del tavolo.

– Dimmi prima come stai. Ieri volevo passare, ma non ci sono riuscito. Le indagini mi assorbono a tal punto che...

La donna mosse appena la mano.

– Figurati. Non nego di essermi abituata alle tue visite, e mentirei se negassi che mi è dispiaciuto non vederti, ma capisco che tu abbia di meglio da fare: in fondo sono una specie di vecchia vedova.

Ricciardi sorrise, scuotendo la testa.

– Be', non ti definirei proprio una vecchia vedova. A parte il fatto che tuo marito è vivo, credo di non averti mai vista cosí in forma. E la cosa mi rende molto felice.

Bianca chinò il capo.

– Mio marito? Per me non esiste piú, e se ci penso mi sorprende che ci sia stato un tempo in cui ero convinta di poter dividere la vita con lui. Io mi riferivo, ed è difficile da comprendere, me ne rendo conto, a Carlo. Tu lo sai, tra noi non c'è mai stato nulla piú di un'amicizia profonda e dolce. Eppure mi manca tanto che mi sembra di aver perduto il compagno piú caro. Provo dentro di me un vuoto impossibile da colmare.

La donna distolse lo sguardo puntandolo in direzione della finestra; i suoi stupefacenti occhi viola si erano riempiti di lacrime.

Ricciardi annuí.

– A me è accaduto con la morte di Rosa, la mia tata. Sapevo da sempre di non avere nessun altro al mondo, ma la solitudine vera non l'avevo ancora sperimentata, ed è stato terribile.

Bianca tirò fuori un fazzoletto dalla borsetta e si asciugò il viso.

– Negli ultimi giorni ho riflettuto molto sul periodo in cui, all'indomani dell'arresto di Romualdo... la mia condizione... Be', sai com'ero ridotta, no? E Carlo, vegliando da lontano, badava che non mi accadesse niente. Si comportava con discrezione, con prudenza, perché il mio orgoglio mi avrebbe impedito di accettare un aiuto diretto. Poi parlava e aggirava gli argomenti con la sua ironia, la sua intelligenza... Insomma, mi pare di essere piú precaria e in pericolo adesso, che posseggo l'immensa ricchezza che mi ha lasciato, di quando ero povera ma c'era lui, da qualche parte, pronto ad aiutarmi. Mi capisci?

– Sí, Bianca. Ti capisco. Il problema non è essere soli. È sentirsi soli. C'è una grande differenza.

La donna lo scrutò, preoccupata.

– Non vuoi dirmi che hai, Luigi Alfredo? Io sono qui. Non sei solo, vedi? Parlami.

E fu allora, per la prima volta nella sua vita, che Ricciardi avvertí qualcosa smuoversi in lui. Era come se un muro ritenuto solidissimo all'improvviso mostrasse una crepa. Si alzò e andò alla finestra, dando le spalle all'amica. In strada le carrozze e le automobili passavano accanto e attraverso la figura traslucida di un bambino fermo in mezzo alla carreggiata. Aveva i pantaloni troppo larghi legati con lo spago e una giubba militare consumata e strappata; sul ventre i segni di una larga ruota di autocarro.

Con le labbra nere, fissando l'altro lato della via, diceva: *Da che parte, signo'? Da che parte?*

– Immagina di essere pazza, Bianca. Di saperlo solo tu, ma di esserne certa. Di essere circondata da fantasmi, da urla e sussurri, da un dolore infinito. Qualsiasi cosa tu faccia, ovunque tu vada, qualunque evento accada attorno a te, questa sofferenza ti perseguita. Come una perenne emicrania, come un cancro che ti divora dall'interno, come un vento oscuro che ti grida nelle orecchie. Dolore. Solo dolore.

La voce di Ricciardi era secca, sorda, un mormorio, eppure Bianca la percepiva come se fosse un urlo disperato. Le sembrava di affacciarsi su un abisso senza fondo.

Chi era quell'uomo? Cosa cercava di dirle?

Ricciardi riprese:

– Non c'è luogo in cui tu possa fuggire. Non c'è spazio che possa accoglierti. Non c'è nessuno che possa comprenderti. Gli altri avvertono il tuo disagio, colgono l'eco di un rumore, ma non sono in grado di intuire ciò che stai osservando. È una specie di compassione, forse. Ho sempre pensato che si trattasse di questo: di una partecipazione intima alla sofferenza altrui. In forma concreta, visibile e udibile; non in teoria, non per principio. Se potessi lo eviteresti, no? Chi vorrebbe nella propria vita una condanna del genere?

Bianca tratteneva il fiato, il fazzoletto ancora stretto fra le dita, sospesa fuori dal tempo. Era lí, ma in un certo senso non c'era.

Il bambino, in strada, continuava a ripetere:
Da che parte, signo'? Da che parte?

– Ti pongono domande per cui non ci sono risposte. Ti chiedono un aiuto di cui non hanno piú bisogno. Ti spiegano cose che intendono solo loro. Madri, padri, figli. Mogli. Mariti. Amanti. Chiamano, e io non so come replicare.
Da che parte, signo'? Da che parte?

Bianca aveva la voce tremante.

– Chi? Chi ti chiama, Luigi Alfredo? Spiegami, ti prego.

Passarono minuti interminabili. Il muro, il vecchio, terribile muro che Ricciardi aveva costruito fin da bambino sul limite della coscienza, si rinsaldò e si consolidò di nuovo. Non era quello il momento. Non era lei la persona. Se era necessario confessare, allora avrebbe confessato a chi aveva il diritto di sapere.

Si girò lentamente verso la donna, il volto devastato ma in qualche modo sereno: adesso aveva chiaro ciò che doveva fare.

– Lascia perdere, Bianca. Sogni, preoccupazioni e mancanza di sonno. Non dormo da due giorni e ho... ho un problema personale da risolvere.

– Sí, ma chi... hai detto che c'è qualcuno che ti chiama e... Permettimi di aiutarti, ti prego: gli amici si aiutano a vicenda.

Il commissario tornò a sedersi, con un sorriso mesto sulla faccia. E mentí, indicando la pila di verbali sulla scrivania.
– Questi delitti, Bianca. Gente che uccide altra gente, spesso per futili motivi. Viviamo in un mondo brutto, e tocca a quelli come me provare a ripristinare un minimo di giustizia. È un lavoro duro, opprimente, che ti mette a contatto coi peggiori impulsi. Scusami, era solo uno sfogo.

Lei, con estrema delicatezza, lo contraddisse:
– No. Non lo era. No. Ma ti voglio bene e rispetto la tua volontà. Promettimi, però, se anche tu mi vuoi bene, che quando vorrai parlarne penserai a me. Io sono qui. E, credimi, sono una specie di esperta del dolore e della solitudine.

Ricciardi con i suoi occhi verdi negli occhi viola della donna rispose:
– Sí, Bianca. Te lo prometto. Ma ora dimmi, come mai sei passata? Prima hai accennato a un'informazione che potrebbe essermi utile.

La donna si diede un grazioso, piccolo tocco sulla fronte.
– Certo! Sono proprio sbadata, avevo dimenticato. È una cosa che ho sentito ieri. Magari non ti serve a niente, ma volevo riferirtela.

Raccontò della visita dell'amministratore, delle chiacchiere lunghe e noiose, dei pettegolezzi. Poi del tavolo dove alcune persone giocavano a carte dalla sera del venerdí alla mattina del sabato.

– Insomma, mi ha elencato i nomi dei presenti, e c'era anche Tullio Berardelli. Siccome mi sono ricordata che la brutta vicenda di padre Angelo è successa proprio tra venerdí e sabato, ho immaginato che ti fosse utile saperlo. Ho sbagliato?

Ricciardi aveva preso appunti in modo frenetico.
– No, Bianca, anzi. È una notizia d'importanza fondamentale. Avvocato D'Urso a Santa Lucia, giusto? Farò

controllare subito, badando a non citare la fonte. Il difficile sarà convincerli che non ci interessa il gioco d'azzardo, altrimenti negheranno ogni cosa. Dunque non si sarebbe mosso da lí per l'intera nottata?
La donna confermò:
– Gliel'ho chiesto due volte. Monteleone, poverino, ci va per seguire un certo dottor Sampirisi che si gioca tutto quello che guadagna; ha l'incarico dalla famiglia di moderarlo. E poiché Sampirisi è sempre l'ultimo ad andarsene, è restato fino alla fine, quindi ne è sicuro.
– D'accordo. Perciò, nel caso, abbiamo già un testimone. Pensi che sarebbe disponibile a rilasciare una deposizione?
Bianca ammiccò.
– Credo non ci sia nulla che non farebbe, se glielo chiedessi io. Ho l'impressione di essere diventata all'improvviso piuttosto influente.
Ricciardi la fissò: era davvero bellissima. Ne sarebbe rimasto ammaliato, se non ci fossero stati quei due dolcissimi occhi neri a guardarlo dietro un paio di lenti, se non ci fosse stato quel sorriso che arrivava dritto dal cuore.
Disse:
– Tu sei influente perché sei tu, Bianca. Non per il patrimonio che hai di recente ereditato. Grazie, mi sei stata preziosa.
Prima di uscire lei si voltò un'ultima volta.
Ricorda la promessa, Luigi Alfredo. Io non la dimenticherò.

XXXIII.

Maione non ricevette buone notizie nello spogliatoio delle guardie.
Aveva trovato gli uomini riuniti in un cupo silenzio, che fissavano il pavimento o il muro. Nessuno guardava in faccia i colleghi.
Alle domande avevano risposto in ordine sparso, e poco piú che a monosillabi.
C'era stato un ennesimo colpo, commesso in un grande negozio di articoli in pelle appena oltre il limite del quartiere. L'esercizio rientrava nell'area di sorveglianza definita da Maione, il quale, però, preoccupato soprattutto di coprire il centro, aveva lasciato sguarnita quella zona.
Avevano rubato davvero tanti soldi, stavolta. Il proprietario era un uomo anziano, di nome Caputo, che il brigadiere conosceva da anni e che stimava molto. Un lavoratore indefesso e un ottimo padre di famiglia. Attendeva una grossa fornitura e conservava in cassa il denaro necessario a regolare il debito. L'entità della somma, chiusa in una busta, era stata il motivo per cui l'uomo aveva opposto resistenza, e di conseguenza era stato selvaggiamente percosso. Adesso era ricoverato in ospedale, assistito dai familiari. Maione ricordò di aver incontrato tempo prima la moglie e le tre figlie, molto educate e graziose, che avevano assistito alla rapina perché collaboravano alla gestione del negozio.

La frustrazione montò dentro di lui generando una rabbia cieca. Le guardie condividevano quel sentimento, mostrandosi avvilite ed evitando di incrociare gli occhi del superiore.

Il piú afflitto pareva Felice. Se ne stava seduto sulla panca, le mani sulla faccia. Quando sollevò la testa, Maione si accorse che aveva pianto ed ebbe una stretta al cuore.

– Mi dispiace, brigadie'. Mi dispiace. Ci siamo alternati, abbiamo raddoppiato i turni: e quei maledetti ci hanno fregato ancora. Il povero Caputo... La moglie mi ha riferito che in giro si sapeva della fornitura; quindi, magari, si era sparsa la voce che c'erano i soldi in cassa. Può esserci stata una soffiata. Forse è gente della zona.

Maione provò molta pena per l'angoscia del ragazzo e dei colleghi. Era mortificato per loro, per il povero Caputo e la sua famiglia, per sé stesso e per la città. Si stava convincendo che quei giovani banditi fossero una condanna del destino, un'infamia alla quale non era possibile sfuggire. In giro c'erano tante brave persone che lottavano per sopravvivere percorrendo la via dell'onestà, eppure bastava un gruppetto di criminali per trasformare un posto meraviglioso in un inferno.

O in un purgatorio, come aveva suggerito quel prete.

– Va bene, – esclamò, – adesso basta. Adesso basta! Cosí non si arriva a niente. Su questa cosa bisogna procedere come se si trattasse di un omicidio.

Le guardie erano perplesse. Felice balbettò:

– Ma... ma che altro possiamo...

Donnarumma, il piú anziano, intervenne col suo tono di voce graffiato:

– Brigadie', in tanti anni che lavoriamo insieme non è mai successa una cosa simile. Io ne ho visti centinaia, di delinquenti; molti li abbiamo acchiappati e qualcuno no:

per carità, mica siamo infallibili. Però questi qua tengono qualcosa di... di strano. Di particolare.

Felice, con la collera che gli faceva tremare le parole, aggiunse:

– Io non ci posso... Quel povero Caputo... Si passò le dita sopra la cicatrice sul sopracciglio, che si andava rimarginando. – Se li avessi qua, brigadie', li ammazzerei con le mani mie. Sapeste come lo hanno ridotto... Gli occhi chiusi, la faccia che pareva un pallone... Vi prego, giuratemi che quando li troviamo me li lasciate per un'ora. Solo un'ora.

Donnarumma annuí, e anche gli altri.

Maione rispose, calmo:

– No. E ti spiego perché, Feli': noi non siamo come loro. Noi siamo diversi. Però ti posso garantire che li prenderemo. Su questo non ho dubbi.

Vaccaro si alzò in piedi, il volto trasfigurato in una maschera di determinazione.

– Va bene, brigadie'. Siamo qua. Che dobbiamo fare?

Maione rispose:

– Niente. Voi proprio niente.

Gli uomini si scrutarono, sgomenti.

Donnarumma, interpretando le intenzioni di tutti, domandò:

– Come, brigadie'? Ha appena detto che li prenderemo!

Maione lo fissò con un'espressione durissima, che il collega non gli aveva mai visto.

– Mo' ci devo pensare io, Donnaru'. Ci devo pensare io.

E uscí veloce dalla stanza.

XXXIV.

Il campanello di casa Colombo suonò subito dopo pranzo; una delle condizioni ritenute necessarie era che ogni membro della famiglia fosse impegnato in qualcosa.
Tanino, detto 'o Sarracino, fruttivendolo guascone e belloccio, idolo indiscusso delle cameriere della zona e sogno segreto di molte signore, cantante dilettante e bugiardo di professione era in chiara difficoltà. Si guardava attorno preoccupato, si teneva accostato al muro e, soprattutto, era serio.
I riccioli neri attaccati alla fronte per il sudore, reggeva sotto braccio la cassetta della frutta ordinata da Maria.
Gli aprí Fortuna, l'anziana, severa governante che aveva fatto da bambinaia a Enrica e, prima che a lei, alla madre. Studiò il giovane da capo a piedi.
– Ne', *guaglio'*, ma è questa l'ora di presentarsi? E quando mai le forniture sono arrivate di pomeriggio, si può sapere?
Tanino cercò di sfoderare il suo famoso sorriso, ma gli venne un po' storto.
– Donna Fortu', c'è stata folla assai al negozio mio, oggi. E non sono riuscito a liberarmi in tempo. Io...
Quella replicò, beffarda:
– E ti sembra un negozio, quel *bancariello* ridicolo? Io proprio non lo capisco perché la signora mia si ostina a pigliarla da te, la frutta.

Punto nell'orgoglio, Tanino protestò:
– Donna Fortu', mi fate torto e non me lo merito. La signora Maria piglia la frutta da me perché è la piú bella. Anzi, a proposito: ci dovrei parlare un momento. Me la potete chiamare?

Cosí come aveva fatto Rosa prima di passarle le consegne, Nelide, gli occhi arcigni sotto le sopracciglia unite, aveva studiato le abitudini familiari dei Colombo dalla finestra del palazzo di fronte. Sapeva, pertanto, che dopo pranzo gli adulti della famiglia rispettavano sempre le stesse abitudini: Giulio si stendeva per un'ora sul letto; Susanna e Marco si ritiravano nella loro stanza; Enrica usciva per andare a fare lezione ai due figli di un professore universitario, a Capodimonte; Fortuna rigovernava e Maria si sedeva sulla poltrona del salotto a leggere una rivista illustrata.

La visita di Tanino era stata prevista a quell'ora proprio per evitare ostacoli che non fossero Fortuna: a lei non c'era modo di sfuggire.

– E fammi capire, che ci devi dire alla signora mia?

'O Sarracino si sentí mancare. Tentare di convincere una donna a fare qualcosa che non fosse comprare frutta e verdura era una novità, per lui. Ma alla ragazza con le sopracciglia unite, per un assurdo motivo che nella sua semplicità non aveva nemmeno provato a scoprire, non riusciva a dire di no.

– Donna Fortu', vi prego, non me lo chiedete. Ci devo dare un'informazione che mi aveva chiesto lei, una cosa riservata. Niente di grave, comunque: *ti mitti ind'a' acito.*

La governante lo scrutò a bocca aperta.

– Che? – replicò.

Tanino aveva obiettato alla mandante che non era il caso di inserire, nella tattica di persuasione di Fortuna, un criptico proverbio cilentano del quale, peraltro, nemmeno lui conosceva il significato. Nelide, però, era stata irremovibile, e lo aveva squadrato come al solito, il capo sporto un po' in avanti sul collo taurino. A quanto pareva esisteva una ragione recondita che rendeva quel particolare molto importante.

Il giovane si strinse perciò nelle spalle, suggerendo inconsapevolmente che si trattasse di un qualche segreto sul quale era meglio non indagare. Dopo una lunga esitazione, ma senza richiudergli la porta in faccia, Fortuna girò i tacchi e rientrò nell'appartamento.

Tanino aveva atteso sulla soglia, asciugandosi la fronte e maledicendosi per essersi infilato in quel guaio. Trascorso circa un minuto arrivò Maria, con gli occhiali da lettura in mano e una faccia un po' preoccupata.

– Dimmi, Tanino. Che succede? Non hai trovato le ciliegie?

'O Sarracino s'impettí.

– Figuratevi, signo', vi pare che non vi trovavo le ciliegie? Non è questo. Vi volevo domandare una grossa cortesia.

Maria lo osservò un po' perplessa. Quel ragazzo le era simpatico, con la sua aria guascona e il perenne sorriso sulle labbra, però non tollerava l'impertinenza. Tuttavia l'espressione di quegli occhi neri la allarmarono: il fruttivendolo era terrorizzato.

– Che succede, Tanino? Qualcuno ti ha minacciato?

Il giovane ci pensò un attimo: in effetti si era sentito un po' minacciato, ma non in modo esplicito.

– No, no, signo', grazie, a me non mi fa paura nessuno. Ma, – e prese un profondo respiro, – io vi devo chiedere di venire un momento con me. Solo un momento.

Maria trasecolò.

– Come... come ti permetti? Potrei essere tua madre!

Tanino arretrò di un passo, alzando le mani.

– Signo', ma che avete capito? Qua sotto, nel cortile del palazzo vostro, ci sta una... una persona che vi vuole parlare. Solo un minuto, me l'ha giurato. Me la potete fare questa gentilezza? Me lo regalate, questo minuto?

Maria si voltò verso l'interno della casa, quasi volesse cercare, in qualcuno che non fosse pazzo, la conferma a quella situazione surreale. Poi guardò di nuovo Tanino, leggendo l'urgenza sul suo viso.

Il ragazzo disse, tutto d'un fiato:

– Signo', quanti anni sono che ci conosciamo? Non vi ho sempre trattato bene? Non vi tengo da parte le cose migliori, le primizie? *Crisommole, cerase, purtualle...* Vi assicuro che domani vi procuro un cestino di fragole di bosco che vi faccio fare un applauso a tavola!

Maria sospirò, appoggiò gli occhiali sulla mensola dell'ingresso e afferrò un mazzo di chiavi di casa.

– Solo un minuto, ché tra poco mio marito si alza e gli devo portare il caffè.

Tanino si era già avviato per le scale. Alla fine della rampa indicò verso destra con un gesto vago, poi abbozzò un inchino e si allontanò di corsa, cercando di mettere piú strada possibile tra sé e quella che, ne era certo, sarebbe stata l'ira di Maria Colombo.

Sulle prime la donna non vide niente. Il cortile era inondato dal sole del pomeriggio. Appena gli occhi si abituarono alla luce si accorse però di una massa bassa e larga ferma in un angolo, all'ombra.

Subito pensò a un mobile, una credenza provvisoriamente sistemata in cortile. Poi si accorse che la credenza muoveva una mano, invitandola ad avvicinarsi.

Nelide aveva indossato il suo vestito migliore, identico a quello che indossava ogni giorno ma di una sfumatura di beige appena diversa. I capelli crespi, irredimibili, spuntavano a ciocche dalla cuffia sopra il volto impassibile. Era di una bruttezza spaventosa. Maria la fissò con sorpresa e si avvicinò.

Nelide la scrutava. Aveva la sensazione che fosse piú vecchia di come le era parsa da lontano, e anche meno sicura di sé. Per una che a sedici anni contrattava, stravincendo, le percentuali di mezzadria con energumeni sessantenni, non poteva costituire un problema.

Maria esordí:

– E chi saresti tu, si può sapere?

Dalla credenza venne fuori una voce aspra e diretta come una fucilata a pallettoni.

– Senti, signo', e sentimi bene perché io una volta parlo. Sono la governante del barone di Malomonte.

Maria spalancò la bocca.

– E chi è il barone di Malomonte?

La mascella della credenza s'indurí.

– Il barone Luigi Alfredo Ricciardi di Malomonte. Commissario di polizia, che abita qui davanti. Che è venuto a pigliarsi il caffè da voi domenica e che voi avete cacciato di casa. *La cchiú brutta iestema è lu malu vicino.*

Per fortuna Maria non comprese il proverbio cilentano, che indicava nel cattivo vicino la peggiore delle disgrazie. Il tono duro, però, non le sfuggí.

– Io non so chi sia questo barone di Malomonte, ma so chi è l'uomo che è stato a casa mia e che corteggia mia figlia. Un uomo strano, solitario e sciatto, mal vestito e taciturno, che a piú di trent'anni è ancora scapolo e...

Un sorriso perfido attraversò il volto di Nelide. Tutto secondo le previsioni: quella non aveva idea di chi fosse il suo signorino.

– Signo', *stateme a sèntere*: il barone di Malomonte è proprietario di mezzo Cilento ed è di sicuro l'uomo piú ricco e importante che voi potete conoscere. Non si cura dell'abbigliamento e se ne sta per conto suo perché gli uomini nostri cosí sono. E sono uomini veri, non come questi *mmiezi e mmiezi* che tenete qua, che si vestono come le femmine e passeggiano avanti e indietro per la strada per farsi notare. Il signorino mio è un'altra cosa, signo': *com'è l'aucieddo, cussí se face lu niru*.

Maria si portò una mano tremante alla gola guardandosi attorno. La credenza sembrava anche troppo decisa.

– Ma… io non sapevo che… Va bene, sarà pure ricco e potente, ma è un commissario di polizia, no? Un lavoro pericoloso che un bravo marito… E poi, che fa per Enrica? Io non l'ho mai… Un uomo manda fiori, scrive lettere. Se si vuole corteggiare una ragazza, il minimo è…

Nelide, in risposta, l'afferrò per il braccio e la attirò a sé. Maria, avvertendo la stretta salda e il palmo ruvido della mano, preferí non opporre resistenza.

Dalla nuova prospettiva si scorgeva il palazzo di Ricciardi.

– La vedete quella finestra, signo'? Quella a mancina, là. Il signorino mio si mette in piedi là dietro, con la luce spenta, da tre anni, due mesi e dodici giorni. Tutte le sere. E guarda a vostra figlia che ricama, che cucina, che apparecchia e sparecchia la tavola. Né io, né mia zia Rosa, che lo assisteva prima di me, pace all'anima sua, lo abbiamo mai visto con un'altra femmina, e ci stanno, credetemi: almeno una contessa e una vedova ricchissima. Tutte e due belle da togliere il respiro. *Li bellizzi vano camminanno e li ricchizzi po' vano fernenno*.

A parte il proverbio, che sosteneva la caducità della ricchezza rispetto alla bellezza, la rivelazione commosse Maria. Era da cosí tanto che durava?

– Io non immaginavo che... Ma davvero? Ed Enrica lo sa?
Nelide annuí, rigida.
– Lo sa, signo'. Lo sa bene, perché lei lo guarda dallo stesso tempo. Mo' io sono ragazza, e non vi posso dare suggerimenti: ma non me lo farei scappare mai a un uomo cosí, che se fa il mestiere che fa è per giustizia e per bontà, perché se ne potrebbe stare nel castello al paese a leggere e scrivere e a campare delle ricchezze sue. E che, se tutto questo non basta, è anche l'uomo piú innamorato della faccia della terra. Pure se *face la vacca*.

L'ultima frase pronunciata da Nelide era un po' oscura (significava, in cilentano, che la mucca non brilla per risolutezza), ma il resto del discorso toccò il cuore di Maria e la meravigliò assai.

La giovane aveva detto quello che doveva dire e sperava che Rosa, in sogno, le avrebbe dato la sua benedizione. Pertanto, con un secco inchino del capo, si allontanò con la sua andatura decisa e ondeggiante.

Rimasta sola, la madre di Enrica sbatté le palpebre piú volte.

Poi mormorò, come per dare corpo ai concetti:
Un castello! La baronessa di Malomonte!

XXXV.

Cupo e determinato, il brigadiere Raffaele Maione risaliva i vicoli scoscesi dei Quartieri Spagnoli, indifferente ai mille saluti che gli arrivavano dai vecchi seduti fuori dai *bassi* per prendere un po' d'aria.

Adesso basta, pensava.

Aveva preferito non andare in ospedale a sincerarsi delle condizioni di Caputo. Lo aveva incrociato quattro o cinque giorni prima della rapina, durante una ronda nella via del suo negozio, una traversa della Riviera. Al solito, si erano fermati qualche minuto a chiacchierare; si conoscevano da tanto. Un tipo gioviale, se gli si raccontava di un guaio o di una disgrazia, dalle guerre alla politica, lui rispondeva:

«Ma voi che ne volete sapere di tragedie, brigadie': io tengo tre figlie femmine!»

E scoppiava a ridere in una maniera particolare, con un risucchio contagioso.

Maione non se la sentiva di vedere quel volto asimmetrico e simpatico deformato dalle botte. Non sopportava di dover incontrare le tre figlie tanto amate, e per scherzo definite «tragedie», che piangevano con la moglie attorno a un letto. Fu invaso da un'ondata di rabbia.

L'aria adesso era piú pulita, ma l'afa continuava a farlo sudare. Un passo dopo l'altro, il brigadiere serrava la mascella e avvertiva nel cuore un sentimento molto simile all'odio. Sapeva bene che il coinvolgimento emotivo comprometteva la lucidità necessaria a condurre un'indagine, ma quei delinquenti l'offendevano come uomo e come padre di famiglia, prima ancora di quanto lo dileggiassero come tutore dell'ordine.

Anche le facce dei colleghi, Donnarumma, Vaccaro, Antonelli e gli altri, mostravano frustrazione, sconforto, senso di disfatta. Seguitare a subire smacchi come quelli metteva a rischio l'operatività dell'intera squadra, rendendo piú semplice per i criminali agire in città.

La posta in gioco era perciò piú alta di quanto apparisse all'esterno: in un luogo in cui le voci giravano in fretta, quattro fessi che si facevano beffe della polizia potevano diventare un esempio. Anzi, una leggenda.

L'ultimo pezzo di strada era sempre il piú faticoso, anche perché accompagnato dalla sgradevole sensazione di essere osservato da mille occhi nascosti dietro le persiane chiuse. Si fermò come al solito in fondo alle scale della palazzina, e tossí con forza piú volte. Attese ancora qualche istante finché un giovane smilzo scese in fretta la rampa, con la camicia mal abbottonata e gli occhi bassi. Incrociando il poliziotto, senza sollevare lo sguardo, il ragazzo esibí un sorriso volgare e mormorò:

– Prego, a voi; buon divertimento, brigadie'.

Maione, senza neanche voltarsi, gli mollò un calcione sul didietro che ne accelerò l'andatura verso la strada.

Sull'ultimo pianerottolo l'uscio era socchiuso. Il brigadiere entrò, dicendo:

– Stammi a sentire, Bambine': la prossima volta che uno degli imbecilli che frequenti azzarda una battuta sul fatto che io sto qua, ti arresto. Meglio che lo sai. Io vengo per lavoro, e nessuno deve pensare altro. Va bene?

Dalla stanza a fianco si udí un tramestio, e uno strano individuo si stagliò sulla porta. Maione non credette ai propri occhi; per un attimo pensò di essere finito nell'appartamento sbagliato.

Una vestaglia color crema, arricchita da *volant* vaporosi, si apriva lasciva su un corpetto di tessuto elasticizzato nero, con tanto di reggiseno evidentemente imbottito. Dal bustier partivano le giarrettiere, cui erano allacciate un paio di calze a rete, anch'esse nere. Due assurde pantofole rosse, decorate con una specie di pon pon e dal tacco vertiginoso, portavano la persona che le indossava, già alta, a sfiorare il metro e novanta. Un boa di piume di struzzo viola, del tutto incongruo col resto dell'abbigliamento, girava attorno al lungo collo a mo' di sciarpa.

Il torace forte, le gambe nodose, i bicipiti scolpiti e il viso spigoloso creavano un contrasto stridente con la smaccata femminilità degli abiti e delle movenze. A questo si aggiungeva il velo scuro di peli che copriva come un'ombra le guance e il petto, nonostante l'instancabile opera di rasatura.

Il *femminiello* si era messo in posa, una mano sullo stipite e l'altra adagiata sul fianco, le unghie lunghe e laccate bene in vista, nella perfetta imitazione di un'attrice del cinematografo impegnata a interpretare il fascino tentatore delle donne.

Eppure non erano questi i particolari che avevano lasciato attonito Maione.

– Ma... come ti sei combinato? Che cos'è questa novità? – balbettò.

Al posto dei morbidi capelli neri, raccolti in una coda o fluenti sulle spalle, Bambinella esibiva una chioma corta, bionda come l'oro, che, accostata ai peli scuri che crescevano un po' ovunque, pareva uno sberleffo alla natura.

Il *femminiello* si produsse nella sua solita risata che somigliava a un nitrito.

– Uh, brigadie', mi aspettavo un poco piú di complimenti... E su, potete fare di meglio. Che dite, non sono bellissima?
Maione era sconcertato. Poi si riscosse.
– Ma che bellissima, fai piú orrore del solito! Che è, 'sta roba?
Bambinella si staccò dallo stipite e, ancheggiando, improvvisò un piccolo défilé, senza staccare i grandi occhi neri dal poliziotto, come se volesse sedurlo.
– Brigadie', mi fa specie che un uomo come voi, affascinante anche se un poco brutale, non riconosca che sono uguale, ma proprio uguale, all'angelo azzurro.
Maione sbatté le palpebre.
– A chi?
– All'angelo azzurro. Pure alla venere bionda, per carità, ma questo film lo stanno dando in questi giorni, e c'è andata ancora poca gente. Tra cui io! E non vi dico l'*Angelo*: quello l'ho visto piú di cinque volte. Sentite qua, brigadie'.
Con profonda voce tenorile intonò «Lola, Lola», inventando di sana pianta il testo della celebre canzone, che peraltro Maione, poco incline a frequentare le sale cinematografiche, non conosceva.
– Bambine', io non so di che stai parlando e non sto qua per vederti ballare. Poi quei capelli mi fanno impressione: pare che tieni un cappello giallo!
Il *femminiello* allargò le braccia, sfiduciato.
– E va be', brigadie', mi rassegno. Se avrò il piacere e l'onore di incontrare la signora vostra, le chiederò che deve fare una femmina per conquistarvi.
Maione rispose, subito:
– Prima di tutto dev'essere una femmina. Comunque, veniamo a noi. Ho bisogno al piú presto di certe informazioni.

La replica di Marlene Dietrich ondeggiò verso la cucina.
– Almeno fatemi pigliare il surrogato... Ho appena finito di lavorare tengo una bocca cosí amara che...
Maione sbottò:
– Oh, non ti permettere. Io non lo voglio sapere come tieni la bocca quando lavori, se no ti devo arrestare; e pure portarti in galera mi fa schifo!
Bambinella ridacchiò dall'altra stanza.
– Perché non sapete l'effetto che fanno, in certi momenti, questi capelli biondi... Forse, che vi devo dire, visti dall'alto lasciano immaginare qualcosa. Me li dovevo tingere prima. Diventavo ricca! Quanto zucchero vi metto, brigadie'?
Maione si fregò la faccia.
– Non lo voglio, il surrogato tuo! Chissà chi ci beve in quelle tazze! Vieni qua, dannazione, ché ti devo fare delle domande!
Bambinella rientrò nella stanza, con una mano impegnata a reggere una tazzina e l'altra a mezz'aria, pendente dal polso come un uccello morto.
– Eccomi, eccomi. Il tempo di sedermi. Allora, come posso esservi utile?
Maione raccontò in breve delle rapine, mentre il *femminiello* lo fissava annuendo. Al di là dell'aspetto, aveva una mente lucida e una memoria formidabile; ciò lo rendeva il miglior informatore possibile, anche perché, per qualche strana ragione, si trovava al centro della ragnatela di maldicenze e pettegolezzi che attraversava la città. Possedeva inoltre l'istintiva attitudine a distinguere le notizie vere da quelle false, e a individuare ciò che c'era di concreto in un mare di chiacchiere.
Maione concluse:
– E ieri si sono fatti il povero Caputo, quello del negozio di articoli in pelle vicino alla Riviera, tieni presente?

Bambinella finí di sorbire il surrogato e posò la tazzina sul tavolino in lacca cinese. Poi sospirò.
– Sí, sí, ho sentito. Ma state tranquillo, brigadie', ha detto il dottore a un'infermiera, moglie di un cliente mio, che non c'è da preoccuparsi. Certo, gli rimarrà qualche cicatrice, ma pericoli di danni permanenti non ce ne sono.
Maione scosse il capo, ammirato.
– Incredibile, lo sai prima tu della moglie e delle figlie. Va be'. Comunque io a questi quattro delinquenti li devo pigliare subito. E tu devi aiutarmi.
Bambinella assunse un'espressione pensierosa e accavallò le gambe.
– Mi chiedo come mai vi rivolgete a me per questa cosa, brigadie'. Voi fino a mo' siete venuto qua solo se ci stava qualche morto, no? Per gli omicidi, insomma. E io vi ho sempre aiutato, perché ammazzare qualcuno è terribile e non è mai una cosa giusta.
Il brigadiere studiò il *femminiello* cercando di cogliere il senso di quell'affermazione.
– Non ti seguo, Bambine'.
L'altro sorrise.
– Voglio dire, brigadie', che se io ammazzo qualcuno faccio del male. Ma se per dare da mangiare alla famiglia o ai figli prendo un poco di soldi che non sono miei, è diverso.
– Che vorresti sostenere? Che rubare, in fondo, è una cosa onesta? Certo è meno grave di un omicidio, anche per la legge, ma è sempre un reato. Lo afferma pure la chiesa. Ci sta uno dei comandamenti che...
– Sí, brigadie', il settimo. Se è per questo, pure desiderare una donna che non è la tua, è un peccato. Come tanti altri che commettiamo tutti dalla mattina alla sera. Ognuno tiene il suo codice di comportamento su misura, insomma.
Maione si alzò, arrabbiatissimo.

– Ho capito. E va bene, farò a meno delle tue informazioni. Te la vedi tu con la coscienza tua, e quando penserai a quel povero Caputo e alle figlie che piangono...
Bambinella s'intristí.
– Sedetevi, brigadie'. Sedetevi. Non ho detto che non vi voglio dare una mano. Ho precisato solo che si tratta di una cosa diversa. Quindi non potrò essere molto esplicita, stavolta. Farò come Isabella.
Maione si risedette, perplesso.
– Isabella? E chi è mo', 'sta Isabella?
Bambinella rise, le lunghe dita vezzose davanti alle labbra.
– Isabella Cumana, brigadie'. Quella che non si afferrava bene cosa diceva ma alla fine teneva sempre ragione.
– Isab... la Sibilla! La Sibilla Cumana! Maledetto me che ti sto a sentire. E va bene: tu parli e io ti interpreto.
– Allora, cominciamo con le cose per cui non serve l'interpretazione. I quattro giovani rapinatori, piú o meno venticinquenni, non sono della zona, ma di San Giovanni. È un gruppo di amici. Non hanno lavoro; morivano di fame. Queste rapine sono la prima cosa *malamente* che compiono. Insomma, non sono professionisti.
Maione si grattò il capo.
– Non sono professionisti? Ma se lavorano in maniera perfetta, sembra che hanno fatto l'università dei delinquenti. Poi che me ne fotte a me che stanno senza lavoro? Se tutti quelli che hanno fame si mettessero a... Come lo sai tu che sono di San Giovanni?
Bambinella gli rispose con un sorriso furbo:
– Eh, lo so e basta. E so pure perché hanno tutta questa fortuna, se cosí la vogliamo definire. A essere sinceri, fino a mo' mi stavano pure simpatici per come si erano organizzati. Ma ieri hanno sbagliato, col fatto di Caputo. Hanno esagerato, e sono passati dalla parte del torto.

– Sono passati dalla parte del... Ma che ti prende, Bambine'? Ci stavano già, dalla parte del torto! Sono criminali!
Il *femminiello* minimizzò con una smorfia.
– Sí, va be', sono punti di vista. Però, di fronte al povero Caputo, ci sono rimasta male pure io. E allora tra stanotte e oggi ho chiesto qualche notizia. Ed è qui che comincia il discorso di Isabella.
– Della Sibilla!
– Esatto, brigadie'. Insomma, *L'angelo azzurro* voi non l'avete visto, giusto? Se no mi riconoscevate subito, io e Marlèn Ditrísc siamo due gocce d'acqua.
Maione friggeva sulla sedia, ma era consapevole che Bambinella bisognava assecondarlo nei suoi tortuosi percorsi mentali.
– E che racconta, quest'*Angelo azzurro*?
L'altro si alzò e cominciò a camminare per la stanza, ancheggiando e gesticolando:
– Allora, ci sta questo professore che adora gli alunni suoi. Per scoprire che combinano la sera, li segue in un locale dove incontra questa meravigliosa bionda che canta cosí.
Il femminiello riattaccò con «Lola, Lola», gettando Maione nello sconforto. Per fortuna si fermò e riprese:
– E naturalmente se ne innamora, perché uno, quando vede una bionda come lei e come me, si deve innamorare per forza, no, brigadie'? La donna, però, è perfida; intuisce che, se lo coinvolge nello spettacolo, tutti i ragazzi della città correranno a vederlo. Lo mette in purgatorio, in un certo senso. Il purgatorio dell'Angelo. Che diventa un inferno. Alla fine lui muore, poveretto. E dove lo trovano morto?
Maione era ormai stordito.
– Dove?
Il tono dell'altro si fece triste.

- Sulla cattedra, brigadie'. Sulla cattedra sua. Perché il vero amore, l'amore che lo aveva accecato conducendolo alla pazzia, quello che lo aveva portato all'inferno, era stato l'amore per i suoi alunni. Non per la bionda. Quello era stato solo dannazione.
Maione si domandò perché accidenti aveva deciso di venire lí.
- Bambine', io non ci arrivo. Mi dispiace. Sei troppo brava come Sibilla. Se mi vuoi chiarire, per gentilezza, forse non ti ammazzo con le mani mie. Forse, però. Perché può essere che ti ammazzo lo stesso.
Il *femminiello* lo fissò a lungo, con occhi da cerbiatto. I tratti maschili e le movenze femminili, gli abiti equivoci e i capelli biondi lo rendevano una figura un po' patetica, ma il suo sguardo era pieno di pietà.
- Un cliente mio lavora a San Giovanni, brigadie'. In una fabbrica che sta là. Abitava qua vicino e mi è rimasto affezionato. Gli ho chiesto se poteva informarsi, da quelle parti. E caso ha voluto che incrociasse una mia amica di quando eravamo ragazzini tutti e tre. Sono andata da lei, stamattina. E mi ha detto che uno dei quattro rapinatori è fidanzato con una che conosce. Che ci ha parlato. E ha scoperto che i quattro non sono quattro. Sono cinque.
Maione sbatté le palpebre.
Bambinella sospirò.
- Il professore dell'*Angelo azzurro* non si rendeva conto che il suo allievo preferito, il migliore di tutti, era il primo a prenderlo in giro, brigadie'. Si fidava di lui.
- Senti, Bambine', ora...
Il *femminiello* si avvicinò a Maione e si fermò a un metro da lui. Il suo viso era segnato da una profonda amarezza.
- L'amica della mia amica, brigadie', teneva un sogno: sposarsi con una cerimonia ricca, con gli invitati e il pran-

zo in un ristorante sul mare. Ha spiegato al fidanzato suo che o si sposava cosí, o non si sposava proprio. Che lui, il fidanzato suo, doveva trovare il modo. Sapete come si chiama, questa ragazza, brigadie'?

Maione taceva, il cuore che gli martellava nel petto.

E Bambinella disse:

– Si chiama Ines.

XXXVI.

La notizia appresa da Bianca aveva scosso Ricciardi, che pur essendo d'accordo con l'anziana marchesa Berardelli nel definire il nipote un imbecille, non aveva smesso di considerarlo il principale sospettato per l'assassinio di padre Angelo De Lillo.

Era vero, Tullio era uno stupido, ma la strategia poteva essere stata studiata dalla moglie, che gli pareva di ben altra levatura mentale. L'uomo, forse, era stato il braccio. Restava da spiegare il perché, ma questa, come il commissario sapeva, era tutt'altra storia. Aveva visto moltissimi omicidi, aggressioni, risse avvenuti senza motivo. Il movente era un elemento sopravvalutato.

Ora, però, i due coniugi uscivano di scena, perché era da escludere che la donna avesse fatto tutto da sola: la dinamica del delitto era chiara, e l'assassino era di sicuro un uomo.

Io confesso, ti confesso, lascialo stare, lascia che viva, io ti confesso.

La voce muta del prete morto, il messaggio in bottiglia che aveva affidato al mare della vita che stava abbandonando, gli risuonava nel cervello. Chi stava confessando? A chi impartiva questo sacramento, prima di essere colpito?

Ricciardi si alzò d'impulso. Sarebbero andati da chi aveva parlato con padre Angelo per ultimo, da chi l'aveva visto poco prima che morisse. Dovevano ricominciare daccapo: i suoi problemi personali, il rapporto con Enrica, la tristezza di Bianca lo avevano forse allontanato troppo dall'indagine. Bisognava riacquistare la concentrazione necessaria per ricostruire l'accaduto.

Cercò Maione e non lo trovò. Vaccaro, la giovane guardia che piaceva tanto al brigadiere, gli disse che si era allontanato per un impegno, collegato alle rapine del quartiere Chiaia, immaginava. Ce n'era stata un'altra: lo sapeva il commissario? Avevano rubato una somma ingente, e avevano pestato con ferocia il proprietario del negozio. Con aria afflitta, il ragazzo confidò a Ricciardi che non riuscivano a venirne a capo, e che il brigadiere era furioso.

Il commissario congedò la guardia: gli piacevano i giovani che prendevano a cuore il lavoro; Maione ci aveva visto giusto.

Non volle aspettare il ritorno di Raffaele, e uscí avviandosi in direzione di largo della Carità. Aveva pensato di interrogare ancora Terlizzi, l'amico di padre Angelo, e di tornare dai gesuiti per capire se a uno di loro fosse venuta in mente una parola o anche solo un cenno della vittima utile a dipanare il mistero. Padre Michele e padre Costantino, uno con la sua rabbia trattenuta, l'altro con quell'atteggiamento indecifrabile, potevano avere qualcosa da nascondere. Padre Cozzi, cosí affettuoso e compreso nel ricordo del defunto, poteva celare una rivalità con quel confratello tanto amato e riverito: la gelosia e l'invidia, lo sapeva per esperienza, erano motivi piú che sufficienti per commettere un crimine.

E poi c'era sempre da considerare il luogo del delitto: padre Angelo avrebbe accettato un invito in un posto cosí isolato e buio solo da parte di una persona di cui si fidava ciecamente. E i tre gesuiti erano gli amici piú intimi della vittima.

Stava calando la sera e la città si era trasformata, come di consueto, in un teatro a cielo aperto. Gli ambulanti, i pizzaioli, i venditori di pesce e di fiori riempivano l'aria con le loro grida e celebravano la ricchezza della primavera. Tra loro i morti, mai meno di una decina, qualunque fosse il tragitto che Ricciardi percorreva; ai balconi, negli androni, agli angoli dei vicoli. Morti che sussurravano, vivi che urlavano. Le mie assordanti passeggiate, pensò. Che follia, amore mio. Che follia credere di poterti avere. Tua madre ti ha salvata.

Nella stessa posizione della volta precedente, e cioè seduta su una sedia sgangherata posta quasi sulla via, c'era Cleofe, la portinaia che Maione aveva quasi arrestato per protervia e maleducazione. Quando scorse Ricciardi strinse gli occhi, e il commissario si preparò a un nuovo combattimento per ottenere il permesso di accedere allo stabile. Invece la donna lo accolse con un largo, sdentato sorriso.

– Buonasera, commissa', che piacere! Siete venuto a trovare il signor Terlizzi, eh? Prego, prego, accomodatevi. La strada ve la ricordate, sí?

Ricciardi sbalordito dall'inattesa cordialità, replicò:
– Buonasera a voi, signora. Siete di buonumore, oggi.

Cleofe corrugò appena la fronte.
– No, è che a me è la divisa che mi dà fastidio. Che ci volete fare, sono proprio allergica. Prego.

Ricciardi salí le scale e suonò il campanello. Gli aprí la porta Edvige, la domestica magrissima.

Anche lei sorrise a Ricciardi, raggrinzendo ulteriormente la faccia già rugosa, e lo accompagnò subito da Terlizzi. Il commissario rifletté che forse la presenza di Maione, suo ottimo assistente, non sempre costituiva un elemento a favore. Almeno con servitú e custodi.

Terlizzi era coricato come il giorno prima nella stanza

in ombra, il respiro affannoso. La cameriera accese un lume e, avvicinatasi al letto, mormorò:
– Qua ci sta il commissario. Quello che è venuto ieri. Ci volete parlare o state riposando?
L'uomo non aprí gli occhi, ma rispose:
– Sto sveglio, Edvi', grazie. Puoi andare. Ci vediamo tra poco per le medicine, va bene?
La donna uscí, scambiando uno sguardo d'intesa col commissario e scuotendo appena la testa. A Ricciardi fu chiaro che al vecchio non rimaneva ormai molto da vivere.
– Buonasera, signor Terlizzi, scusate l'intrusione, ma ho bisogno di sapere se vi siete ricordato qualcosa del vostro ultimo incontro con padre Angelo. Lui...
– Io mi ricordo tutto, commissa'. Anche troppo, mi ricordo.
– Che intendete dire?
Il rantolo regolare che proveniva dal letto creava l'illusoria impressione che l'uomo stesse dormendo profondamente.
– Commissa', io sto per morire. Mi piacerebbe impiegare i miei ultimi giorni per andare a teatro, a mangiare in una bella trattoria o per corteggiare una ragazza. Per passeggiare vicino al mare, per bere un caffè, per provare le sensazioni che ti fanno sentire vivo. Ma non posso. La malattia mi sta divorando. L'unica cosa che mi resta per cercare di campare ancora è pensare. Ricordare. E questo faccio, per tutto il giorno e pure la notte. Quindi mi ricordo, sí.
L'uomo non apriva piú gli occhi e non cambiava espressione. La curva del ventre, sotto il lenzuolo, si sollevava e si abbassava. Ricciardi si schiarí la voce.
– Vede, signor Terlizzi, quello che immaginavamo potesse essere il movente del delitto, un lascito che tramite padre Angelo era stato fatto alla Compagnia di Gesú, si è

rivelato una pista sbagliata. L'uomo che credevamo potesse aver... fatto questa cosa era in un altro posto, a quell'ora. Quindi, confesso che siamo punto e accapo. Noi... Inaspettatamente l'uomo ridacchiò.
– Confesso, dite. È ciò che faceva Angelo. Confessava la gente. E io per questo sono andato al seminario. Per confessarmi.
– Ma non veniva lui? Non vi confessava qui, a casa vostra?
– Veniva a trovarmi, sí. Ma a confessarmi era padre Michele, lo avete conosciuto, no? Un altro figlio per me, come padre Costantino. Angelo no, lui non mi confessava.
Ricciardi non si raccapezzava.
– E come mai?
Terlizzi diede un lieve colpo di tosse.
– Perché eravamo troppo amici. Eravamo... coinvolti, insieme. Perché a lui avrei detto qualcosa che non avrei detto a nessun altro, e lui avrebbe dovuto... scegliere. Ecco perché.
– Scusatemi, ma non vi seguo. Voi dite di essere andato da lui, è cosí? Io... non vi voglio contraddire, ma forse vi confondete, voi non... Insomma, mi pare davvero strano che...
– Commissa', siete fuori strada. Non capite ed è giusto cosí: non potete capire.
Ricciardi cominciò ad avvertire l'oppressione della penombra, di quel caldo, dell'odore stordente dei medicinali. E anche di quella voce graffiata che sapeva cosí tanto di morte.
– E allora spiegatemi voi, Terlizzi.
Il vecchio tacque di nuovo. Il suo respiro si fece piú rapido. Ricciardi si domandò cosa ci facesse là, a parlare con un poveraccio che vaneggiava e magari si era pure ad-

dormentato. Si stava alzando per andar via quando sentí ancora la voce.
– Avete idea da quanto tempo eravamo amici con Angelo? Fin da ragazzi, commissa'. Eravamo giovanissimi. A volte succedono cose che ti uniscono per tutta la vita. Un'amicizia può avere tanti motivi. Ma ditemi, voi che ne pensate della confessione, commissa'?
– Be', è quando si confidano i propri peccati. Un rimedio, una specie di purificazione.
La mente di Ricciardi corse a Bianca, a quando per poco non le aveva rivelato tutto di sé. E a Enrica, a quello che avrebbe dovuto, voluto raccontarle. E aggiunse:
– Se si può. Se si riesce a confidarli, i propri peccati.
Terlizzi aprí gli occhi e girò la testa verso di lui. A Ricciardi, che vedeva i morti, che udiva i cadaveri ripetere gli ultimi pensieri senza provare altro che malinconia, quel semplice gesto provocò un lungo brivido sulla schiena e il rizzarsi dei capelli sulla nuca.
– Io ci sono andato, commissa', – disse l'uomo. – Io glielo volevo confessare, il peccato mio. Quello per il quale mi aspetta l'inferno, tra poco. Ma lui non l'ha voluto sentire, perché non poteva. È per questo che il purgatorio è finito. Per questo io lo rivedrò all'inferno.

XXXVII.

Maione non volle darsi il tempo di riflettere. Si sentiva come quando si è ubriachi e si osserva il mondo da un punto di vista esterno al proprio corpo; si muoveva con gesti rapidi, mentre un'altra parte di lui guardava tutto con assoluto distacco.
Se si fosse fermato a pensare, sarebbero venuti a galla i sentimenti. La rabbia, per prima; poi l'offesa, il dolore profondo. E anche il senso di colpa, la consapevolezza di essersi sbagliato in modo eclatante.
La ferita inferta alla stima che aveva di sé stesso era stata gravissima. Un errore di valutazione cosí madornale non gli pareva spiegabile in alcun modo.
Ora però doveva agire.
Si era messo in borghese. Era passato da casa, entrando come una furia senza salutare nessuno, sotto gli occhi perplessi delle bambine, mentre Lucia cercava di comprendere cosa stesse accadendo. Ma lui non era pronto a parlarle e non le parlò, sollevando una mano imperiosa e spegnendo sul nascere ogni domanda. Via la divisa, gli scarponi, il cinturone, e addosso gli abiti del tempo libero: un camiciotto da operaio, dei vecchi pantaloni di cotone, una giacca da lavoro sformata. La pistola d'ordinanza era nella cintura.
Dall'androne del palazzo in cui si era nascosto, all'interno del cono d'ombra del portone, scambiò un'occhiata con

Donnarumma, anche lui in borghese, che fumava fingendo di leggere il giornale dall'altra parte della strada. Antonelli era seduto al caffè vicino, con l'abito della domenica, e si mostrava interessato al passeggio di fine serata.

Di ritorno da Bambinella, Maione era andato in questura. Lungo il tragitto si era sforzato di cancellare dal proprio volto ogni traccia della notizia che aveva appreso. Cosí, con la stessa espressione che aveva quando era uscito per recarsi dal *femminiello*, aveva riunito le guardie e aveva detto di essere stato a visitare Caputo, il negoziante picchiato, le cui condizioni stavano migliorando, e di aver capito come fermare quei delitti. Dall'indomani, aveva detto, avrebbe ottenuto nuovi uomini dal vicequestore e avrebbe pattugliato le strade senza piú consentire falle nella sorveglianza. Si trattava solo di concludere indenni la giornata, e il problema delle rapine si sarebbe finalmente risolto.

Per quella sera, aveva continuato, Antonelli, Donnarumma e lui stesso sarebbero stati impegnati con il commissario Ricciardi sull'omicidio del prete: gli altri tre avrebbero dovuto cavarsela da soli. Il comando lo aveva affidato a Felice Vaccaro che, pur essendo il meno anziano, conosceva il caso meglio di tutti, perché aveva collaborato con lui a stilare gli ordini di servizio.

Data l'esiguità delle forze disponibili, bisognava escludere dai controlli le aree già colpite, in cui era meno probabile che la banda tornasse, e i tre erano stati pertanto distribuiti in vie ancora non battute dai rapinatori. Delle zone a rischio sarebbe rimasta sguarnita solo la parte ovest di via Ascensione, dove peraltro c'era un negozio di gioielli che, accennò con noncuranza, aveva appena acquistato nuova merce, come gli aveva rivelato la moglie. Però era difficile che i rapinatori pensassero di fare un colpo là: le vie di fuga erano assai limitate, e potevano essere intercettati da una ronda, che in realtà non ci sarebbe stata, ma loro non avevano modo di saperlo.

Donnarumma e Antonelli si erano guardati sorpresi: essere chiamati a lavorare con il commissario Ricciardi li metteva un po' in soggezione. Felice, invece, era molto gratificato dal ruolo di comando che gli era stato attribuito, e aveva sfoderato uno dei suoi affascinanti sorrisi al quale Maione aveva risposto con un'occhiata affettuosa.

Il brigadiere aveva poi salutato gli uomini che sarebbero andati di ronda, dandogli appuntamento per l'indomani, e invitato i due poliziotti anziani a seguirlo. A loro aveva raccontato la verità, con tono freddo e calmandone lo scoppio d'ira. Non era il momento di dare in escandescenze: bisognava attuare il piano, e ricevere le opportune conferme. In fondo poteva essere tutta un'invenzione, e una parte di lui ancora lo sperava.

Nel caso Bambinella si fosse sbagliato, se la notizia fosse stata una fandonia o una maldicenza, avrebbero sprecato una serata. Se no, il caso delle rapine sarebbe stato risolto. E il cuore del brigadiere Raffaele Maione si sarebbe spezzato per sempre.

Cosí, ora, Donnarumma, Antonelli e il brigadiere erano appostati strategicamente nei paraggi della gioielleria di via Ascensione, in attesa degli eventi. Felice Vaccaro, intanto, guidava la rimanente forza in servizio dall'altra parte del quartiere.

Fu proprio Maione il primo a notare i rapinatori. Un ragazzo con una camicia bianca e un berretto in testa si avvicinò circospetto, e si fermò proprio vicino a Donnarumma. Il poliziotto recepí il segnale del brigadiere e finse di concentrarsi ancor piú sul quotidiano. Un secondo malvivente, un tipo magro con una giacca beige, come previsto, si fermò a un paio di metri dal tavolino dove Antonelli prendeva il terzo caffè.

Raffaele avanzò di un passo, preparandosi all'azione. Non dovette aspettare molto. Altri due giovani, uno piccolo col bavero rialzato e un cappello a coprirgli parte della faccia e uno grosso e alto, con una maglia scura, entrarono decisi nel negozio, e Maione vide brillare una lama nel pugno di quello basso.

Si lanciò fuori dall'androne, correndo verso la gioielleria. Quelli che agivano da palo se ne accorsero e fecero per intervenire, ma Donnarumma e Antonelli li afferrarono per il collo, una mano sulla bocca, per impedirgli di gridare dando l'allarme. Maione vide quello con la camicia bianca strabuzzare gli occhi cercando di divincolarsi dalla stretta di Donnarumma, il cui ghigno mostrava la soddisfazione di trovarsi in posizione di forza.

Quando irruppe nel negozio, il ragazzo basso minacciava col coltello un commesso mentre quello grosso razziava gioielli dal banco, infilando il malloppo in un sacchetto di iuta. Il brigadiere neutralizzò il primo con un pugno sulla testa, facendolo crollare a terra; poi dette un calcio all'arma e la spinse lontano. L'altro, sentendo il ferro tintinnare sul pavimento, si avventò sul poliziotto con tutto il peso del corpo e la forza dei vent'anni. Maione lo colpí con una testata in faccia; il ragazzo volò all'indietro spruzzando sangue dal naso fratturato e atterrando con fragore su una vetrina.

Quello basso si era risollevato e tentava di fuggire, ma Raffaele tirò fuori la rivoltella e disse, sottovoce:

– Fermati. Perché, quant'è vero Iddio, se non ti fermi ti ammazzo come un cane.

Il giovane si bloccò, alzando le mani. Quelli come lui imparavano da bambini a distinguere chi faceva sul serio e chi no.

Antonelli e Donnarumma trascinarono all'interno della gioielleria i complici e ammanettarono i quattro. Il ragazzo grosso piagnucolava che gli serviva un medico. Maione tranquillizzò i commessi, qualificando sé stesso e i due colleghi. Davanti all'ingresso del negozio si era già radunata la solita folla di curiosi, e iniziava a serpeggiare la notizia che i rapinatori di Chiaia erano stati finalmente arrestati.

Con un cenno del capo, Maione ordinò ad Antonelli di chiudere le pesanti ante di legno della porta e di mettersi di guardia all'esterno.

Il brigadiere ripose la rivoltella. Quindi, aiutato da Donnarumma, costrinse i quattro a inginocchiarsi davanti a lui e, con un sorriso feroce, ordinò:

– E mo' parlate. E parlate subito, ché mi prudono le mani, e prudono pure al collega mio. Da qua non ce ne andiamo fino a quando non confessate tutto. E dovete pure rimanere in questa posizione, perché è cosí che si fanno le confessioni. Avanti, chi vuole cominciare?

I ragazzi erano giovani ma tosti; venivano da un quartiere molto difficile. Ci volle una mezz'ora, qualche schiaffo e un paio di calcioni.

Ma alla fine confessarono tutto.

E il cuore di Maione, appunto, si spezzò.

XXXVIII.

Niente. Il vecchio moribondo non gli aveva detto piú niente. Era rimasto ad aspettare, aveva provato a fare un'ulteriore domanda, ma il rantolo era continuato, costante, gli occhi vuoti di vita non si erano piú riaperti; il ventre si sollevava e si abbassava con ritmo regolare, ipnotico.
Quando si era reso conto che ormai fuori era calata la sera, Ricciardi si era alzato in preda a una nuova frenesia. Un'idea assurda aveva cominciato a farsi largo nella sua mente, proprio lí, al cospetto della morte. Terlizzi non gli avrebbe rivelato piú nulla, né da vivo né da defunto.
Prima di uscire si fermò e chiese a Edvige se c'erano state visite, negli ultimi giorni.
– Solo voi e il brigadiere grosso, commissa'. E domenica è venuto il prete, per dargli la comunione.
Ricciardi la fissò a lungo, riflettendo. Poi:
– Quale prete? Ve lo ricordate?
La donna annuí.
– Certo. Padre Michele.
Quando fu in strada, sballottato dalla folla in pieno passeggio, cercò di fare mente locale, ma non approdò a nulla. Le notizie, gli indizi si contraddicevano. Non intuiva quale fosse la direzione giusta, ma per qualche strano motivo l'idea assurda che gli aveva attraversato il cervello quando

aveva sentito Terlizzi farneticare non lo abbandonava; era come una stella per un marinaio che si è perduto. Guardò l'orologio. Gli pareva necessario assumere le informazioni che gli servivano piú in fretta possibile. Andò al vicino parcheggio delle auto pubbliche, sperando di trovarne una libera. C'era. Comunicò e partí.

Gli dispiaceva andare da solo, ma Maione era impegnato a risolvere la faccenda delle rapine. Si augurò che Raffaele riuscisse a dipanare quella matassa e che tornasse sereno: di inquietudine bastava la sua.

La vettura si avviò nel traffico di pedoni, carretti, carrozze e altre macchine come una nave in un porto affollato. A mano a mano che si allontanavano dal centro le vie erano sempre piú sgombre, e non ci volle molto per raggiungere Villa San Luigi, la grande casa bianca a metà della collina dove risiedevano i gesuiti.

Il cortile era vuoto, non c'erano attività in corso. Le finestre del primo e del secondo piano, dove si svolgeva l'insegnamento universitario, erano buie. Quelle dell'ultimo piano, invece, dov'erano le residenze, avevano le luci accese.

Ricciardi disse all'autista di attenderlo. Erano da poco passate le otto. Suonò il campanello. Dopo un paio di minuti si affacciò al cancello un giovane in tonaca, alto e sbrigativo. Il commissario si qualificò e lo fecero entrare.

Poco dopo arrivò padre Vittorio Cozzi, il viso preoccupato.

– Commissario, che sorpresa! Come mai da queste parti? Ma avevamo un appuntamento?

– No, padre, anzi mi scuso per questa visita improvvisa. Ho bisogno di alcuni chiarimenti, e ho la sensazione che il tempo stia stringendo. Vi dispiace se facciamo due chiacchiere?

Il prete sorrise.
– No, no. Oggi la cucina della nostra Veronica è peggiore del solito e, credetemi, non mi pesa affatto saltare la seconda portata. Prego, seguitemi nel mio ufficio e raccontatemi tutto.
Ricciardi lo fermò.
– No, padre, grazie, non ce n'è bisogno, possiamo fare qua. Anzi, forse mi servirà disturbare qualche altro confratello o ausiliario. Volevo domandarvi solo una cosa, anzi due: voi conoscete Mario Terlizzi?
Padre Cozzi corrugò la fronte.
– Mi pare di sí, non è l'amico di padre Angelo, il suo vecchio compagno di scuola? Un uomo piuttosto grosso, con pochi capelli, bruno?
Ricciardi annuí.
– Quanto tempo fa è stato qui l'ultima volta?
Cozzi allargò le braccia.
– Mah, non saprei...
– Settimane? Giorni?
Il prete scosse la testa, deciso.
– No, no! Mesi. Di certo prima di Natale. E credo sia malato seriamente, almeno cosí mi disse Angelo. Ma perché, è successo qualcosa?
Ricciardi era sfiduciato.
– No, è che... Lui sostiene di essere stato da padre Angelo solo qualche giorno prima che morisse, ma magari si confonde. D'altra parte sta davvero male, direi che non manca molto a... Insomma, se ne sta andando. La mente, in certe condizioni, non è piú attendibile.
Padre Vittorio stava riflettendo.
– Però, commissario, per essere sicuri dovrei chiedere conferma. Può accadere che qualche visitatore si presenti a mia insaputa; questo non è un monastero di clausura,

anche se in origine era un convento di domenicani. Potrei provare con don Saverio, uno dei nostri ausiliari che si occupa della portineria quando l'istituto è aperto. Che dite, lo faccio scendere? Cosí ci togliamo lo scrupolo.

Al contrario di padre Cozzi, don Saverio pareva apprezzare la cucina della cuoca Veronica, ed era piuttosto infastidito dall'interruzione. Era un uomo basso, dalla carnagione bianca, con pochi capelli rossicci e gli occhi piccoli. La tonaca era tesa sulla pancia sporgente, e le dita grassocce e le labbra mostravano chiari segni di un recente contatto con del sugo di pomodoro.

Il superiore esordí:

– Don Saverio, questo è il commissario Ricciardi della questura. Vorrebbe notizie sulle visite ricevute dal povero padre Angelo. Non ricordate se...

L'ometto era diffidente e a disagio. Gli occhietti si spostavano dall'uno all'altro degli interlocutori.

– Padre, ma io mica tengo un registro. La gente va e viene; noi chiediamo chi vogliono e mandiamo a chiamare i padri, che poi si intrattengono in cortile o nel salottino...

Padre Cozzi annuí, con dolcezza.

– Lo sappiamo bene, don Save'. Però io conosco la vostra prodigiosa memoria e il vostro attaccamento al lavoro, di cui non vi ringraziamo mai abbastanza. Quindi, se ci aiutaste, ve ne saremo molto grati.

L'uomo arrossí per i complimenti e, suo malgrado, sorrise con un lieve inchino.

– Tutto per la maggior gloria di Dio, padre. Tutto per la maggior gloria di Dio. Prego, ditemi pure, se posso sto qua.

Ricciardi, accorgendosi dell'avvenuto disgelo, ne approfittò.

– C'è una persona, un uomo di una certa età, che dichia-

ra di essere venuto a trovare padre Angelo nei giorni prima della disgrazia, probabilmente nella settimana che si è conclusa con la sua morte. Era un amico d'infanzia, Mario Terlizzi. Sarebbe importante capire se dice la verità o no. L'ausiliario annuí subito, senza esitazioni.
– Un uomo malato, eh? Molto malato, che a stento si regge in piedi. Un po' grosso, scuro. Prima passava spesso, poi non si è visto piú per parecchio tempo. Sí, sí, commissa'. È venuto. Ci stavo proprio io alla porta.
Ricciardi trattenne il fiato. Quindi era vero. Questo cambiava la prospettiva.
– Quando è stato, per l'esattezza? E padre Angelo c'era? L'ha ricevuto?
L'ometto rivolse a padre Cozzi uno sguardo che era una richiesta d'aiuto:
– Io... ecco... mica tengo un registro che...
Il superiore intervenne con un gesto rassicurante.
– Solo quello che vi ricordate, don Save'. Solo quello che vi ricordate.
Ricciardi ammirò la capacità del superiore di stimolare l'autostima dell'altro, che si concentrò sfiorandosi le labbra con la lingua e fissando un punto nel vuoto.
– Era di pomeriggio, giovedí pomeriggio, perché avevo finito di scrivere una lettera a mio fratello, al paese, che andai a spedire nella mattinata di venerdí. Lo accompagnò un'automobile pubblica. Il conducente lo sosteneva a braccia; gli sono andato in aiuto perché da solo non riusciva a fargli salire le scale. Aveva l'affanno, ed era assai dimagrito da quando l'avevo visto prima di Natale.
Padre Cozzi fece un cenno d'intesa a Ricciardi, per confermare che quella era l'ultima occasione in cui aveva incrociato Terlizzi.
Don Saverio proseguí:

– Chiese subito di vedere padre Angelo. Io glielo chiamai e lui arrivò trafelato: era sorpreso che fosse qui. Gli domandò il perché di quella pazzia e lo pregò di andare di sopra con lui, ma l'altro non ce la faceva. L'ausiliario s'interruppe, pensieroso. Padre Cozzi gli diede un altro po' di mangime.
– Fantastico! Avete visto, commissario? Ve l'avevo detto che il nostro Saverio è formidabile!

L'altro arrossí e continuò:
– Non aveva forze, allora padre Angelo lo prese sottobraccio e lo portò nel salottino in fondo al corridoio, avete presente? L'autista uscí a fumare: «Vi aspetto fuori», disse. I due rimasero a chiacchierare per una mezz'ora, poi padre Angelo riaccompagnò Terlizzi all'automobile.

Padre Cozzi lanciò un'occhiata a Ricciardi, per capire se era sufficiente. Ma il commissario aggiunse:
– Don Saverio, se riusciste a rammentare qualcosa che vi ha colpito, anche un dettaglio. Potrebbe essermi davvero utile se...

L'uomo si strinse nelle spalle.
– Vi ho detto quello che mi ricordo, commissa'. Mi allontanai cinque minuti per andare a prendere una busta per la lettera a mio fratello, ma proprio cinque minuti, e passai vicino alla porta del salottino. Io non origlio mai, padre Cozzi lo sa, sono una persona discreta. Ma loro stavano... discutendo animatamente. A voce assai alta. Io non capivo le parole, e nemmeno le volevo capire, ma pareva quasi che stessero litigando.

L'ometto era assorto, concentrato come se stesse scavando nella memoria.
– Però magari non litigavano, perché poi, quando uscirono, padre Angelo lo sosteneva e gli parlava piano piano.

Padre Cozzi annuí.

– Grazie, grazie assai, don Saverio. Come sempre siete prezioso, e io...
Ricciardi lo interruppe, a mezza voce:
– Ancora una cosa. Li avete visti in faccia, alla fine dell'incontro? Che espressione avevano?
Don Saverio era di nuovo a disagio. Spostò lo sguardo su una mensola con dei libri, come se cercasse di decifrarne i titoli.
Poi riportò gli occhi su Ricciardi e rispose:
– Padre Angelo era sereno come sempre. Sorrideva. Mi pareva che lo volesse calmare, all'amico suo. Quello invece...
Padre Vittorio lo incalzò:
– Invece?
Don Saverio lo fissò, stupito, quasi fosse la prima volta che ci pensava.
– Terlizzi piangeva, padre. Piangeva a singhiozzi.
Ricciardi si voltò verso padre Cozzi, afferrandogli il braccio.
– Sapete per caso dove è andato a scuola, padre Angelo?
L'uomo sbatté le palpebre, confuso.
– Io non... Lui raccontava spesso che... Non era di questa città, era lucano come padre Michele, ma aveva studiato qui, certo. Ah, sí, come no! All'istituto Vittorio Emanuele. Mi ha fatto vedere anche una fotografia dell'epoca, in divisa.
Ricciardi pareva posseduto da una febbrile agitazione:
– Vi ringrazio molto, don Saverio. E ringrazio voi, padre Cozzi. Mi siete stati di grande aiuto.
Il superiore gli sorrise.
– Come vi ho già detto, commissario, io e padre Angelo ci confessavamo a vicenda. È una cosa che si può fare, anche se è sconsigliabile per tanti motivi. Ma tra due sa-

cerdoti esiste un legame enorme, un rapporto profondissimo. Io, i suoi figli spirituali, i confratelli, don Saverio e tutti gli studenti vogliamo fortemente che questo brutale assassinio non resti impunito.

Ricciardi accennò un inchino e uscí.

La collina di Posillipo lo accolse con la sua rappresentazione di una limpida notte di luna piena.

XXXIX.

Andò a prenderlo da solo.
E lo fece per due motivi.
Il primo era l'incolumità di Vaccaro: il codice non scritto che regolamentava le relazioni tra i poliziotti prevedeva che un traditore, che metteva a repentaglio la sicurezza dei colleghi per lucro, dovesse essere punito subito e con la massima durezza. Lui stesso aveva assistito e partecipato a feroci pestaggi, che avevano lasciato il vigliacco infedele a terra in un lago di sangue. Accadeva perché a nessuno passasse piú per la testa di vendersi i compagni per una mazzetta o un facile guadagno.
Il secondo motivo era semplicemente perché era stato lui a farsi fregare. Lui, che avrebbe dovuto accorgersene per primo. Lui, che era responsabile della squadra, ai cui ordini gli uomini obbedivano senza indugi né dubbi, perché si fidavano senza riserve. Era stato lui a mettere la polizia alla berlina.
Il brigadiere Raffaele Maione si sentiva responsabile almeno quanto quel bastardo spergiuro, perché avrebbe dovuto capire.
Per questo, appena i quattro balordi, piagnucolando e implorando pietà, ebbero finito di raccontare chi era stato a inventarsi il piano, chi gli indicava dove colpire e come, quando agire e da che parte scappare, insieme al dolore e

all'umiliazione gli era calata addosso una strana freddezza. Si sentiva come morto.
Ne aveva fatto il suo delfino, l'interlocutore prediletto. Aveva pensato che potesse diventare come e meglio di lui, un poliziotto perfetto. Lo aveva accolto in casa, lo aveva presentato ai figli. Alla moglie.
E lo aveva fatto sedere al posto di...
La mente, pietosa, allontanò il ricordo. Non ora. Non era ancora il momento per quello. Ci avrebbe pensato a casa.
Lo incrociò per strada, proprio dove doveva trovarsi, apparentemente ligio alla consegna che gli era stata affidata. Donnarumma si era avvicinato al superiore, mentre usciva dalla gioielleria, e gli aveva detto, imbarazzato:
«Brigadie', andiamo insieme. Antonelli può chiamare la questura e farsi mandare un paio di colleghi per portare in galera questi quattro scemi. Io vi accompagno. Può averlo saputo; le voci corrono. È giovane, magari commette una pazzia. Facciamo che vengo con voi, brigadie'».
Maione aveva scosso la testa. Era terreo, un muscolo che gli guizzava sulla mascella, le mani enormi che si aprivano e si chiudevano. Donnarumma aveva insistito:
«E allora fatemi una cortesia, brigadie', noi ci conosciamo da tanti anni: datela a me, la rivoltella. Ve la tengo io, e domani in caserma ve la restituisco. Non lo passate un guaio, per un uomo di merda».
Maione se n'era andato dopo una lieve stretta al braccio della guardia. L'arma di servizio restò con lui: non era di quella, che aveva paura, ma delle sue mani, e di ciò che il cuore lo avrebbe spinto a fare.
Per arrivare dove c'era la ronda impiegò una vita. In realtà furono meno di dieci minuti, ma se avesse potuto avrebbe volato. Gli occhi che incrociava lo fissavano vuoti o scivolavano su di lui. La sensazione fu la stessa di quando

era tornato a casa dopo la morte del figlio, ormai cinque anni prima. Com'è possibile?, si interrogava. Com'è possibile che nessuno mi fermi e mi dica: che schifo di poliziotto siete! Grande, grosso, vecchio e fesso! Come avete fatto, brigadiere Maione Raffaele, a farvi fottere in questa maniera da un *creaturiello*, un ragazzino di San Giovanni? Uno qualsiasi, uno tra tanti?

Siete sicuro di essere ancora adatto a questo lavoro, caro brigadiere? Non è meglio che lasciate pistola, tesserino e cappello sul tavolo del vicequestore, domani mattina, e ve ne andate dritto in ospedale, a chiedere perdono al povero commerciante Caputo e alla famiglia sua?

Adesso che lo aveva di fronte, la bocca spalancata per la sorpresa di vedere il superiore con una giacca da lavoro e un pantalone sformato addosso, non sapeva piú che fare. Avrebbe voluto voltarsi e scappare, lui che era innocente, davanti al colpevole, per fingere che non fosse successo niente, per convincersi che nulla era vero, che l'abisso in cui era precipitato da quando Bambinella gli aveva rivelato quel nome fosse solo un brutto sogno, un incubo da cattiva digestione.

Dietro Felice c'erano Camarda e Cesarano, ancora ignari. Ma bastò un cenno impercettibile di Maione perché i due prendessero immediatamente posto ai fianchi del giovane, tagliandogli ogni via di fuga. Raffaele gli teneva gli occhi negli occhi, legandolo a sé peggio di una catena. Poté quindi intuire l'attimo in cui Felice realizzò cosa stava accadendo, e anticipare il gesto istintivo della sua mano verso la pistola.

Il braccio scattò in avanti e chiuse il polso del giovane in una fredda, terribile morsa. Sullo stesso viso su cui si era aspettato di leggere rabbia, aggressività, frustrazione, comparve una profonda malinconia.

Felice deglutí, fissando Maione in faccia. Attorno a loro la gente continuava a camminare ridendo, chiacchierando, fischiettando. Camarda e Cesarano si guardarono, e Maione credette di intravedere un cenno d'intesa fra i due. Era stato l'unico a non sospettare che il comportamento del ragazzo fosse solo strumentale? Vaccaro non ci provò nemmeno a inventarsi una storia, a giustificarsi, a tentare di sviare il brigadiere. Era intelligente, su questo Maione non si era ingannato.

Immerso nel rumore della via principale, in quella bellissima sera di maggio, sussurrando in modo che fosse udibile solo ai colleghi, disse:

– Non mi pento, brigadie'. I soldi li tengono solo qua, vedete. Passeggiano, si divertono e spendono, e i sogni nostri, nei quartieri dove non si lavora e i bambini muoiono di fame, valgono meno del legno vecchio da bruciare d'inverno. Mi dispiace per Caputo, non doveva andare cosí, ma era troppo attaccato al denaro che aveva in cassa. Non mi pento. L'ho fatto per Ines, che non ha colpa se è nata nel posto sbagliato e vuole vedersi bella almeno un giorno nella vita. Le volevo fare questo regalo. Coi quattro soldi che ci dànno, a stento riusciamo a campare.

Camarda sputò a terra. Felice proseguí, la stretta di Maione sul polso, le mani delle due guardie sulle braccia, il futuro dissolto.

– E non mi pento di essermi messo d'accordo con quattro amici miei che continuavano a morirsi di fame come da piccoli. L'idea mi è venuta subito, quando ho capito che potevo riferirgli i turni delle ronde in modo che loro agissero indisturbati. Un altro paio di colpi e stavamo tutti quanti a posto, brigadie'. Ines avrebbe avuto la festa sua, e gli amici miei di che aprirsi un'attività. Era bello, vi pare? Una bottega pure loro. Come i negozi che rapinavamo.

Una coppia di innamorati gli passò accanto, l'uno con gli occhi persi in quelli dell'altra. Felice proseguí:
– Di una cosa invece mi pento. Mi pento di avervi preso in giro, brigadie'. Quando mi sono accorto che vi eravate affezionato a me, che per voi stavo pigliando il posto di vostro figlio, è stato l'unico momento che mi volevo fermare. Ma era troppo tardi.

Maione sentí qualcosa spezzarsi dentro, come un ramo secco. Lasciò il polso del ragazzo e disse:
– No, Vacca'. È inutile che ti penti di questo. Tu il posto di mio figlio non lo avevi preso e non lo avresti preso mai. Il posto di Luca è ancora suo. Lo sarà sempre.

Si rivolse a Cesarano:
– Portatevelo. E fate in modo che quando vengo, domani mattina, stia già a Poggioreale. Perché per mo' ce l'ho fatta a starmene buono. Domani non lo so.

E se ne andò verso casa, cercando il coraggio di dire a Lucia quello che aveva da dirle.

XL.

Forse un giorno la città si arrampicherà fin quassú. Forse un giorno anche questa collina dolce fatta di campagna e odore di mare, di galline e di cime di alberi scompigliate dal vento sarà fatta di strade e case e rumori di ferro, invece che di canzoni e di sospiri.
Fino ad allora, però, ci sarà da godersi la luna piena ogni volta che sorgerà calma e indifferente, disegnando una via bianca a partire dall'orizzonte, ogni volta che renderà di nuovo visibile la sagoma della montagna addormentata, anche quando la notte dovrebbe inghiottirla lasciando immaginare che non esista, che ci siano solo le luci distanti e una terra oscura di fronte: un deserto punteggiato dalle piccole barche che rubano la vita agli abissi.
Fino ad allora, però, ci sarà la luna a raccogliere i pensieri dispersi nel buio.

Nella città lontana, la città celebrata, illuminata anche di notte dal sol dell'avvenire, la bellissima donna gatto prova a fare di nuovo amicizia con la propria pelle.
E cerca di capire se mettere quelle ore di viaggio tra sé e il suo sogno insensato, tra sé e quegli occhi verdi, servirà a ottenere lo scopo di dimenticare.
Aveva accettato di partire dalla sera alla mattina, accogliendo la richiesta dell'ufficiale. L'uomo le aveva sorriso, aveva piegato la testa di lato cercando le parole in una lingua che

non era la sua, e le aveva spiegato che, per questioni di lavoro, proprio cosí, di lavoro, doveva andare per qualche tempo nella grande città eterna. Non poteva evitarlo: primo perché era un ordine, e lui era pur sempre un soldato; secondo perché voleva scordare un rifiuto che aveva patito e pativa come un insulto a sé stesso e alla propria dignità.

Era stata tentata, la donna gatto, di dire di no. Di liberarsi finalmente da quel ridicolo ricatto, di scrollarsi di dosso il peso della finzione e del segreto e di tornare a lottare per il futuro che voleva, perché a lei nessuno poteva resistere, tantomeno l'unico uomo che aveva desiderato davvero.

Aveva risposto che ci avrebbe pensato, che magari lo avrebbe raggiunto. Aveva dato l'impressione di tentennare, ma con un tono di voce che era suonato falso anche alle sue orecchie.

Ora che è in piedi, nuda, a fumare davanti alla finestra, osserva la luna immobile nel cielo e pensa che, se la luna avesse gli occhi, quegli occhi sarebbero verdi. E che se due occhi verdi ti rubano l'anima è assai difficile riaverla indietro. Da qualche parte arriva una musica sottile, e la donna gatto, che era una cantante, riconosce la canzone:

«And in a little while, he'll take my hand,
And though it seems absurd, I know we both won't say a word».

Prenderà la mia mano, all'improvviso, dice; e per quanto paia assurdo, so che non pronunceremo una parola.

Alla luce della luna, la donna gatto guarda la propria pelle liscia. E pensa che quella luna e quella pelle avrebbero bisogno del mare, perché, senza il mare, né la luna né la pelle riescono a dare nulla di sé. Anche se la grande città eterna la chiama, e se tutto sembra perfetto, non ci può essere perfezione senza il mare e senza la sagoma della montagna che si distingue nella luce di latte.

Finita la sigaretta, spento il mozzicone, la donna gatto si volta verso il letto. Verso la sagoma dell'uomo che dorme. Che nulla sa di lei e della sua pelle, e della luna e del mare.

Forse tra dieci o cento anni le luci saranno anche qui, sulla collina. E tra le luci sarà difficile vederla, la luna. Somiglierà a uno dei tanti lampioni divorato dal progresso e dalla scienza, dal cemento e dal metallo.

Forse allora non ci sarà tempo per pensare, lungo la strada, gli occhi fuori da un finestrino a contemplare la distesa di vite addormentate che aspettano di svegliarsi ancora, di combattere ancora, di lottare ancora.

Forse allora non sarà piú possibile immaginare tutti questi sogni alimentati e incrementati dalla luna, che giú in basso si incrociano come di giorno si incrociano le voci e le rabbie e i sorrisi.

Non riuscendo a dormire, la donna cigno si affaccia alla finestra e alza gli occhi verso la luna.

Pensa, la donna cigno, che con la luna tutti i vestiti, le terre, il denaro e le automobili perdono di valore. Che se ci fosse solo la luna, e il sole mai sorgesse a illuminare spietato le cromature, le sfumature e i colori la gente smetterebbe di lottare per le apparenze, di discutere solo di come si veste quella o di quanti palazzi ha quell'altro. La luna, pensa la donna cigno, illumina poche cose, ma le rende bellissime.

Oggi ha deciso di dormire nel grande palazzo sul mare, la donna cigno. È suo, adesso, e le sembra giusto concedere questo tributo all'amico morto che lo desiderava tanto. Ne cerca il ricordo sotto la luna, con in sottofondo la musica nera che lui adorava.

«Someday he'll come along, the man I love, And he'll be big and strong, the man I love».

D'impulso, al cospetto del mare e della luna sospesa che avvolge e comanda, la donna cigno si libera della vestaglia e della camicia da notte. Il suo corpo nudo è splendido, ma non lo sa nessuno. I seni piccoli e alteri, il ventre piatto e le lunghe gambe. La conchiglia nascosta del sesso. I lunghi capelli lasciati liberi sulle spalle.
La donna cigno e la luna si fronteggiano da pari a pari. La ragazza nera dice che un giorno l'uomo che ama arriverà, e sarà grande e forte. La donna cigno pensa che la luce della luna bagna senza inondare, che sulla pelle è dolce, ma colpisce e scotta piú di quella del sole.
«He'll look at me and smile, I'll understand,
And in a little while he'll take my hand».
La donna cigno pensa che i suoi giri solitari nel lago in cui vive avranno fine. Che è questione di tempo, e qualcosa o qualcuno le darà pace. Mi guarderà con un sorriso, io capirò; e in un attimo prenderà la mia mano. Cosí dice la ragazza nera, anche lei amica di Carlo e perciò un po' sorella della donna cigno.
Posa il bicchiere sul tavolino e lascia andare le lunghe dita sottili in una carezza a fior di pelle che muove dalla base del collo, sfiora il capezzolo e l'ombelico e si abbassa silenziosa.
La luna ricorda, sorridente e ferma nel cielo, che la notte è solo un'illusione.
Una magnifica, dolcissima illusione.
«And so, all else above, I'm waiting for the man I love», cantò la voce nera.
E si spense nel mare che aspettava sotto la luna.

Forse, tra cent'anni, nemmeno si chiamerà come adesso, la collina.
Forse verrà indicata con una breve parola straniera, perché in tanti trovano il modo di comandare su questa città, conquistandola con false promesse.

Ma ci sarà comunque chi ne ricorderà il vero nome, che le fu dato da persone che arrivarono su una nave di legno in un mondo che era giovane, un nome che significa pausa dal dolore. E pure quando la mano dell'uomo avrà divorato l'erba e gli animali e i cani che abbaiano e tutti gli alberi, pure allora ci sarà chi si affaccerà da un parapetto e si scoprirà faccia a faccia con la luna e con la distesa nera sotto di lei.
E gli verrà voglia di cantare. Pure allora.

La ragazza con gli occhiali guarda lo spicchio di cielo che si scorge tra i due tetti, il suo e quello di lui, e in quello spicchio di cielo compare la luna.

Simile a una finzione enorme e aliena, bianca e luminosa, fredda e distante.

Ne è sorpresa, eppure non dovrebbe, perché un chiarore strano aveva annunciato il suo passaggio, con la via che era diventata visibile, a quell'ora della notte, restando deserta.

La ragazza con gli occhiali sente una strana energia arrivarle da quella luce. La sua insonnia dura ormai da troppo, e l'abbraccia in uno stato di perenne distanza dalla realtà, confondendo i sogni con ciò che la circonda.

Non sta male, non piú. Accetta la sua condizione, la nuova solitudine cosí diversa da quella che l'aveva preceduta. Prima c'era la musica sottile di una speranza, prima era un percorso lungo e difficile verso una meta. Adesso c'è solo il buio tunnel di un cammino che non porta a niente.

Eppure, stanotte, la luna immensa che si è affacciata nello spicchio di cielo sembra volerle dire altro. Sembra chiamarla a un nuovo compito, raccontarle di un nuovo paesaggio che forse l'attende al termine della strada.

O forse no.

Nella luce bianca della luna, e senza un motivo, la ragazza con gli occhiali sbottona la camicia e libera il corpo dalla *biancheria. I grandi seni floridi, i fianchi morbidi e le gambe tornite si bagnano di quel latte che viene dal cielo, traendone una misteriosa, incredibile forza.*

Scrutando la luna di passaggio tra i due tetti, la ragazza con gli occhiali sorride come non accadeva da giorni. E le pare di sentire la voce di una ragazza nera che canta: e cosí, dopo tutto, io aspetto l'uomo che amo.

Forse tra cento o duecento anni non ci sarà piú distinzione tra un quartiere e un altro, e l'intera città avrà la stessa anima.

O forse nemmeno l'avrà piú un'anima, la città, e sarà in ogni cosa uguale al resto del mondo.

Di giorno.

Perché quando di notte la luna si farà strada e le stelle si tireranno indietro per lasciarla passare, e lei si fermerà al suo posto in mezzo al cielo regalando il proprio riflesso al mare, allora chiunque correrà, striscerà o volerà sulla terra dove una volta c'era la collina chiamata la pausa dal dolore dovrà fermarsi per forza.

Alzati gli occhi li scoprirà umidi, e sulla faccia gli si disegnerà un sorriso.

Perché di notte, quando splende immobile quel disco di latte e di luce, nessun luogo è come questo.

Nessuno.

XLI.

Nella notte silenziosa, Lucia entrò in cucina e vide il marito di spalle, seduto al tavolo, la faccia verso la finestra aperta dalla quale filtrava bianca la luce della luna.

Da quando era tornato a casa non aveva detto una parola. I figli gli avevano domandato perché avesse indossato quel vestito vecchio, perché avesse lasciato la divisa sulla sedia in camera da letto, ma lui non aveva risposto.

Pian piano la conversazione era scemata, fino a cessare. Anche i piú piccoli lo guardavano di sottecchi, cercando una spiegazione a quell'insolito silenzio senza rabbia, a quell'espressione priva di pensiero. Lucia, che lo conosceva nell'anima, nel cuore e nella mente, aveva compreso che non si poteva entrare nel recinto in cui si era rinchiuso.

Bisognava aspettare che fosse lui a uscirne, o almeno che chiamasse per chiedere aiuto.

Lucia lo sapeva, perché era successo anche a lei.

Senza girarsi Raffaele avvertí la sua presenza. E la sua voce fu talmente bassa che poteva essere stata la luna stessa a parlare:

– Tenevi ragione, Lucí. Ovviamente tenevi ragione. E io, io che sono vecchio ed esperto, io che dovrei capire la gente a venti passi di distanza con una sola occhiata, io mi sono fatto fregare da quel *muccusiello*, uno che puzza ancora del latte della madre.

Lei attese, in piedi sulla soglia della cucina, consapevole

che se avesse fatto un passo o detto una parola quel flusso si sarebbe interrotto e il marito si sarebbe ritratto di nuovo nell'ombra, per venirne fuori chissà quando.
– Io non lo so com'è potuto accadere, Luci'. Sono passati cinque anni, no? Cinque anni sono tanti, e mi devi credere, che il Padreterno mi perdoni, io mica ci penso ogni giorno. Cioè, è come una musica triste nel cuore. Hai presente il cinematografo, i film muti? Quando il pianoforte suona uno vede la storia e si scorda che il pianoforte sta suonando. Ma se la musica si interrompe, senti che manca qualcosa, e tutti quelli che stanno nella sala cominciano a fischiare per riempire il silenzio.
La voce si spezzò un istante. La mano di Lucia tremò nel buio, ma non si mosse.
Maione riprese:
– Ma una musica non è la storia. E io rido, mi arrabbio, urlo. In casa e fuori. Insomma, faccio la vita mia, campo lo stesso. Faccio il papà, il brigadiere, pure il marito, spero. Faccio del mio meglio. Dobbiamo vivere, no? Dobbiamo vivere. Ci sta tanta gente che dipende da noi, Luci'. E allora io campo lo stesso, pure se le note di quel pianoforte sono sempre dentro di me. Ti pare strano, Luci'?
La donna non disse niente, sospirò. Il brigadiere, in canottiera, le spalle robuste curve in avanti, i capelli radi sulla nuca, annuí nel buio.
– Io non ho mai immaginato di sostituirlo, a Luca mio. Luca mio non si può sostituire perché è vivo, sta qua. Siamo noi, no? Siamo noi. Per questo siamo rimasti insieme, per questo il pianoforte suona nella testa mia. E lo so che lo senti pure tu, Luci', ti credi che non lo so? Secondo te quando ti vedo sorridere con quel sorriso tuo, con gli occhi lucidi perduti nel vuoto, non lo capisco, a che stai pensando? Figurati se potevo sostituirlo, a Luca.

Lucia si portò la mano alla bocca, pregando di non scoppiare in singhiozzi.
— Per questo l'ho fatto sedere a quel posto, Luci'. E scusami per questo, sono stato un imbecille. Ma era per dirti che per me, e a maggior ragione per te, mica serve un posto vuoto a tavola per ricordarsi di Luca. Luca sta in braccio a te, e io me lo porto a cavalluccio ogni minuto della vita nostra. Non solo al pranzo della domenica.

Lucia non riuscí piú a trattenere il pianto, ma Raffaele parve non accorgersene.

— Oggi ho scoperto una volta di piú che il dolore, la mancanza, possono renderti cieco e sordo. Che sono pericolosi perché ti impediscono di vedere quello che invece dovresti vedere. Questa mia è una confessione che ti faccio, Luci'. E come in ogni confessione, io ti chiedo perdono. Perdonami, amore mio. Perdona questo vecchio orso fesso, che crede che con la forza e con la chiarezza si risolve tutto e che invece non è capace nemmeno di vedere davanti al proprio naso.

Le ultime parole si erano incrinate. Rabbia, mortificazione.

Lucia fece un passo in avanti e gli poggiò entrambe le mani sulle spalle pelose.

— Quest'orso è il miglior padre, il miglior marito e il miglior brigadiere che possano esistere. Io non lo volevo in casa, a quello, non perché pensassi che volevi rimpiazzare Luca. Io lo so che Luca non si può rimpiazzare. Sono *scemità*, queste. Io non lo volevo perché non mi piaceva. Perché teneva gli occhi falsi, e il sorriso finto. Sono contenta che te ne sei accorto pure tu. Tutto qua. E poi, Luca era assai, ma proprio assai piú bello, perché era uguale alla mamma.

Le spalle di Maione sussultavano appena sotto le mani ferme e forti della moglie.

Lucia lo lasciò aggrapparsi alla sofferenza ancora per un po', poi gli disse:
– Vieni, mo' basta. Andiamo a dormire, ché domani ci dobbiamo svegliare presto. Teniamo una vita da vivere. E domenica mi siedo io accanto a te, in quel posto. Cosí stiamo un po' piú vicini. Ci dobbiamo abituare a stare vicini per quando ci faremo vecchi. Vieni, orso. Vieni a letto.

E Maione, finalmente, trovò pace.

XLII.

Era troppo presto per andare dove doveva.
E d'altro canto, ormai, non dormiva per piú di un'ora di seguito, quindi alle prime luci dell'alba si alzava e si vestiva, per cominciare una giornata che gli consentisse di immergersi in altri pensieri e in altre passioni, e distogliere cosí la mente da una solitudine che era antica e nuova insieme. Nuovissima, e insopportabile.
Arrivò dalle parti dell'ufficio piú per un automatismo delle gambe e dei piedi che per un impegno reale in questura. Poi però, d'impulso, percorse un altro centinaio di metri fino alla chiesa di San Ferdinando.
Un pensiero che angustiava il commissario era di aver fatto la figura del folle davanti a don Pierino, quel pomeriggio a casa Colombo. Col piccolo viceparroco aveva stabilito nel tempo un rapporto speciale, di stima e, se non di affetto, di fiducia e considerazione. Lo rammaricava molto essere sembrato piú squilibrato di quanto non fosse.
Prese un profondo respiro ed entrò, accolto dal fresco e dall'odore di incenso e delle candele accese. La penombra era gradevole e dai primi banchi giungeva il salmodiare ipnotico di una mezza dozzina di donne che recitavano il Rosario con i loro scialli neri sulla testa. Maggio, pensò. Ancora maggio, il mese della Madonna.
Si guardò attorno e non scorse don Pierino. Evidentemente la funzione che si celebrava subito dopo l'alba era

terminata, e la successiva si sarebbe tenuta piú tardi. Controllò l'orologio: aveva qualche minuto. Si sedette su una delle ultime panche, sentendosi piú che mai fuori posto. Era strano il rapporto di Ricciardi con la fede. Nessuno piú di lui avrebbe dovuto accettare l'idea di una vita dopo la morte, e perciò di un Dio o di un'entità superiore che accoglieva le anime separate dai corpi. Ma in realtà, dei defunti, a lui arrivava solo la cosa piú ordinaria e terrena: la sofferenza per il distacco violento, che generava un'eco forte e chiara come un messaggio. Non c'era alcun significato metafisico, nessuna prova teologica in quell'urlo che percepiva in forma di sussurro disperato. Un lamento. Solo un povero, atroce lamento.

Il commissario era pertanto indifferente all'idea dell'esistenza di un paradiso, di un purgatorio o di un inferno. Era convinto che la vita fosse tutta lí, e che il dolore non avesse senso; e forse nemmeno l'amore.

Mentre rifletteva si sentí toccare una spalla, e si accorse che in piedi accanto a lui c'era don Pierino, sorridente e già attivo.

Il sacerdote gli si rivolse a bassa voce:
– Ma che bella sorpresa! Sono contento di vedervi. Sentivate il bisogno di una preghierina, eh? Non immaginate quanti passano un momento di qua prima di buttarsi nel mare dei loro impegni.

Ricciardi si alzò.
– No, padre, non sono qui per pregare. Lo sapete, purtroppo non ho questo conforto. Volevo salutare voi.

Don Pierino assunse un'espressione comicamente triste.
– Uh, che peccato. Confidavo in un raggio di sole. Ma non la perdo la speranza, commissa', è questione di tempo. Il Signore sa aspettare, che vi crede. Venite, venite piú in qua, cosí possiamo parlare senza dare fastidio.

I due uomini si spostarono di qualche metro, collocandosi all'estremità della navata dall'altra parte dell'altare.
– Allora, ditemi. Posso esservi utile?
– Grazie, padre. Stavolta, però, non sono qui per ammorbarvi con i miei problemi di lavoro. Per una volta non ho niente da domandare. Piuttosto volevo chiedervi scusa.
Il piccolo prete lo guardò con sincero stupore.
– Voi? A me? E perché?
– Per… per il mio comportamento di domenica pomeriggio, a casa di… a casa del cavalier Colombo. Ho avuto una reazione ingiustificabile.
Don Pierino lo fissava con tenerezza. Avrebbe voluto aiutarlo, ma sentiva che l'uomo aveva bisogno di trovare da solo le parole per spiegare l'accaduto.
– Io, padre, non faccio molta vita sociale. Talvolta qualche amico mi costringe ad andare a teatro, o a mangiare in trattoria; il dottor Modo, voi lo conoscete, o la contessa di Roccaspina. Mi vogliono bene, molto piú di quanto io meriti. Ma dover sostenere una conversazione in un salotto… non fa per me. La mia reazione è stata molto maleducata; mi sono vergognato, perciò dopo sono scappato cosí.
Don Pierino congiunse le mani.
– No, commissario. Non dite questo. La signora Colombo è una madre meravigliosa e una moglie straordinaria, ma sa essere un po' sgradevole quando le cose non vanno come lei vorrebbe. Ecco tutto. Voi non avete nessuna colpa, credetemi. Io avrei reagito anche peggio.
Ricciardi scosse la testa.
– Non è cosí, padre. È che a volte tra le persone si svolge un dialogo esplicito e uno implicito. Io… la mia situazione, ecco, è un po' particolare e…
Fece un gesto vago nell'aria e si bloccò. Il piccolo prete decise di lanciargli un salvagente.

– Commissario, io sembro un po' tardo, lo so. Sorrido sempre, cerco di portare un poco di buonumore nella vita della gente che incontro. Le persone hanno tanti motivi per essere tristi. Questo però non implica che non abbia occhi e orecchie: le cose le vedo. In piú ci sono le confessioni.

Ricciardi domandò, perplesso:
– Le confessioni? In che senso?
– Rifletteteci, noi non possiamo rivelare mai, in nessun caso, i segreti che riceviamo in confessione; ma questo non significa che non sappiamo quanto ci viene confidato, e che non lo ricordiamo.

Il commissario sospirò.
– Padre, è che io... io ho un sentimento nel cuore. Un sentimento molto forte, e...

Don Pierino intervenne:
– Enrica Colombo è una ragazza dolcissima, la migliore che ci sia. La conosco da molti anni e le voglio assai bene. È riservata e silenziosa, sí, ma non riesce a nascondere quello che prova a chi sa leggerle dentro. Vi posso garantire che il vero dramma, domenica pomeriggio, l'ha vissuto lei.

Ricciardi replicò:
– Dite? Ma vi assicuro che è stato meglio, padre. Molto meglio per lei. Io, e non sto qui a spiegarvene la ragione, non posso darle proprio niente.

Il prete ribatté:
– Davvero? E non vi pare un po' presuntuoso, commissario, decidere per lei? Non dovrebbe essere Enrica, a scegliere?

Prima che Ricciardi potesse rispondere, don Pierino scorse un uomo anziano che, reggendo in mano il cappello, attendeva nei pressi del confessionale.

– Abbiate pazienza un momento solo, commissa'. Il lavoro mi chiama. Quel signore, Renato, se non si confessa ogni mattina non avvia la giornata.

Ricciardi si soffermò a guardare il piccolo prete che saltellava verso il confessionale, salutando il vecchio e indossando i paramenti che erano all'interno della struttura in legno con la grata. Diede di nuovo un'occhiata all'orologio: non aveva piú tempo, ma gli dispiaceva non salutare don Pierino. Decise di aspettare ancora un po', se la cosa si fosse dilungata troppo, sarebbe andato via, ripromettendosi di tornare: il sacerdote avrebbe capito.

Il signor Renato si mise in ginocchio. Qualcosa colpí Ricciardi a livello inconscio. Tentò di comprendere cosa fosse, frugando nella mente; non riuscí a focalizzare il pensiero e restò immobile, a disagio.

Dopo non piú di tre minuti l'uomo si segnò. Don Pierino uscí dal confessionale, gli si avvicinò e lo aiutò a sollevarsi sorreggendolo per il braccio.

E Ricciardi capí tutto. Tutto.

Quando don Pierino lo cercò, non lo trovò piú.

XLIII.

Ricciardi tornò in questura quasi correndo: la sua mente lavorava senza sosta alla nuova intuizione.
Gli pareva che ogni tassello fosse finito al proprio posto, e che tutto si spiegasse con quella scena a cui aveva assistito: una ricostruzione pressoché perfetta di ciò che era accaduto sullo scoglio di Posillipo.
A parte l'omicidio, naturalmente.
Il commissario cercava Maione: aveva idea che gli sarebbero serviti due occhi e due mani in piú. Sperò che fosse già arrivato, nonostante fosse presto, e infatti lo trovò in ufficio. In realtà rilevò che erano presenti quasi tutte le guardie, e che l'atmosfera era parecchio pesante.
Il brigadiere gli si avvicinò, il viso segnato per la mancanza di sonno, e con un tono all'apparenza distaccato gli riferí della rapina sventata e della cattura dei colpevoli.
Soprattutto, gli comunicò che Vaccaro Felice era stato arrestato per aver fornito ai malviventi le informazioni necessarie a commettere i crimini, e che anzi era risultato proprio lui la mente della banda.
Ricciardi fu molto sorpreso, e ancor piú addolorato per Raffaele. Aveva percepito quanta fiducia e affetto nutrisse per quel ragazzo.
Gli appoggiò una mano sul braccio e gli disse:
– Su, adesso andiamo a risolvere il caso dell'omicidio

del prete, cosí ci ricordiamo perché abbiamo scelto questo mestiere.
Maione replicò con un saluto militare.
– Comandate, commissa'. E abbiate pazienza se vi è toccato un brigadiere fesso.
– Fesso? – sorrise Ricciardi. – A me pare di parlare con un brigadiere che è appena venuto a capo di una serie di rapine, arrestando tutti i responsabili. A me pare di avere la fortuna di lavorare col miglior poliziotto della città.
Lungo il tragitto Ricciardi raccontò a Maione di Terlizzi, della visita al seminario la sera precedente e dell'incontro con don Pierino.
Soprattutto gli illustrò ciò che aveva immaginato.
Maione si bloccò sbalordito.
– Voi credete, commissa'? Addirittura?
Ricciardi lo fissò, invitandolo a camminare piú in fretta.
– Proprio oggi tu non dovresti meravigliarti. E come vedi è una situazione in cui può trovarsi chiunque.
Il liceo Vittorio Emanuele aveva due ingressi: uno anteriore sulla grande piazza, riservato al convitto, l'altro sul retro, che affacciava su una strada angusta e trafficata. I due poliziotti scelsero il secondo, che consentiva l'accesso diretto alla scuola.
Alla porta c'era un custode in camice nero, al quale si qualificarono e che li scortò in un ufficio al piano superiore.
Attraversarono un lungo corridoio con due sequenze di aule ai lati, nelle quali stavano confluendo in ordine gli allievi, vestiti con giubbe turchine a doppio petto e dai bottoni dorati. L'uniforme di Maione attirò molti sguardi curiosi.
La presidenza era una stanza ampia, ricolma di trofei, medaglie e diplomi, e il preside un signore di mezza età, alto e molto distinto; aveva l'abitudine di indossare un

monocolo, legato al panciotto tramite una catenella, che lasciava poi cadere sollevando il sopracciglio.
Si avvicinò per riceverli.
– Buongiorno, signori. Sono il dottor professor Tamburrini Ernesto, preside di questo regio liceo. Con chi ho il piacere di...
Dopo avergli stretto appena la mano, Ricciardi presentò sé stesso e Maione. E, cogliendo la silenziosa preoccupazione del dottor professor, chiarí subito i termini della questione.
– Non si tratta di fatti recenti, state tranquillo. Avremmo bisogno della vostra collaborazione per qualcosa che potrebbe essersi verificato qui molti anni fa. Piú di cinquanta, per la precisione.
Il monocolo cadde istantaneamente.
– Ma... all'epoca io non c'ero, e nemmeno il personale che abbiamo ora. Nessuno...
Maione sbuffò:
– E certo, professo', è logico. E neanche siamo sicuri delle date. Diciamo che prendiamo in esame l'arco di un decennio, tra il Settanta e l'Ottanta. Vorremmo sapere se vi risulta qualcosa di notevole, di grave, successo qui in quegli anni.
Ricciardi integrò le informazioni.
– Ci rendiamo conto che è una richiesta strana, e che è difficile risalire a un passato cosí remoto, ma ci sarebbe assai utile per un'indagine che stiamo portando avanti.
L'uomo si strinse nelle spalle.
– Commissario, mi dispiace, io... Però posso mettervi a disposizione i registri di allora, che naturalmente conserviamo.
– Va bene, grazie. Cominciamo con quelli.
I due poliziotti furono accompagnati in una stanza piú piccola, dove ampie scaffalature in legno, ingombre di documenti, arrivavano fino al soffitto. Tamburrini li lasciò

soli, dopo aver indicato un armadio sul quale due targhette indicavano i decenni in questione.

Maione, con gli occhiali da lettura sul naso, impiegò circa mezz'ora per trovare qualcosa.

– Ecco qui, commissa'! De Lillo Angelo, nato a Oppido Lucano il 17 di marzo del 1859, figlio di Giustino, reddittiere. Ammesso all'esame di licenza liceale eccetera eccetera nel giugno 1878.

Ricciardi si era alzato e leggeva stando dietro le spalle del brigadiere.

– Vediamo se... Ah, ecco qui: Terlizzi Mario, nato a Giugliano il 15 di gennaio del 1859, figlio di Guido, commerciante. Ammesso all'esame lo stesso anno. Quindi potrebbe trattarsi di una cosa accaduta nei cinque anni precedenti, se...

Furono interrotti dal preside, che bussò con delicatezza alla porta; il monocolo era saldamente al suo posto. Insieme a lui c'era una suora piuttosto vecchia.

– Scusatemi, commissario, ma sul momento non avevo pensato alle nostre suore.

Ricciardi e Maione erano perplessi. Il preside sorrise.

– Ci avvaliamo, soprattutto per il convitto, dell'aiuto di queste meravigliose francescane. Suor Clelia, all'epoca che interessa voi, era una novizia. Sorella, volete ripetere al commissario e al brigadiere quello che avete riferito a me, per favore?

La donna parlava a voce bassissima, tenendo gli occhi fissi davanti a sé e rivolgendosi comunque al dottor professor.

– Eravamo alla fine dei corsi del '78; io avevo ventun anni ed ero entrata nell'Ordine da tre. Stavo in infermeria. Allora come adesso capitava che qualcuno si facesse male: la scherma, la ginnastica... Lo sapete, preside. So-

no ragazzi, insomma. Un giorno, subito prima delle ammissioni agli esami, di pomeriggio, portarono un docente. Uno giovane, che stava qui da poco, poverino: mi pare insegnasse Storia naturale.
Ricciardi era concentrato.
– Cosa gli era successo?
Suor Clelia rispose al preside:
– Dava di stomaco. Non riusciva a fermarsi. Era bianco bianco, scosso dai conati pure quando non teneva piú niente da cacciare.
Maione non capiva la rilevanza dell'evento.
– E allora? Aveva mangiato qualcosa che...
Con un tono quasi impossibile da udire, la francescana concluse:
– Solo che poi è morto.
Nel silenzio che seguí, i due poliziotti si guardarono in faccia.
Poi Maione domandò:
– Come si chiamava questo docente, sorella?

XLIV.

Il ragazzo biondo percorse il corridoio, tenendo gli occhi fissi davanti a sé. Non avrebbe potuto circolare liberamente senza permesso, ma la disciplina era temporaneamente saltata: i prefetti, come la maggior parte del corpo docente, il rettore, i custodi e gli inservienti erano riuniti in silenzio fuori dall'infermeria.

Un agghiacciato, sconvolto silenzio.

Se qualcuno lo avesse incrociato avrebbe visto solo un ragazzo che camminava tranquillo in direzione dei servizi igienici al pianterreno. Gruppi di studenti si affacciavano dalle aule nell'illusione infantile di passare inosservati in un momento cosí terribile.

Le voci non avevano ancora cominciato a girare e a essere amplificate, com'è normale in quegli ambienti in cui ogni narratore aggiunge qualcosa per ingigantire la portata dell'evento. Per ora si sapeva solo il fatto in sé, e pareva già abbastanza.

Il ragazzo biondo entrò nei bagni e sentí subito il rumore dei conati di vomito. Suo malgrado avvertí un brivido: gli tornò prepotente dinanzi agli occhi l'immagine del professore che all'improvviso, paonazzo per gli spasmi, rovesciava il contenuto dello stomaco accanto alla cattedra.

E percepí chiaro e violento il senso di colpa che lo avrebbe accompagnato per tutta la sua esistenza: quello per il sollievo, la soddisfazione che aveva provato al pensiero che il piano era riuscito, che non ci sarebbe stata la versione di greco, che ogni cosa era andata secondo le previsioni.

Si accostò al buco accanto al quale il ragazzo grasso era inginocchiato a rigettare.

– Alzati, presto, – gli intimò.

L'altro impiegò qualche istante, poi si pulí la bocca col dorso della mano, gli occhi neri gonfi per lo sforzo.

Appena fu in piedi iniziò a singhiozzare disperato.

– Che... che abbiamo fatto? – balbettava. – Che abbiamo fatto? Noi... noi...

Il ragazzo biondo gli afferrò la faccia.

– Noi non abbiamo fatto proprio niente. Hai capito? Niente!

L'altro lo fissava angosciato.

– Ma che dici? Lo scopriranno e verranno ad arrestarci. Magari ci condanneranno a morte. Siamo perduti!

Il ragazzo biondo si sporse nel corridoio, guardò da entrambi i lati e chiuse a chiave la porta. Quindi si avvicinò di nuovo al ragazzo bruno e con forza lo sbatté contro il muro.

– Ascoltami bene, perché forse non avrò il tempo di ripetertelo. Noi non abbiamo fatto niente. E nessuno può dimostrare il contrario. Nessuno.

– La caraffa con il tartaro emetico! Basterà che controllino e...

– No. Ci ho pensato io. L'ho presa e l'ho sciacquata quando lo hanno portato via, ci ho perfino rimesso il limone dentro. Nessuna traccia di tartaro. Nessuna. Non te ne devi preoccupare.

L'altro scuoteva il capo, sconvolto.

Lo abbiamo ucciso! È morto. È morto!

Un'ombra passò sul viso del ragazzo biondo.

– Sí. È morto, una tragedia. Purtroppo è vero. Ma chi poteva prevedere che per un po' di emetico sarebbe finita cosí? Forse era già malato. Forse sarebbe morto stanotte, o domani. Chi lo sa? E comunque non possiamo rimediare.

Il ragazzo bruno scoppiò in lacrime; le braccia strette al petto, ondeggiava avanti e indietro. Il biondo continuò, sputando le parole insieme con la saliva sul viso del compagno:

– Se costituirci, andare dal rettore dicendo sí, signore, siamo stati noi, non volevamo che succedesse, ma siamo stati noi; se dichiarare al mondo, alla polizia o ai gendarmi o ai nostri genitori che siamo noi i responsabili servisse a riportarlo in vita, mi sarei già presentato. E nemmeno ti avrei coinvolto, mi sarei preso l'intera colpa. Te lo giuro.

Il ragazzo grasso non riusciva a calmarsi.

– Non possiamo farla franca, lo capisci? Ci troveranno, un uomo di quell'età non muore all'improvviso! Faranno gli esami ed emergerà tutto! Se confessiamo spontaneamente, forse avranno pietà, forse si convinceranno che era solo uno stupido scherzo e…

Il biondo proruppe in una risata amara.

– Davvero lo credi? Saremmo comunque rovinati. Non avremmo piú un futuro neanche se, per assurdo, dovessero lasciarci liberi. Inoltre questo non risusciterebbe il poveretto. Tre vite perdute invece di una sola. È stata una tragica fatalità. Nessuno ha visto, nessuno sa. A parte noi due.

Sul volto e negli occhi del bruno si dipinse una nuova sfumatura di terrore. Pensava che l'altro, con la sua freddezza e lucidità, sarebbe stato capace di qualsiasi cosa, pur di attraversare indenne quella bufera.

Il biondo, continuando a fissarlo con i suoi occhi spaventosi, privi d'espressione, disse:

– Io ti giuro, su ciò che piú amo e su Dio stesso, che non rivelerò mai ad anima viva che siamo stati noi. Ti prego di fare altrettanto.

Dopo una pausa aggiunse, a voce ancora piú bassa:
– Ti ricordo che il tartaro l'hai portato tu, sarà facile scoprire che manca da casa tua: io qui non posso procurarmelo. E i compagni testimonieranno che mi sono avvicinato alla cattedra dall'altro lato rispetto alla caraffa. Pensaci.

Il ragazzo grasso si sentí sprofondare in un abisso.

Spaventato, lo assecondò:
– Va bene. Va bene, come vuoi. Non... non dirò niente. Lo giuro su Dio.

Il biondo annuí soddisfatto, e si girò per uscire.

Il ragazzo bruno allora sussurrò:
– Dicono che era sposato da poco, l'ho sentito da una suora. Che aveva un figlio piccolissimo, appena nato...

Il biondo si bloccò, la mano sulla maniglia della porta.

Con tono da adulto, affermò:
– Io giuro che proteggerò e assisterò quel bambino, che lo tratterò come se fosse mio. Giuralo anche tu.

L'altro ripeté, in un soffio:
– Lo giuro.

Angelo si voltò appena.
– Bravo, Mario. Bravo. Andrà tutto bene.

E uscí.

XLV.

Uscirono a precipizio dal convitto, presi da una nuova, incontenibile fretta.
Maione disse:
– Ci andiamo subito, commissa'? Di corsa, no?
Ricciardi rifletté e si bloccò, trattenendo il brigadiere per un braccio.
– Aspetta, Raffaele. Se arriviamo e non lo troviamo, potrebbero avvertirlo che lo stiamo cercando. E poi voglio avere prima un quadro preciso di quanto è successo. Qual è il ruolo di Terlizzi in questa faccenda? Perché, sebbene sia cosí malato, si è spinto fino al seminario per parlare con padre Angelo? Solo lui può dirci cosa è realmente accaduto.
Maione annuí.
– E sí, pure perché abita a meno di cinque minuti da qui, commissa'. Poi siamo di strada per passare dalla questura e prendere la macchina.
All'ingresso del palazzo, Cleofe, la portinaia, li apostrofò:
– Oh, ma che viavai c'è oggi da quel povero signor Terlizzi. Sta poco bene, lo volete capire o no?
Maione replicò, allarmato:
– Chi altro è venuto, signo'?
Ma Cleofe, voltando le spalle ai due, aveva ripreso a spazzare il cortile.
Ricciardi si era già lanciato per le scale, e Maione gli andò dietro respirando a fatica.

Edvige, la domestica, aprí la porta dopo un paio di minuti, durante i quali i poliziotti non avevano smesso di picchiare ai battenti e di girare l'interruttore del campanello. Si stava asciugando gli occhi con un fazzoletto sporco.
– Eh, ma che fretta! Si può sapere chi... Ah, brigadiere, commissario, siete tornati?
Ricciardi rispose, concitato:
– Dobbiamo vedere subito il signor...
La cameriera lo interruppe scuotendo la testa.
– Eh, vi tocca aspettare, commissa'; il padrone mio si sta confessando. Ha capito che è arrivato il momento e mi ha fatto chiamare...
Maione la spinse via con una manata che quasi la mandò a gambe all'aria, e Ricciardi lo seguí nel corridoio.
La porta della camera era chiusa a chiave.
Dopo aver bussato alcune volte, e non avendo ricevuto risposta, Ricciardi fece un cenno a Maione che in un attimo la scardinò.
Seduto accanto al comodino, il breviario in mano e l'espressione serena, padre Costantino Fasano, figlio del defunto professor Fasano, insegnante di Storia naturale presso il Regio Liceo Ginnasio Vittorio Emanuele, morto per aver assunto troppo tartaro emetico e per la sfortuna di tenere lezione prima della versione di greco, recitava una preghiera.
Dal letto non giungeva alcun respiro affannoso; il ventre prominente dell'uomo che lo occupava non si muoveva piú.
Il volto era coperto da un guanciale. Una larga macchia di urina imbrattava il lenzuolo all'altezza dell'inguine.
A esclusivo beneficio di Ricciardi, il defunto signor Terlizzi Mario, già stimato commerciante e avvelenatore dilettante in gioventú, con le spalle appoggiate alla testiera e gli occhi in fuori per il soffocamento, ripeteva dalla bocca tumefatta:

Finalmente. Finalmente, io ti confesso. Grazie, figlio mio, angelo mio. Finalmente.
Maione esordí:
– Padre...
Fasano parve non sentirlo; continuava con la sua preghiera a fior di labbra.
Alle spalle dei poliziotti Edvige singhiozzava nel fazzoletto.
Si udirono dei passi affrettati e nella stanza irruppe Michele Police.
– No! Dimmi che non l'hai fatto! Dimmi che... No! No!
Si scagliò in avanti; Maione lo abbrancò giusto in tempo, trattenendolo con difficoltà. Il gesuita prese a urlare in maniera disarticolata; il suo era quasi un muggito.
– Non ti bastava, maledetto! Non ti bastava, padre Angelo! Questo poveretto, povero Mario... stava morendo, vigliacco! Se ne sarebbe andato fra pochi giorni, fra poche ore! Perché lo hai ucciso, si può sapere? Perché?
A quel punto padre Costantino sospirò, si fece un segno di croce e chiuse il breviario. Poi rivolse un serafico sorriso al confratello e disse:
– Davvero non ci arrivi da solo, Michele? Eppure insegni Teologia. Dovresti saperlo. E va bene, te lo spiego io. Adesso ti racconto.
E, con calma, spiegò.

XLVI.

La confessione, Michele. La confessione. Io e te la conosciamo, la confessione. L'abbiamo studiata, la impartiamo e la riceviamo praticamente ogni giorno, anzi piú volte al giorno. Be', ti rivelo una cosa, fratello mio. Noi della confessione non sappiamo niente. Niente. La confessione capita per caso. Sí, perché se uno si inginocchia davanti a te significa che ci ha pensato, ci ha riflettuto e ha scelto cosa raccontarti: in che modo, con che tono e con quali parole. A quel punto tu, sulla base di quanto è scritto qui dentro, nel libro, procedi all'assoluzione, la maggior parte delle volte; e l'altro se la cava con una penitenza piú o meno lunga.

Ma tu pensi che Dio lo accetti, questo? Tu pensi davvero che per Dio siano sufficienti qualche preghiera e un po' di contrizione? C'è qualcuno che non partecipa alla confessione e al perdono, qualcuno che avrebbe pieno diritto di dire la sua. Di dire, per esempio, che non gli va di perdonare, nemmeno un po'. Perché, Michele caro, ci sono ore e anni in cui il peccato che rimettiamo con tanta leggerezza ha causato infinita pena e immenso dolore. E chi ha provato questo dolore dovrebbe essere lí per illustrare gli effetti di certe azioni sulla sua vita.

Io mio padre e mia madre li ho persi che ero piccolissimo. Ne ho una vaga memoria, perlopiú di mia madre. Sai come me la rammento? Me la rammento che piange. Mia madre piangeva sempre: è morta di pianto. Si è consumata nelle lacrime. Perché? Perché amava mio padre, che morí giovane e di cui non ho che una vaga reminiscenza; era, mi pare, molto simile a me, ma forse confondo il ricordo con una fotografia ingiallita che conservo in camera.

Di questa storia voi siete al corrente, no, commissario? Altrimenti non sareste qui.

Quando sei arrivato tu, Michele, mi hai trovato in seminario. Ci vivevo da quando avevo sei anni; ero già orfano. Mi ci aveva portato padre Angelo, e zio Mario che abbiamo qui, purtroppo appena defunto, ha provveduto ai soldi che servivano per farmi studiare e alle altre necessità; i miei erano poveri, non mi hanno lasciato nulla. Siccome non avevano figli, Angelo e Mario hanno dato prima a me, poi anche a te, tutto il loro affetto e tutte le loro cure.

Abbiamo parlato tante volte io e te, Michele, di quanto siamo stati fortunati. Di che privilegio fosse poter godere delle attenzioni disinteressate di questi due uomini straordinari. Io ancora di piú, perché non avevo genitori da cui tornare.

Quando Angelo ti negò il permesso di andare a salutare tua madre moribonda, a me non sembrò disumano, e cercai di aiutarti capire. Ricordi quanto singhiozzavi, in camera? Sarebbe bastato poco per aizzarti contro di lui. Ma non lo feci. Non ne avevo motivo.

Il motivo, senza volerlo, me l'ha dato lui, Mario, che adesso non respira piú, ma che, come hai brillantemente suggerito, sarebbe morto da solo, magari stanotte. Però non sarebbe stato giusto, no. Non adesso che sapevo quello che era successo.

La settimana scorsa rientrai dall'aver celebrato la messa a casa della marchesa. Volevo riferire ad Angelo che Maria Civita si scusava per il nipote, che da ubriaco sproloquiava. Saverio, che strano, non era al suo posto. Udii delle voci alterate provenire dal salottino in fondo al corridoio, al pianterreno. Una era di Angelo.

Quando mi avvicinai riconobbi anche quella di zio Mario. Sapevo che era sul punto di morire, gli avevo recato visita il giorno prima: com'era possibile che fosse in seminario? E perché era cosí arrabbiato?

Mi infilai nell'intercapedine di lato alla porta dove da ragazzini ci nascondevamo per origliare cosa dicevano i padri quando ricevevano parenti e amici.

Sentii tutto.

Mario implorava Angelo di confessarlo. Ripeteva: Sto per morire, e tu sei l'unico che può ascoltare il mio peccato! Angelo gli rispondeva: Non mi è concesso assolverti, perché il tuo stesso peccato io non l'ho mai confessato a nessuno. Ho giurato su Dio di non farlo.

Ero sorpreso: Angelo giurare su Dio? Mi pareva una cosa enorme. Mario insisteva: Anch'io ho giurato, ma con te ne posso parlare. Salvami! Si tratta di un omicidio, capisci? Andrò all'inferno!

Un omicidio? Mario, l'uomo piú mite e gentile della terra?

Angelo, con voce tenebrosa, esclamò: Anch'io ho ucciso! Insieme a te, lo hai dimenticato? Siamo due assassini. E tacciamo da piú di cinquant'anni.

Mario cominciò a piangere, disperato. Angelo lo consolava. Poi Mario mormorò: Ogni volta che guardo Costantino negli occhi mi vengono i brividi. È uguale, uguale a lui. E Angelo rispose: Sí, è uguale al professore quando lo abbiamo ucciso, solo piú vecchio.

La testa cominciò a girarmi, mi mancava il respiro. Angelo e Mario avevano ammazzato mio padre. Me lo avevano detto che erano stati suoi allievi, e che per questo mi avevano seguito fin da piccolo, ma non potevo immaginare che la ragione fosse questa. Rimasi sveglio, quella notte, non riuscivo a chiudere occhio.

Piú d'ogni altra cosa mi feriva essere un'espiazione. I miei due benefattori non mi avevano protetto perché lo meritavo, non perché ero un bravo gesuita, sebbene avessi sempre compiuto il mio dovere. Mi avevano aiutato perché ero il figlio dell'uomo che avevano ucciso.

Al mattino avevo deciso. Attesi che Angelo terminasse i suoi uffici e mi recai da lui. Gli dissi che avevo bisogno di una confessione, ma era una cosa talmente grave che volevo parlargliene nel nostro posto, quello in cui ci portava da giovani perché ammirassimo la gloria di Dio attraverso la bellezza della natura. Credevo che avrei dovuto faticare per convincerlo, che avrei dovuto inventarmi chissà quale scusa, ma lui mi fissò negli occhi in quel modo che ti scavava dentro, hai presente? Non siamo mai stati capaci di nascondergli nulla, io e te. Invece stavolta non ha compreso. O forse sí e non voleva fermare il flusso degli eventi.

Ci siamo dati appuntamento, non volevo andarci insieme a lui. Mi sono nascosto nella casetta dell'acqua minerale. C'era la luna; è bellissimo quel luogo, con la luna. Lui si è seduto ad aspettare. E io sono uscito.

Mi ha chiesto di quale confessione avessi bisogno. Della tua, gli ho risposto. Ho bisogno della tua confessione.

Allora si è inginocchiato, si è tolto il cappello e ha iniziato a pregare. Io ero confuso, non sapevo quello che volevo. Forse sarebbe stato sufficiente che mi sussurrasse: ti voglio bene, figlio mio. Perché io ero figlio suo, della persona che aveva raccolto le mie lacrime e accompagnato i miei studi, non di una fotografia ingiallita. Come te, Michele, anche tu eri figlio suo, non di una donna che vedevi una volta ogni tre o quattro anni. Noi eravamo figli suoi e basta.

Invece ha confessato. Non come se parlasse a un prete, ma come se parlasse direttamente a Dio. E la sai una cosa, Michele? Angelo non amava Dio. Lo odiava.
Pare assurdo, no? Un uomo pio e santo, stimato da chiunque, che infondeva fede appoggiandoti una mano sulla spalla, in realtà odiava Dio.
Mi ha detto, e ha detto a Dio, di aver vissuto un purgatorio che era durato la vita intera. Di aver scelto la strada del sacerdozio senza avere alcuna vocazione, solo per trovare il modo di espiare ciò che aveva fatto.
Che quindi il suo peccato vero, enorme, che derivava dall'omicidio involontario di un uomo per motivi banali, era stato diventare prete pur essendo privo di fede. Da quella colpa non sarebbe mai stato mondato, né da me né da nessuno.
Mi ha chiesto di mettere fine al suo purgatorio. Di ammazzarlo, perché lui non aveva la forza di farlo da sé. Se lo amavo, dovevo ammazzarlo. E lasciar vivere Mario affinché morisse dannato, affinché non avesse pace. Come non ne aveva avuta lui.
Capisci, Michele? Mi chiedeva di morire. Come ultimo atto d'amore, come estrema dimostrazione di gratitudine per avermi allevato, mi chiedeva di ucciderlo.
Ho cominciato a piangere. Gli ho detto che lo perdonavo per la morte di mio padre, che avevo capito che non volevano, che era stato solo uno scherzo finito male. E lui replicava che non era quello il problema, il problema era il resto della sua vita. Che Dio non esisteva, se aveva permesso quello scempio. Che in confessione aveva sentito tante atrocità da persuadersi che l'uomo non ha nulla di Dio, nulla. E che perciò Dio non è altro che un'invenzione.
Non riuscivo piú ad ascoltarlo, Michele. Era un incubo, un terribile incubo. Credo di averlo fatto per ottenerne

il silenzio, alla fine; credo di averlo fatto per non sentirlo piú. Oppure per gratitudine, per pietà. Non certo per vendetta. Non per vendetta.

Volevo che Mario morisse da solo, come mi aveva chiesto Angelo. Per questo non sono passato negli ultimi giorni, speravo se ne andasse. Ma la fibra era forte, non moriva. La sua era una sofferenza enorme senza morte: un altro purgatorio.

Poi sono venuto, e lui mi ha pregato: angelo mio, aiutami. Dammi pace, angelo mio. Lui mi chiamava cosí: angelo mio.

Io gli ho detto: so tutto, so tutto, stai tranquillo, io ti assolvo. Ma lui ha insistito: se hai dato pace a lui, dalla anche a me, angelo mio.

So che mi sono condannato a un purgatorio in terra, Michele; perché io in Dio ci credo, con il cuore e con l'anima. E so, perché lo insegniamo, che Dio si serve di strumenti umani per realizzare il proprio volere.

Allora l'ho fatto, contrariamente a quello che mi aveva chiesto padre Angelo. Gli ho dato pace, povero vecchio disperato. Tanto il mio destino era già segnato.

Vedi, fratello mio, il purgatorio non è per gli angeli. Il purgatorio dell'angelo è in terra.

Il purgatorio dell'angelo è questa vita.

XLVII.

Ricciardi finí di compilare il verbale e lo ripose in una cartellina su cui erano scritti il nome di padre Angelo e il numero d'ordine del delitto. Si alzò e, come sempre, prima di spegnere la luce e di uscire dalla propria stanza, andò alla finestra.
Non era molto tardi. La grande piazza alberata che digradava verso il porto e il mare era piuttosto viva, piena di automobili e carretti, e di passanti che non avevano fretta di tornare a casa, quasi fossero felici di rimanere per strada. Il bambino con la giubba militare e il segno della ruota sul ventre era sempre lí che chiedeva:
Da che parte, signo'? Da che parte?
Sí, replicò muto Ricciardi. Questa è la domanda: da che parte? Però io la risposta non la conosco.
La conclusione di un'indagine suscitava nel commissario un groviglio di emozioni contrastanti. C'era l'umana soddisfazione di essere giunto al termine di un percorso tortuoso e difficile, di aver dato giustizia a chi aveva subito violenza e continuava a urlare, solo per lui, il dolore del distacco.
E c'era, a volte, la confessione, che in questa vicenda era stata all'origine di ciò che era accaduto.
Ma c'era anche, fortissima, l'ennesima delusione riguardo ai sentimenti. Un disfacimento, la dissoluzione di un affetto o di un amore, la deviazione verso qualcosa di oscuro e folle che aveva portato a un gesto irreparabile.

Assistendo agli ultimi palpiti della città, il commissario riportò la mente alle ragioni che lo avevano condotto a risolvere il caso. E, come spesso gli capitava, si sentí molto stupido per non aver compreso prima in che modo fossero andate le cose.

I segnali erano sparsi, gli indizi importanti mischiati a quelli senza rilievo, ma tutto era evidente.

Il fatto che il gesuita ucciso non si fosse difeso suggeriva una rassegnazione assoluta, una volontà precisa di morire. Padre Angelo era nella postura di chi si trova di fronte a un'esecuzione, non di chi è aggredito a tradimento. La pietra lo aveva colpito sulla sommità del cranio perché lui era a capo chino, non perché fosse stato colto alle spalle: il cappello a pochi centimetri dalle mani, posato, non caduto; lo sporco sulla tonaca all'altezza delle ginocchia.

I riferimenti di Costantino, le sue citazioni, non parlavano di bontà e remissione; aveva pronunciato piú volte il verbo «rialzare» riferito al giusto, perciò l'empio doveva rimanere genuflesso, come padre Angelo. Lo aveva capito osservando la confessione del vecchietto a San Ferdinando: l'abbassarsi rigido e faticoso dell'uomo; poi don Pierino che lo aiutava a rimettersi in piedi. Una volta mondato dalle colpe, il peccatore viene risollevato da chi lo ha assolto. Al gesuita questo non era stato concesso.

Le parole di Mario Terlizzi, che pareva sapere con esattezza cosa era successo al suo amico, ed effettivamente lo sapeva; che aveva lasciato il proprio letto pur non avendone la forza; il dialogo concitato di cui aveva riferito il custode del seminario; le lacrime, la mancata confessione: tutto ciò aveva spinto Ricciardi a indagare nel passato. E, nel momento in cui aveva scoperto il nome del professore, la reale sequenza degli eventi si era dipanata dinanzi ai suoi occhi.

Lo stesso Maione aveva contribuito all'intuizione del commissario, ma Ricciardi non aveva voluto dirglielo per non riaprire la sua recente ferita. Voler bene, dare totale fiducia a qualcuno significava non aspettarsi da costui alcun male. Quindi prestare il fianco, diventare deboli. La guardia Vaccaro, che tramava nell'ombra per il proprio interesse, era stata per Raffaele un po' quello che Fasano era stato per padre Angelo: un figlio, piú che un amico. E da un figlio non ci si protegge. Non si teme nulla, da un figlio. Se Vaccaro aveva tradito Maione, Costantino poteva essere l'assassino di Angelo.

Eppure, sebbene tutti questi segnali conducessero nella giusta direzione, la confessione del religioso era riuscita comunque a sorprenderlo. Non era stata la vendetta ad armare la sua mano, almeno non solo. Si era trattato di un atto di pietà, in qualche modo sollecitato dalle stesse vittime. Un banale, stupido gesto compiuto cinquant'anni prima da due ragazzi agli ultimi giorni del liceo aveva generato una serie di accadimenti che, tanto tempo dopo, avevano avuto un effetto devastante su molte vite.

Ricciardi chiuse la porta dell'ufficio e si avviò lentamente per le scale, abbandonando dietro le spalle, almeno per qualche ora, le miserie della natura umana. Lo assalí subito il pensiero che l'indagine, per quanto faticosa, aveva assorbito tutta la sua attenzione, consentendogli una momentanea distrazione dalle questioni personali.

Era mercoledí, un giorno in mezzo alla settimana, lontanissimo dall'idea di una fine o di un qualsiasi inizio. Un giorno simbolico della continuità, piatta e misera, di una solitudine alla quale la sua natura, piú che gli eventi, lo aveva condannato. Padre Angelo era stato vittima delle proprie scelte sbagliate, causate da una leggerezza. Lui, Ricciardi, aveva la colpa di avere ereditato la malattia della madre.

Salutò soprappensiero la guardia al portone, che rispose con un tocco alla visiera, e risalí lo stretto budello di via Imbriani verso via Toledo. La serata era incantevole; la primavera iniziava a cedere il posto all'estate. Un pianino all'angolo accompagnava una bella voce tenorile che cantava:

Dicitencello a 'sta cumpagna vosta, ch'aggio perduto 'o suonno e 'a fantasia...

E che mai potrei dirti, rifletté, se anche ci fosse un tramite, qualcuno a cui consegnare un messaggio? Non ho il coraggio di ammetterle con me stesso, certe cose, come potrei confessarle a te?

Pensò con dolore a Enrica, al fatto che non l'avrebbe vista mai piú.

Invece eccola, ferma all'angolo opposto rispetto al pianino, con entrambe le mani guantate che tormentavano il manico di una borsetta. Dietro le lenti, i suoi occhi fissavano inquieti l'imbocco della stradina dalla quale arrivava lui.

XLVIII.

Era accaduto questo.
Subito dopo pranzo aveva sentito bussare con discrezione alla porta della stanza. Aveva creduto fosse il padre, che la sera prima era entrato per farle una carezza, sicuro che dormisse, e di cui lei aveva percepito il dolente sospiro. Invece era sua madre.
L'espressione del viso era affranta e triste, senza piú traccia dell'imperiosità e della determinazione che la ragazza aveva visto incrociandola un paio di volte dopo il pomeriggio della domenica. Maria le aveva chiesto il permesso di sedersi accanto a lei ed era rimasta in silenzio, come per raccogliere le idee. Enrica non le portava rancore, ma non era nemmeno disposta ad arretrare dalle proprie posizioni: se sua madre avesse azzardato qualche riferimento a Manfred, l'avrebbe invitata con cortese fermezza a non continuare, a lasciarla in pace.
Però Maria l'aveva di nuovo sorpresa. Le aveva detto di aver molto riflettuto, e di aver compreso di essersi fatta fuorviare da un pregiudizio. Adesso sapeva che sua figlia era profondamente innamorata, e all'amore non si possono porre ostacoli. Quell'uomo, il loro vicino di casa, al di là delle apparenze, poteva essere una persona di cui fidarsi, e le sue carenze evidenti, il guardaroba per esempio, erano dovute, magari, proprio all'assenza di una donna che si occupasse di lui.

Lei, Maria, aveva peccato di troppo amore nei confronti della figlia, la luce dei suoi occhi; ma poi l'aveva vista soffrire, e non poteva sopportarlo. Pertanto, le aveva detto, non voglio piú essere di intralcio alla tua felicità. Mai piú. Io sono tua madre. Ti aiuterò.

Non riuscendo a reprimere le lacrime, Enrica le aveva risposto che ormai era troppo tardi; che lui non avrebbe piú voluto vederla, che non sarebbe stato possibile un ritorno.

Con un flusso inarrestabile di parole, spalancando il cuore come tanto avrebbe voluto in quegli anni e come non si era mai sentita di fare, aveva riferito alla madre quanto fosse stato difficile tessere un minimo di relazione, vincere l'oscura, ostinata timidezza di lui, incrinare il muro che si era costruito attorno. Le aveva detto della povera Rosa, che Maria aveva incontrato qualche volta e che ricordava per l'impressionante somiglianza con la nipote, e di come la sua morte l'avesse privata di un appoggio fondamentale, che aveva poi trovato in Giulio, il padre. Le aveva confidato di come, in modo del tutto inatteso, e solo di recente, l'uomo si fosse aperto, e di quanto fosse dolce e premuroso, benché desse l'aria di essere tormentato da qualcosa di talmente intimo da impedirgli di parlarne anche con lei. E aveva raccontato di *Caminito*, la stradina nebbiosa di campagna dove, come in una realtà sospesa, avevano il coraggio di essere loro stessi.

La madre si era commossa, realizzando quanto fosse stato faticoso, per una ragazza cosí sensibile e riservata, compiere passi risoluti verso quell'uomo. Aveva provato tenerezza per il marito, che aveva superato il naturale riserbo per aiutare la figlia, al contrario di lei, che pretendeva di tracciarne il futuro come se la giovane non fosse dotata di una volontà propria. Si era resa conto, ascoltando quella confessione, di aver mancato come madre e co-

me moglie. Addolorata, aveva avvertito uno scrupolo di coscienza: avrebbe rimediato.
Per amore si combatte, aveva sentenziato mentre Enrica si asciugava gli occhi. All'amore non si voltano le spalle, per amore non si accettano sconfitte. Noi siamo donne. Gli uomini possono permettersi di rassegnarsi, possono chinare il capo. Noi no. Noi, se decidiamo qualcosa, lo portiamo a termine. Costi quel che costi.
Enrica aveva mormorato che non avrebbe saputo cosa fare. Intuiva che Ricciardi, per qualche misteriosa ragione, temeva di farle del male, che non si riteneva in grado di renderla felice; e che l'atteggiamento ostile con cui era stato accolto la domenica pomeriggio aveva confortato una delle due parti in conflitto dentro di lui, dando torto all'altra: quella di *Caminito*, quella che sopra ogni cosa desiderava legarla a sé per la vita.
Maria aveva sbuffato, tornando la donna pratica e incisiva che era. Quando mai, disse, gli uomini sanno come comportarsi? Quando mai non hanno tentennato, consentendo ai dubbi e alle incertezze di divorarli? Stava a loro fargli capire cosa pensavano, convincerli di essere giunti a una decisione che invece erano le donne ad aver preso. Non era il momento di abbandonare il campo, né tantomeno di sparire. Aveva saputo, tramite informazioni ricevute da alcuni clienti del negozio, che a Ricciardi era interessata una signora molto importante dell'alta società. Non aveva tempo da perdere, Enrica.
La ragazza aveva avuto un sussulto. Quali informazioni? Da chi? E soprattutto: chi era questa signora dell'alta società?
Maria aveva risposto con un cenno secco della mano: non importava, perché lei, Enrica, era ancora in largo vantaggio, data la predilezione che lui mostrava nei suoi confronti. Ma gli uomini, aveva aggiunto, cambiano idea in fretta. Dove-

va sbrigarsi: scegliere il vestito migliore e andare a parlargli. E non doveva fare altro che essere sé stessa, perché il commissario era di lei che si era innamorato, non di altre.

Siccome non era nel suo stile irrompere nell'ufficio di Ricciardi e tantomeno in casa sua, Enrica si era aggrappata alla sua qualità principale: la pazienza.

Erano quasi due ore che aspettava all'angolo di via Toledo. Sarebbe rimasta lí perfino con la pioggia e con il vento, ma grazie a Dio la serata era meravigliosa, quindi, a parte un paio di sfaccendati che le avevano chiesto di tenergli compagnia e ai quali non aveva nemmeno rivolto lo sguardo, non aveva avuto problemi. Il pianino era stato una presenza piacevole: Enrica aveva dato una moneta al giovane tenore e in cambio lui le aveva sorriso.

Nonostante fosse lí per incontrarlo, e sebbene conoscesse ormai a memoria il discorso che intendeva fargli, restò sorpresa dal suo arrivo. Il capo chino, le mani in tasca, le spalle curve raccontavano la fatica di vivere dell'uomo che amava; e forse, immaginò con un brivido di speranza, anche il dolore per la mancanza di lei.

Nell'ombra del vicolo che lo copriva a metà, colse lo stupore, il lampo di felicità che attraversò i suoi occhi verdi, subito seguito da un'espressione sofferta; notò il ciuffo ribelle sulla fronte, le labbra socchiuse. Dio, quant'è bello, pensò. Quanto lo amo.

Avanzò di un passo verso di lui, perché non credesse nemmeno per un attimo che si trattasse di una coincidenza. Io ti aspettavo. Aspettavo te.

Ricciardi si bloccò come un imputato davanti al giudice, come un penitente davanti al confessore. La prese sottobraccio, senza fiatare, e si avviò nella direzione opposta a quella di casa.

Verso il mare.

XLIX.

Tu non sai niente di me. Niente.
Vedi un uomo che lavora. Che non frequenta i bordelli e non beve all'osteria. Che non va al cinematografo né a teatro. Vedi me e non ti spieghi la mia solitudine. Forse nemmeno ti fai domande.
Credi che non mi piacerebbe ridere? Credi che non vorrei avere una moglie, dei figli? Che la sera, quando mi lascio alle spalle le brutture di questa terra, non vorrei avere il conforto di un sorriso, di una carezza?
Se non ho mai pensato ad avere una fidanzata prima di incontrarti, un motivo c'è.
Questo te lo devo, Enrica. Hai il diritto di conoscere il motivo per cui sono solo, e per cui ho sempre pensato che solo sarei morto. Ascoltami con attenzione, ti prego. E non interrompermi per nessun motivo, perché questo coraggio di confessare non ho idea di dove lo prendo, in una sera di maggio in cui l'aria profuma di sale e di fiori, davanti a un mare oscuro che non mi appartiene, ma che mi abbraccia come un amico che sa e non tradisce.
Io sono pazzo, Enrica.
Ho una malattia mentale, immagino ereditaria, perché di essa soffriva anche mia madre Marta, morta in una clinica, fra estranei, giacché nessuno di quelli che amava e l'amavano ha avuto il coraggio di assistere alla sua agonia.
La mia mente inferma, che non mi concede requie né

pace, nella sua follia percepisce i morti. Cadaveri straziati, decapitati o amputati, feriti e sanguinanti che si rivolgono a me e mi recitano il loro terribile distacco dalla vita.

Qui, vicino all'acqua, sembriamo una coppia come le altre venuta a parlarsi d'amore. Eppure, a pochi metri da noi, io distinguo una donna che scruta le onde ripetendo al proprio uomo lontano, emigrato, forse, o mai tornato da un viaggio, che vuole raggiungerlo: e lo fa vomitando acqua e sangue dalla bocca, il ventre e il viso gonfi. Un po' piú in là c'è un ragazzo col collo rotto da un tuffo sbagliato che grida ai suoi amici: mi avete visto? Mi avete visto? Dallo scoglio piú alto!

Ecco cosa vedo, mentre tu e quei due ragazzi che si baciano, e quell'uomo che tiene per mano la propria moglie, vedete il mare e la bella sera di primavera.

Io sono questo, amore mio. Un povero pazzo, un folle che mai, mai ha raccontato le sue allucinazioni a nessuno se non adesso, a una persona che poi potrà finalmente fuggire, consapevole di aver scansato una delle peggiori disgrazie che le potessero capitare.

Io sono questo, e lo sono da sempre.

La prima volta che è successo ero piccolissimo: un bracciante con un coltellaccio da potatura infisso nel torace. E da allora mi capita ogni giorno. Ho scelto questo lavoro, invece di rinchiudermi nel palazzo dove sono nato e non uscirne mai piú, perché sento il dovere di mettere a posto le cose, anche se so che non si può riparare al dolore, che non si può rimediare alla morte.

Io sono questo e non posso farci niente. Forse verrà il momento in cui il fardello sarà troppo pesante e metterò fine alla mia esistenza, oppure anch'io, come mia madre, terminerò la vita in un letto d'ospedale. Non ci sono altri destini possibili, per me.

E allora perché ti ho guardata dalla finestra per tanto tempo? Perché sono qui? Perché ti ho portata a *Caminito*? Perché ti ho baciata?

Mi sono innamorato di te, Enrica.

Ho sentito crescere questo sentimento nonostante la mia follia, in mezzo al deserto di sofferenza nel quale mi aggiro. Mi sono innamorato di te mio malgrado, combattendo contro questa emozione, contro questa passione che sentivo attanagliarmi le viscere, contro questa esaltazione assurda che mi spinge a sognare un futuro che non c'è.

Non so se questa mia confessione qui, in riva a un mare che è tuo e non mio, e al quale chiedo aiuto, sia un atto di coraggio o di estrema viltà. Se rivelare il mio cancro, il morbo che mi divora dall'interno sia un gesto eroico, un modo di scoprirsi, di spalancare una porta finora tenuta serrata, o una maniera di scaricare sulle tue spalle il fardello insopportabile che ho retto fin qui.

Però avevo giurato a me stesso, scappando da casa tua e dal tuo mondo, che se mai avessi avuto occasione di parlarti ancora ti avrei rivelato tutto. Ti avrei spiegato perché non ti ho presa e portata via, a dispetto di tua madre e dell'universo intero.

Perché, e questa è l'altra cosa che devi sapere, il sentimento che ho per te è la cosa piú forte, piú profonda, piú straordinaria che io abbia mai provato, o anche solo pensato di poter provare. Tu sei il mio unico, grande amore; il primo e l'ultimo. Niente sarebbe capace di fermarmi, se lo ritenessi giusto. Se non fossi convinto, da quando nemmeno conoscevo il tuo nome e ti vedevo ricamare alla finestra, che se si ama qualcuno si vuole il suo bene; e se si è il male, bisogna allontanarsi.

Per sempre.

Il mare mormorò qualcosa di incomprensibile.

Enrica osservò il profilo affilato di Ricciardi che puntava verso un orizzonte ignoto.

Gli circondò il viso con le mani e lo costrinse a voltarsi. I suoi occhi verdi erano pieni di lacrime, esausti per l'inaudito sforzo di pronunciare parole che mai avrebbe immaginato di dire.

Lo guardò a lungo da dietro le lenti: calma, ferma, serena; i capelli scompigliati dal vento caldo. Nulla di quello che mi hai detto, comunicava quello sguardo, mi ha allontanata di un millimetro da te.

Lo baciò. Con passione e con dolore, con dolcezza e forza. Un bacio che sussurrava: io sarò con te. Attraverserò il deserto con te, amore mio. Perché il deserto non è piú tale, se c'è qualcuno al tuo fianco.

Alla fine, con voce roca e disperata, Ricciardi disse:

– Sposami, Enrica. Sposami, ti prego.

Gli rispose il mare.

Ringraziamenti.

Per questo nuovo romanzo Ricciardi ringrazia la banda dei vecchi amici.

Antonio Formicola, per l'invenzione della radice della storia e per i percorsi delle menti criminali che ben conosce.

Giulio Di Mizio, per i cadaveri e per le loro morti, e perché stavolta ha dovuto fare un ulteriore salto indietro nel tempo.

Stefania Negro, per il milione di cuciture e panorami e piatti e canzoni che ha dovuto cercare e per fortuna trovare.

La squadra di Einaudi, Rosella, Daniela, Paola, Manuela, Stefania, Simonetta, Maria Luisa, soprattutto Chiara, Riccardo; e perfino Francesco e Paolo, per la solita cura e l'attenzione.

Luisa Pistoia, Claire Sabatiegarat e Marco Vigevani, angeli custodi in purgatorio.

L'autore invece ringrazia il bozzolo di dolcezza, condivisione e pazienza che anche stavolta come ogni altra volta gli hanno garantito, per poter viaggiare fino a quel mondo e tornare indietro, la fermezza e la tenerezza della sua Paola.

Nota.

I versi a p. 49 sono tratti dalla canzone *But Not for Me*, interpretata da Billie Holiday. Testo di Ira Gershwin e musica di George Gershwin (1930).
I versi alle pp. 271, 273 sono tratti dalla canzone *The Man I Love*, interpretata da Billie Holiday. Testo di Ira Gershwin e musica di George Gershwin (1926).

Questo libro è stampato su carta contenente fibre certificate FSC®
e con fibre provenienti da altre fonti controllate.

Stampato per conto della Casa editrice Einaudi
presso ELCOGRAF S.p.A. - Stabilimento di Cles (Tn)
nel mese di giugno 2018

C.L. 23136

Edizione   Anno

1 2 3 4 5 6 7   2018 2019 2020 2021

Questo libro è stampato su carta contenente fibre certificate FSC®
e con fibre provenienti da altre fonti controllate.

Stampato per conto della Casa editrice Einaudi
presso ELCOGRAF S.p.A. - Stabilimento di Cles (Tn)
nel mese di giugno 2018

C.L. 23136

Edizione   Anno

1   2   3   4   5   6   7   2018 2019 2020 2021